Le Corps

Du même auteur

L'Expressivité du corps
Recherche sur les fondements de la théâtralité
Éditions J.-P. Delarge, 1976
réédité aux Éditions Chiron
« La recherche en danse », 1986

Critique des fondements de l'éducation
Généalogie du pouvoir/ou de l'impouvoir d'un discours
Éditions Chiron, 1988

De la création chorégraphique
Centre national de la danse, 2001

Michel Bernard

Le Corps

Éditions du Seuil

Une première édition du présent ouvrage a paru en 1972 aux Éditions universitaires (coll. « Encyclopédie universitaire »). Une deuxième édition, complétée, a paru en 1976 aux Éditions Jean-Pierre Delarge, dans la collection « Corps et culture » dirigée par l'auteur.

Le présent volume reprend le texte de la dernière édition, qui ne nécessitait pas d'actualisations majeures. Le lecteur pourra corriger de lui-même les références circonstanciées à l'époque de la rédaction définitive de l'ouvrage en 1976 et il tiendra compte, par ailleurs, des publications de l'auteur postérieures à cette date.

M. B.

ISBN 978-2-02-026155-5
(ISBN 2-7113-0089-7, précédente édition)

INTRODUCTION

Il est *a priori* inutile de justifier une réflexion sur le corps : la vie apparemment nous l'impose quotidiennement, puisque c'est en lui et par lui que nous sentons, désirons, agissons, exprimons et créons. Bien plus, tout autre réalité vivante ne s'offre à nous que dans les formes concrètes et singulières d'un corps mobile, attrayant ou non, rassurant ou menaçant. Vivre en ce sens, n'est pour chacun d'entre nous qu'assumer la condition charnelle d'un organisme dont les structures, les fonctions et les pouvoirs nous donnent accès au monde, nous ouvrent à la présence corporelle d'autrui. *A fortiori,* celui qui veut « mieux vivre », se doit, semble-t-il, d'éprouver encore davantage sa corporéité pour mieux épouser le monde et la société qui l'entourent.

L'ambivalence du corps

Mais précisément une telle expérience n'est pas univoque : vivre son corps, ce n'est pas seulement s'assurer une maîtrise ou affirmer sa puissance, mais aussi découvrir sa servitude, reconnaître sa faiblesse. Si notre peau connaît et donne le plaisir de la caresse, elle subit aussi la douleur de la brûlure du feu ou la morsure du froid ; si nos muscles nous font goûter la jouissance de leurs jeux rythmés et de leur puissance dans l'acte accompli de la danse ou de la course, ils nous soumettent aux atroces tortures des crampes brutales et inopportunes. Bref, si notre corps magnifie la vie et ses possibilités infinies, il proclame en même temps et avec la même intensité, notre mort future et notre finitude essentielle. En transposant le mot de Valéry qui l'appliquait à la seule main [1], je dirai que si notre corps est « l'organe du possible », il est aussi et simultanément l'empreinte de l'inévitable.

1. Cf. Paul Valéry, *Discours aux chirurgiens,* in *Œuvres complètes* de P. Valéry, « La Pléiade », N.R.F., t. I, p. 919.

C'est pourquoi le discours sur le corps ne peut jamais être neutre : parler sur le corps oblige à éclairer plus au moins l'un ou l'autre de ses deux visages, celui à la fois prométhéen et dynamique de son pouvoir démiurgique et de son avide désir de jouissance, et, par contre, celui tragique et pitoyable de sa temporalité, de sa fragilité, de son usure et sa précarité. Toute réflexion sur le corps est donc, qu'elle le veuille ou non, éthique et métaphysique : elle proclame une valeur, indique une conduite à suivre, et détermine la réalité de notre condition d'homme.

Réciproquement toute philosophie ne peut éviter ou évacuer une réflexion sur le corps sans se condamner à n'être qu'une spéculation vide, futile, stérile. Ainsi peut-on reconstituer toute l'histoire de la Philosophie en se limitant à la seule considération des différentes manières dont les Philosophes ont compris le corps. C'est ce que prouve dans une certaine mesure le livre récent de Claude Bruaire : *Philosophie du corps,* dont la conclusion précisément énonce que « le corps est compris comme Dieu est conçu » [2]. Autrement dit, notre attitude à l'égard du corps reflète celle que nous avons choisie explicitement ou non à l'égard de l'Absolu. Quelles que soient les réserves légitimes que l'on puisse faire sur la démonstration de Bruaire [3], il convient de retenir cette vérité : toute approche du corps implique un choix philosophique et même théologique et réciproquement. Ainsi elle oscille de la condamnation ou dénonciation comme écran, obstacle, prison, pesanteur, tombeau [4], bref comme occasion d'aliénation et de contrainte, à l'exaltation ou apologie comme organe de jouissance, instrument polyvalent d'action et de création, source et archétype de beauté, catalyseur et miroir des relations sociales, bref comme moyen de libération individuelle et collective.

Certes, cette oscillation des points de vue sur le corps n'a rien de régulier ou de mécanique et ne suit pas rigoureusement les fluctuations de l'histoire. Bien plus, à une même époque, les deux points de vue opposés peuvent se rencontrer et même dans une certaine mesure composer ensemble dans une vision dramatique. C'est le cas, semble-t-il, de la perspective de Freud lui-même qui, par la reconnaissance en l'homme d'une dualité fondamentale de pulsions opposées, la pulsion de vie et la pulsion de mort, est amené à la fois à souligner la puissance et l'intensité de l'énergie libidinale du corps et en même temps à découvrir en lui la première source de souffrance, dans la mesure où « destiné à la déchéance et à la dissolution, il ne peut même se passer

2. Cf. Claude Bruaire, *Philosophie du corps*, Seuil, Paris, 1968, p. 153.

3. Et nous en ferons, que nous aurons l'occasion de présenter et de soutenir dans un autre ouvrage sur *Les fondements d'une anthropologie du corps dans la culture contemporaine.*

4. Je vous rappelle ici le jeu de mots des Philosophes Pythagoriciens : Sôma Sêma, ce qui signifie « le corps est tombeau ».

de ces signaux d'alarme que constituent la douleur et l'angoisse »[5]. Autrement dit, la théorie freudienne peut servir de fondement ou de caution aussi bien à une dépréciation systématique de notre être corporel qu'à un panégyrique passionné de son dynamisme sexuel et, par conséquent, de ses possibilités de jouissance et d'épanouissement personnel.

L'apologie du corps dans la culture contemporaine

Or il est bien évident que le mouvement culturel contemporain a davantage abondé dans cette seconde voie et exploité au mieux la réhabilitation de notre sexualité pour promouvoir non seulement un renouveau des études sur le corps, mais aussi et surtout une transformation radicale de notre attitude à son égard. En effet, nous assistons de nos jours, en Occident [6] à une floraison luxuriante de recherches, de témoignages, de manifestes qui tendent à justifier et magnifier la place et le rôle du corps dans la vie de l'homme et même à faire de la spécificité de notre dimension corporelle l'essence même de l'humanité.

Parmi les travaux plus spécialement influencés par l'œuvre de Freud, bien que, par ailleurs, ils prétendent l'amender et l'améliorer, on peut citer l'apport de Mélanie Klein qui, dans sa *Psychanalyse des enfants* [7], a souligné le rôle capital du corps maternel et des fantasmes du corps morcelé ; d'autre part, celui de Lacan et de son école qui a su, comme l'a excellemment dit Serge Leclaire, prendre « le corps à la lettre », c'est-à-dire rattacher les structures du langage des rêves du patient aux structures corporelles de son expérience libidinale [8]. Egalement, mais dans une orientation idéologique et pratique très distincte, il faut mentionner Wilhelm Reich avec sa théorie orgastique du corps et sa revendication d'une révolution sexuelle dont se réclament, dans une certaine mesure, Marcuse et tout le mouvement dit « freudo-marxiste » [9]. Enfin, dans la médecine psychosomatique, on ne peut pas ne pas signaler l'intérêt croissant suscité par les analyses originales bien que souvent déconcertantes de Groddeck sur le symbolisme des structures et des fonctions du corps humain, tout comme les travaux plus récents et plus rigoureux d'Alexander, de Parcheminey,

5. Cf. S. Freud, *Malaise dans la civilisation*, traduit par Ch. et I. Odier, in *Revue Française de Psychanalyse*, janvier 1970, Gallimard, p. 20.

6. Il y a bien longtemps que l'Orient a compris l'importance de la corporéité, quitte à en souligner le mystère et à la mettre au service de fins purement mystiques, spirituelles ou transcendantes, ce en quoi il s'oppose à la démarche immanentiste, matérialiste et hédoniste des Occidentaux qui paradoxalement, se réclament souvent des messages hindous (Yoga) ou boudhistes (Taoïsme, Zen).

7. Cf. M. Klein, *La psychanalyse des enfants*, trad. Boulanger, P.U.F., 1969, 2ᵉ éd.

8. Cf. Serge Leclaire, *Psychanalyser*, Seuil, Paris, 1968.

9. W. Reich, *La fonction de l'orgasme*, éd. de l'Arche, 2ᵉ éd. 1947 ; *La Révolution sexuelle*, éd. Plon, Paris, 1969 ; *L'Analyse caractérielle*, Payot, Paris, 1971.

Seguin, Halliday, etc. sur les malades et les maladies psychosomatiques, c'est-à-dire les troubles corporels qui expriment ou incarnent des conflits psychiques [10].

Mais, en dehors même de l'influence freudienne, la thématique corporelle a été aussi largement orchestrée, d'abord par le développement de la psychologie : la psychologie de l'enfant avec les recherches de Wallon sur la conscience du corps propre ; celles de Piaget avec sa théorie de l'organisme ; la psychomotricité avec l'emploi des techniques de relaxation et les théories de l'apprentissage moteur. Ensuite la sociologie avec l'intérêt manifesté par Mauss pour l'étude des « techniques du corps », les monographies ethnologiques fouillées sur les pratiques corporelles dans les sociétés dites primitives. Enfin la linguistique et plus exactement la sémiologie qui a mis à jour le langage corporel, c'est-à-dire la valeur signifiante des structures expressives et opératoires du corps comme les mimiques et les gestes [11].

A côté de cette exploitation systématique et théorique du thème corporel, il faut aussi souligner la place centrale que lui a donnée l'activité artistique contemporaine : évidemment la peinture et la sculpture qui ont de tout temps glorifié les formes corporelles, mais, ce qui est plus caractéristique, le théâtre avec, par exemple, les innovations sauvages du « Living Théâtre », les techniques de formation de l'acteur de Grotowski, le renouveau du mime avec Decroux, Barrault, Marceau, etc., toutes tentatives influencées peu ou prou par la rigueur du Manifeste du théâtre de la cruauté d'Artaud ; la danse, avec la libération de l'expression corporelle chez Béjart. A cet engouement pour le corps humain, la littérature ne pouvait aussi rester insensible : on en voit l'écho bruyant et truculent dans l'exaltation de l'érotisme chez Miller, ou une résonance plus raffinée et subtile chez Klossowski qui illustre une théorie du corps-langage, ou encore dans les descriptions évocatrices des sensations brutes de « l'extase corporelle » chez Le Clézio et plus généralement dans les inventaires méticuleux du Nouveau Roman. On pourrait mentionner aussi le rôle prépondérant qu'a joué l'avènement de la Phénoménologie allemande et française dans la prise en considération du corps comme « être-au-monde », comme l'a mis en relief, par exemple, Merleau-Ponty. Bien plus, toutes ces sources diverses et parfois opposées convergent assez paradoxalement pour permettre l'éclosion d'un chant à la louange du corps humain comme celui de l'essai de Norman Brown sur *Le corps d'amour*, où l'auteur croit pouvoir harmoniser Marx, Nietzsche, Freud,

10. Cf. F. Alexander, *La médecine psychosomatique*, Payot (P.B.P., nº 11), Paris, 1967 ; J.P. Valabréga, *Les Théories psychosomatiques*, P.U.F., Paris, 1954 ; Thure von Uexküll, *La médecine psychosomatique*, « Idées », Gallimard, 1966. Vous pourrez consulter également utilement *La philosophie de la médecine psychosomatique* de R. Mucchielli, Aubier, 1961.

11. Cf. la revue *Langages*, nº 10, juin 1968, Larousse.

le Boudhisme, l'Hindouisme et le Christianisme évangélique de saint Jean et de Jean XXIII...[12].

La transformation des mœurs

Mais plus encore que l'importance culturelle du thème corporel dans notre monde occidental contemporain, il faut dégager le profond bouleversement de notre attitude quotidienne à son égard, autrement dit des mœurs de la société. Un des changements les plus spectaculaires est, sans nul doute, le goût manifesté par les jeunes générations, sous l'influence des hippies et de l'avant-garde théâtrale, pour la nudité comme moyen de retour à la nature, de redécouverte de l'innocence corporelle bafouée quotidiennement par « l'obscénité » de la guerre et de l'exploitation[13]. Autrement dit, loin de chercher une évasion dans un naturisme naïf, théosophique et asocial, les jeunes tentent, par la pratique de la nudité, de réhabiliter les valeurs corporelles comme subversion d'un ordre institutionnel dépravé par l'argent et l'appétit de richesses.

Mais la société capitaliste a su habilement déjouer la manœuvre et, comme toujours, la récupérer à son profit en transformant la menace qu'elle contenait en un jeu divertissant, ostentatoire et pervers, propre à exciter la lubricité, bref en un nouvel objet de consommation. Sans parler des succès criards, mais significatifs de spectacles comme « Hair » ou « O Calcutta », chacun a pu mesurer l'ampleur de cette récupération au niveau des transformations et, pourrait-on dire, des réductions ou encore, par contraste avec un rallongement apparent et hypocrite, des découpes suggestives de la mode vestimentaire. Nul n'ignore aussi l'exploitation commerciale à laquelle a donné lieu la réhabilitation si légitime et si souhaitable de la sexualité et de son art subtil et nécessaire, l'érotisme. Ainsi la société capitaliste actuelle a-t-elle réussi à chanter le corps pour mieux en pervertir les effets et aussi à métamorphoser l'érotisme en pornographie.

Par cet habile subterfuge, l'individu a l'illusion de se libérer, de s'abandonner à l'élan spontané de ses pulsions, de se « défouler », comme dit improprement le langage populaire, alors qu'en réalité, la société l'aliène davantage en manipulant sa libido comme valeur marchande et en la limitant à la décharge de l'énergie sexuelle tolérée par les tabous sociaux. C'est ce que H. Marcuse a appelé « la désublimation répressive », indiquant par là qu'en évitant à l'individu la nécessité de sublimer sa sexualité pour la maîtriser, la société, par une ruse souveraine, assure davantage son pouvoir, son emprise répressive sur lui[14].

12. Cf. Norman O. Brown, *Le corps d'amour*, Denoël, Paris, 1968.

13. Cf. Noam Chomsky, *L'Amérique et ses nouveaux mandarins*, Seuil, Paris, 1969, p. 11 et Marc Alain Descamps, *Le nu et le vêtement*, Ed. Universitaires, 1972.

14. Cf. H. Marcuse, *Eros et Civilisation*, éd. de Minuit, 1963, chap. 10, et l'*Homme unidimensionnel*, éd. de Minuit, 1968, chap. 3, p. 96 ss.

L'aliénation du corps dans le travail et dans le sport

Cette désublimation est, en effet, le nécessaire complément et l'indispensable compensation de la sublimation qui s'exerce non seulement au niveau du travail, mais aussi dans le sport au sens rigoureux du terme. Au niveau du travail, d'abord, il y a sublimation dans la mesure où le corps n'est plus une sphère de plaisir autonome, mais un instrument ou un outil de production. Or la recherche exacerbée d'une productivité toujours plus grande dans les sociétés industrielles actuelles a conduit à rationaliser le corps en le transformant en puissance de rendement, ou plus exactement en machine cybernétique, c'est-à-dire en un système d'opérations automatisées commandé par la réception et l'émission de messages. Ainsi le corps est-il désérotisé et aliéné au service du rendement industriel et, en dernier lieu, des intérêts de la société capitaliste. D'où la nécessité pour celle-ci de permettre, tout en la contrôlant subrepticement, une apparente décharge sexuelle, afin que « l'équilibre » rétabli de la personnalité puisse à nouveau s'investir dans la production et favoriser le jeu de la consommation grâce à l'érotisme publicitaire.

Mais si paradoxal quc cela puisse paraître, le travail n'est pas seul responsable de cette mécanisation répressive du corps, le sport envisagé comme haute compétition, contribue tout autant, sinon davantage à renforcer ce processus. Il suffit, pour s'en convaincre, de visiter les grands centres d'entraînement spécialisés internationaux : en France, l'Institut National des Sports, en Allemagne de l'Ouest, la Sporthochschule de Cologne, en R.D.A., l'extraordinaire Institut de Leipzig, sans parler des grandes Universités sportives américaines avec leurs Laboratoires de sélection des champions. On assiste à une exploitation systématique et rationnelle des aptitudes psychomotrices de chaque individu en vue de la réalisation de performances exceptionnelles, autrement dit d'un rendement maximum. On y retrouve le schéma du processus de production capitaliste : compétition, rendement, mesure, record, avec ses exigences de division du travail ou de spécialisation et de taylorisation avec la mécanisation des gestes et l'uniformisation du matériel et du milieu [15].

Certes, il ne s'agit là, dira-t-on, que des élites et d'une forme extrême du Sport, la plus poussée, sinon la plus souhaitable : il y a, à côté d'elle, l'immense domaine des activités sportives de loisirs destinées à la masse et qui connaît de nos jours un si grand engouement auprès du public et un essor prodigieux au point de vue institutionnel. La pratique de plus en plus répandue du ski, de la natation, de la voile, de l'alpinisme, du tennis, etc. constitue de toute évidence l'occasion d'une expérience libre et ludique du corps, que chacun d'entre nous recherche et apprécie toujours davantage. Il serait donc faux

15. Cf. la revue *Partisans* : « Sport, Culture et Répression », juil.-sep. 1968, nº 43, p. 32 et ss.

d'identifier *a priori* la corporéité du skieur de vacances ou du tennisman du dimanche avec celle d'un Killy et d'un Laver.

Mais il ne faut pas méconnaître pour autant le conditionnement psychosociologique rigoureux exercé, d'une part, par la propagande officielle qui souligne le prestige des champions nationaux et invite les jeunes à suivre leurs exemples, et, d'autre part, et corrélativement, par l'organisation commerciale croissante des loisirs qui réussissent, grâce à la détente physique et l'amusement, à restaurer les forces vives et le moral de l'individu en vue d'un meilleur travail et ainsi l'intégrer à nouveau dans un système d'exploitation dont il n'aperçoit plus la puissance répressive. En donnant ainsi l'illusion d'assurer la revanche du corps contre l'abrutissement et la pollution de la civilisation urbaine et technicienne, l'extension des loisirs a contribué à forger une image mythique d'un homme pourvu d'un corps harmonieux, libre, sain et beau. Autrement dit, la civilisation des loisirs a créé de toutes pièces « un humanisme du corps ».

Ainsi, comme nous venons de le voir, et comme l'écrit excellemment J.M. Brohm, « dans tous les domaines de la vie sociale, le corps devient de plus en plus l'objet, le centre de certaines préoccupations technologiques ou idéologiques. Que ce soit dans la production, dans la consommation, dans le loisir, dans le spectacle, dans la publicité, etc., le corps est devenu un objet de traitement, de manipulation, de mise en scène d'exploitation. C'est sur le corps que convergent toute une série d'intérêts sociaux et politiques dans l'actuelle « civilisation technicienne ». Il s'agit dès lors de saisir les raisons sociales de cet « intérêt » pour le corps, de cette réhabilitation *apparente* du corps, de cette réconciliation avec le corps dans la culture de masse. La thèse de Freud, en effet, selon laquelle le progrès de la civilisation est inséparable de la répression, du refoulement de la partie physique, instinctuelle de l'organisme, de la sphère sensuelle du corps, semble de nos jours infirmée par l'explosion considérable des formes culturelles et des cadres sociaux où le corps se manifestait jusqu'à présent. La civilisation qui jusqu'à présent reposait sur le refoulement du corps semble remettre le corps en honneur. La culture qui s'était édifiée grâce au renoncement au corps, un renoncement à la satisfaction des pulsions, sexuelles notamment, semble transformée en une culture du corps, en une glorification du corps érotique, en une culture érotique. La sourde mélodie des instincts dont parlait Freud semble devenir la tumultueuse clameur des instincts déchaînés. Par ailleurs, de toutes parts, s'affirme la revendication du droit au corps, du droit à l'exercice physique, du droit à la culture du corps, du droit au bien-être, au bonheur physique, au développement du corps. Bref, la civilisation qui était encore récemment une civilisation contre le corps, une répression du corps, semble se transformer en une civilisation du corps, la culture négative du corps en une culture positive, affirmative du corps. Le corps qui semblait ne pas pouvoir être une valeur culturelle est devenu une *valeur-fétiche* qui pénètre toutes les sphères de la culture : le corps est devenu le grand médiateur de la culture contemporaine en régime capitaliste hautement développé » [16].

Notre projet : Démystifier une certaine image du corps

En définitive, la civilisation occidentale contemporaine nous fait assister et, que nous le voulions ou non, participer à une exhaustion du corps au niveau d'un mythe prétendu libérateur qui, en fait, pénètre et transforme notre expérience personnelle, installant au cœur de notre être subjectif, le réseau et le poids aliénant des impératifs sociaux. Or précisément, dans le présent ouvrage, nous nous proposons de montrer et expliquer au lecteur comment son expérience corporelle, qu'il croit être sa chose propre, sa citadelle inexpugnable, est investie et façonnée dès son origine par la société dans laquelle il vit. Autrement dit, nous voudrions démystifier une certaine image commune du corps comme réalité close et intime (« tu n'es pas dans ma peau », dit l'homme de la rue) et, au contraire, souligner son ouverture et sa fonction de médiation sociale.

Pour cela, nous croyons nécessaire dans un premier temps de rappeler les premières explications physiologiques et psychologiques de notre corporéité à l'aide des concepts d'« image du corps » et surtout de « schéma corporel ». Dans un deuxième temps, nous tenterons de dégager l'aspect essentiellement relationnel du corps, sous sa forme à la fois psychobiologique et existentielle. Enfin dans un troisième temps, nous montrerons que si, comme l'a souligné la psychanalyse, cette relation est inhérente à notre inconscient le plus profond, inhérente à nos fantasmes et nos rêves, eux-mêmes expriment les rêves de la société sur elle-même. Nous découvrirons ainsi au centre de notre corporéité l'impact sociologique et idéologique d'une société omniprésente. Notre réflexion débouchera ainsi tout naturellement sur la structure mythologique du corps. Bref, notre parcours suivra, avec l'éclairage de la physiologie et des sciences humaines, le trajet de l'expérience individuelle au mythe pour faire comprendre celui de mythe à l'expérience.

16. Cf. la revue *Partisans*, juillet-sept. 1968, nº 43, p. 49.

PREMIÈRE PARTIE

DE LA COENESTHÉSIE AU SCHÉMA CORPOREL

Chapitre 1

Le paradoxe de l'expérience du corps et ses premières explications

Dans la vie quotidienne, lorsque tout nous réussit, lorsque nos actions réalisent parfaitement nos projets, que nos réactions s'adaptent automatiquement à l'urgence des situations ou même que les événements répondent à nos désirs, il nous arrive presque d'oublier que nous sommes incarnés, que nous avons un corps. Nous connaissons alors cette euphorie de nous sentir un et indivisible ou, comme dit Saint-Exupéry, de « loger tout entier dans notre acte », de nous confondre avec lui. Mais que survienne la douleur, la maladie, l'échec et nous voilà divisés, déchirés face à une masse lourde et résistante, bien plus une organisation étrangère et apparemment malveillante dont nous avons perdu en quelque sorte la clé et que nous appelons curieusement « notre » corps. Bref, « notre » corps surgit et n'apparaît à notre conscience que comme l'éternel « gêneur ».

C'est ce que nous constatons, en particulier, à l'apprentissage de gestes nouveaux, d'une pratique physique nouvelle, comme celle, par exemple, d'une technique sportive. Il suffit, pour le vérifier, d'observer le comportement maladroit et le désarroi du skieur débutant qui, privé du soutien habituel de la mobilité de ses membres inférieurs et contraint d'affronter la déclivité glissante et menaçante d'un sol dont il ne sent plus les aspérités, offre le spectacle d'un pantin désarticulé, d'un jouet déréglé, presqu'aussi désarmé qu'un nouveau-né incapable de garder son équilibre assis ou debout. Apprendre le ski consiste précisément à conquérir un nouvel équilibre en réadaptant notre corps à une situation insolite : glisser au lieu de marcher et glisser au moyen de supports qui, non seulement limitent les possibilités d'utilisation de nos jambes et nos pieds, mais exigent, pour leur propulsion, l'intervention de la pesanteur. Tout moniteur sait que cette réadaptation s'effectue plus ou moins bien selon les individus, car elle est fonction de la façon dont chacun appréhende son propre corps, dont il le vit, le sent et le meut.

Or cette appréhension singulière et subjective du corps propre non seulement change et ne cesse d'évoluer, mais elle subit aussi de graves perturbations qui rendent pratiquement impossible toute maîtrise de l'action et menacent ou même ruinent l'unité de notre personnalité. C'est par de tels troubles que le psychologue et avant lui, le neurophysiologiste, le psychiatre et le psychanalyste ont pu étudier et déterminer la nature du pacte secret qui nous unit à notre corps et grâce auquel nous parvenons à découvrir, identifier, coordonner et intérioriser jusqu'au tréfonds de notre inconscient l'organisme vivant de notre naissance.

Un concept mystérieux : la coenésthésie

Il faut noter, en effet, qu'avant d'être un problème rigoureusement psychologique, l'expérience vécue de notre corps a été l'objet d'études seulement physiologiques. Il ne pouvait en être autrement, puisque la psychologie n'a pu acquérir son statut de science qu'aux dépens des deux sciences auxquelles Auguste Comte réduisait toute connaissance de l'homme : la physiologie ou « physique organique » et la sociologie ou « physique sociale ». Ainsi tout naturellement on fut conduit au raisonnement suivant : si l'organisme vivant connaît le monde extérieur par des sensations provoquées dans les organes des sens par des stimuli externes, quelles sont les sensations ou plus exactement quelle est la fonction sensorielle qui permet à chacun de connaître son propre organisme ? Ne peut-on imaginer une fonction symétrique de la sensorialité externe, assurant la réception globale de toutes les sensations internes de nos viscères, de notre circulation, de nos articulations, etc. ? C'est ainsi que fut forgé au début du 19ᵉ siècle par le physiologiste Reil le concept vague et mystérieux de « coenesthésie » (du grec « koiné », commun, et « aisthesis », sensation) pour désigner « le chaos non débrouillé des sensations qui, de tous les points du corps, sont sans cesse transmises au « sensorium », c'est-à-dire au centre nerveux des afférences sensorielles ».

Or cette définition proposée par un autre physiologiste Henlé et citée par Ribot dans son ouvrage célèbre sur *Les maladies de la personnalité* en 1885, semble, malgré son imprécision et sa gratuité, avoir satisfait ses contemporains, puisque le mot fit fortune en cette fin de siècle et fut même repris par les pionniers de la Psychologie scientifique, comme Wundt qui mit l'accent sur son aspect affectif ; ou Pierre Janet qui souligne le rôle important de la suggestion ; ou encore William James qui dans ses *Principes de psychologie* (1890), identifie à des troubles du sens coenesthésique les symptômes pathologiques de dédoublement de la personnalité ou d'étrangeté corporelle. Ainsi, par exemple, ces malades qui ont l'impression d'être sans frontières vis-à-vis d'autrui et s'imaginent tour à tour que leurs actes, leurs paroles, leurs pensées sont perçus par d'autres ; ces cas sont rapportés à des troubles coenesthésiques dans la mesure où ces malades ont l'illusion d'entendre des voix dans le ventre, la poitrine ou la tête.

Or non seulement ces illusions sont relativement tardives, mais elles sont souvent contredites par le malade, qui a des réticences à assimiler ces voix naturelles d'origine extérieure. Bien plus, ce besoin précisément de donner à leur trouble une expression spatiale et de le situer, avec une réussite d'ailleurs variable, dans leur corps ou dans le monde extérieur, « n'est-il pas la preuve que ces localisations et leur cortège sensoriel sont un aboutissement ou une simple rencontre, plutôt qu'un point de départ ou une cause ? » Autrement dit, plutôt que des troubles d'une soi-disant perception coenesthésique, on n'observe, en fait, qu'une tendance à localiser les états de conscience quelque part et une impuissance à maintenir la distinction de l'actif et du passif, du moi et d'autrui.

Mais, d'une façon générale, il est bien évident qu'un concept aussi confus et invérifiable que celui de coenesthésie ne pouvait expliquer rationnellement la diversité des observations cliniques et *a fortiori* en permettre la thérapeutique. Tout d'abord le concept présentait l'inconvénient de recouvrir deux types de sensibilité distincts : la sensibilité proprement viscérale que Sherrington a dénommée « intéroceptive » et une autre sensibilité qu'il a appelée « proprioceptive » ou posturale dont le siège périphérique est situé dans les articulations et les muscles (source de sensations kinesthésiques) et dont la fonction est de régler l'équilibre et les synergies (les actions volontaires coordonnées) nécessaires à l'exécution de tout déplacement. Ensuite on ne pouvait rapporter toutes les formes pathologiques à une simple insuffisance des sensations internes actuelles ou de leurs modes d'association.

« Faite pour donner, sous le couvert d'un mot commode, écrit Wallon, l'illusion d'introduire dans les problèmes de psychologie la considération de l'organisme, la coenesthésie est censée servir de support et ne saurait donc absolument rien y ajouter. Etrangère aux études qui ont pu être entreprises sur la sensibilité intéro et proprioceptive, sur la sensibilité protopathique, sur les rapports de la sensibilité et des états affectifs... elle reste, sous sa forme globale, la conscience du corps, c'est-à-dire une simple spécialisation de la conscience, telle que la peut définir l'introspection. Elle consiste dans l'application du sens intime à l'organisme, dont elle serait la représentation immédiate. Et cette représentation en exprimerait l'essentiel, l'efficiente réalité. » Autrement dit, expliquer l'expérience corporelle à l'aide de la coenesthésie revient, par une sorte d'illusion animiste, à expliquer la conscience par la conscience, mettre la cause dans les effets eux-mêmes. C'est un pur jeu verbal sans contact avec le réel. Il fallait donc, semble-t-il, chercher au-delà de la conscience présente une structure par laquelle le sujet assure effectivement dans son corps sa prise sur le monde [1].

Un concept prometteur : « le schéma »

C'est précisément la question que s'est posée un médecin français, E. Bonnier, qui, dans ses travaux otologiques (étude de l'oreille et de ses maladies) et, en particulier dans son livre sur *Le vertige* (1893), a été conduit à chercher le fondement de l'état de non-vertige, autrement dit le dispositif qui garantit l'ancrage des postures d'un sujet normal dans un cadre spatio-temporel. Dès cette date, il soulignait le rôle prédominant, d'une part, du sens articulaire, par lequel « nous connaissons la situation de nos leviers osseux dans leurs rapports mutuels, leurs inclinaisons l'un sur l'autre » ; d'autre part, de « la tactilité vestibulaire de l'oreille », grâce à laquelle chacun a dans une certaine mesure l'appréhension de sa verticalité, de sa marche rectiligne ou de sa rotation.

Ainsi, après avoir examiné un grand nombre de cas pathologiques où ces fonctions sont perturbées, il émit l'hypothèse qu'ils relevaient tous d'un trouble d'un « schéma », c'est-à-dire de la figuration topographique du corps que chacun posséderait en soi ; trouble qu'il appela « aschématie », énoncé même du titre de l'article dans lequel en 1905, pour la *Revue neurologique*, il consignait les résultats de ses recherches. Comme on le voit, cette notion de « schéma » est essentiellement un modèle perceptif du corps comme configuration spatiale : il est, au fond, ce qui sert au sujet à dessiner les contours de son corps et la distribution de ses membres, de ses organes, et à localiser les stimulations qui lui sont appliquées aussi bien que les attitudes qui y répondent. Autrement dit, il désigne plus qu'une simple sensation ou somme de sensations internes du corps ou encore qu'un vague sentiment d'existence, comme le signifiait le concept de coenesthésie. Or un tel « schéma » peut, selon Bonnier, subir des perturbations en fournissant de fausses informations : ou bien il peut faire croire que les parties du corps occupent plus que leur propre place ; ce trouble est appelé : « l'hyperschématie ». Ou inversement il peut suggérer qu'elles occupent une place moindre que leur place réelle ; c'est « l'hyposchématie ». Ou enfin qu'elles en occupent une autre, comme dans la « paraschématie ».

En fait, comme l'ont rappelé les docteurs J. de Ajuriaguerra et Hécaen, cette thèse a été vivement combattue tant par les psychologues que par les médecins et même a sombré pratiquement dans un oubli quasi total. Mais l'hypothèse fondamentale d'un schéma du corps, c'est-à-dire d'une structure organisée le représentant, a, bien

1. Pour tout ce passage, lire l'introduction de la 2ᵉ partie des *Origines du caractère* de H. Wallon, P.U.F., 4ᵉ éd. 1970, p. 179-185.

que sous des conceptualisations différentes, connu un certain succès et suscité une nombreuse descendance. Nous citerons, parmi les plus célèbres, les notions d'« image spatiale du corps » de Pick, de « schéma postural » de Head, de « schéma corporel » de Schilder, « l'image de soi » de Van Bogaert et « l'image de notre corps » de Lhermitte. Or toutes ces notions non seulement ne recouvrent pas les mêmes faits, mais résultent souvent d'observations de cas pathologiques distincts et de problématiques parfois totalement opposées. C'est ce que nous allons essayer de montrer dans notre prochain chapitre en esquissant l'évolution des théories du schéma ou image du corps en fonction de l'explication des différents cas pathologiques envisagés.

Chapitre 2

Les cas pathologiques et les premières théories. De l'image spatiale du corps au schéma postural

Nous avons vu précédemment qu'une des caractéristiques essentielles du concept de « schéma » proposée par Bonnier est d'être une figuration topographique et, par conséquent, spatiale du corps ; figuration permettant la station verticale équilibrée et la localisation des excitations et des réactions appropriées. Or un neurologiste allemand devait retrouver une idée analogue par l'observation d'un cas pathologique pourtant totalement étranger aux recherches de Bonnier. Ce cas est celui d'« autotopoagnosie » observé et analysé par Pick en 1908 : il s'agit d'un trouble caractérisé, d'une part, par une impossibilité pour le sujet d'exécuter des mouvements sur son propre corps (appelés, pour cela, mouvements « réfléchis »), et, d'autre part, par l'impossibilité de localiser les sensations externes, c'est-à-dire les parties du corps stimulées de l'extérieur. Ainsi le sujet ne distingue plus le côté gauche du côté droit et même, bien plus, perd la notion de ses mains et se met à les chercher sous la table...

Ces faits suggérèrent à Pick que la localisation de nos organes, notre orientation dans l'espace et, d'une manière générale, la connaissance topographique de notre corps devait être assurée par une sorte de carte mentale ou de mini-atlas cérébral découlant de l'association des sensations cutanées avec les sensations visuelles correspondantes. Au fond, notre conscience dessinerait notre corps selon les pointillés déterminés par les excitations épidermiques localisées visuellement. Ainsi, comme on le voit, l'explication de Pick tend à privilégier l'élément visuel ou, comme le dit Wallon « la série optique ». Le malade autotopoagnosique, en raison de lésions cérébrales, est incapable de faire coïncider les sensations qu'il ressent avec le tableau visuel qu'il a de son corps. Or cette explication est, selon Pick, confirmée par les symptômes d'un phénomène pathologique beaucoup plus célèbre et fréquent que l'autotopoagnosie : le phénomène dit du « membre fantôme ».

« Le membre fantôme »

Ce phénomène, déjà remarqué dès le 17ᵉ siècle par Ambroise Paré et par Descartes [1], a été solidement confirmé aux 19ᵉ et 20ᵉ siècles par les observations sur les blessés de la guerre de Sécession par Weir Mitchell et ceux des deux dernières guerres mondiales par de nombreux neurologistes contemporains dont Goldstein et Lhermitte. Ce cas se manifeste chez les amputés d'un membre (bras, jambe, seins ou verge) : ceux-ci, paradoxalement, continuent, malgré l'amputation, à le sentir existant. Une des observations les plus curieuses est celle de cet amputé, ancien excellent cavalier, qui, montant à nouveau à cheval, s'imagine tenir fermement la bride avec sa main amputée et se met simultanément à frapper l'animal de sa cravache tenue dans l'autre main ; il est alors, comme on le devine, déséquilibré et précipité au bas de son cheval. Un autre amputé de la main avait, au cours des repas, une telle sensation de tenir sa fourchette par cette main absente et, par conséquent, une illusion si pénible qu'il en perdait l'appétit ou ne pouvait digérer.

Pour rendre compte de tels phénomènes, une première hypothèse nous vient à l'esprit : le membre fantôme résulte de la persistance des excitations ou stimulations du moignon du membre amputé, c'est-à-dire, au fond, de la seule sensibilité périphérique. Hypothèse apparemment simple et de « bon sens », mais qui, en réalité, est démentie par les faits. En effet, l'anesthésie par la cocaïne ne supprime pas le membre fantôme. De plus, il y a des membres fantômes sans aucune amputation et à la suite de lésions cérébrales. Enfin le membre fantôme garde souvent la position même que le bras réel occupait au moment de la blessure : un blessé de guerre sent encore dans son bras fantôme les éclats d'obus qui ont lacéré son bras réel. Il faut donc croire que le phénomène n'est pas d'origine périphérique, mais centrale, c'est-à-dire résulterait de la conservation des traces cérébrales. C'est déjà ce que suggérait autrefois Descartes quand il écrivait : « La douleur de la main n'est pas sentie par l'âme en tant qu'elle est dans la main, mais en tant qu'elle est dans le cerveau. »

Mais cette seconde hypothèse n'est pas plus satisfaisante que la première, car un ensemble de traces cérébrales ne saurait figurer les rapports de conscience qui interviennent dans le phénomène. Il dépend, en effet, de déterminants psychiques. Ainsi une émotion, une circonstance qui rappelle celles de la blessure font apparaître un membre fantôme chez des sujets qui n'en avaient pas. Il arrive aussi que le bras fantôme, énorme après l'opération, se retrécisse ensuite pour s'engloutir enfin dans le moignon « avec le consentement du malade à accepter sa mutilation ».

D'ailleurs, l'illusion des amputés est en rapport avec la constitution

1. R. Descartes, *Les principes de la philosophie*, 1644, 4ᵉ partie, nº 196.

psychique du sujet : elle ne se produit pas chez tous les jeunes enfants et est, par contre, très fréquente chez les hommes cultivés. Nous en trouvons une illustration saisissante dans le cas du docteur Lobligeois, radiologiste des premiers temps, qui, victime des irradiations, eut à subir l'amputation du membre supérieur droit et consigna avec précision toutes les impressions qu'il éprouva après son amputation. « La certitude mentale que j'ai encore de mon membre supérieur, écrit-il, est telle qu'il m'arrive encore de faire la volition nécessaire pour mouvoir ce membre et le faire se porter au secours du bras gauche quand celui-ci est dans l'embarras. De même, dans la rue, si je vois des gens regarder ma manche droite vide, il m'arrive de me demander pourquoi ils la regardent, n'ayant nullement la sensation d'être autrement qu'eux [2]. » Weir Mitchell note, par ailleurs, que sur 90 amputations, 4 seulement ne furent pas suivies du membre fantôme. Or « 3 des amputés sur ces 4 étaient des hommes d'intelligence inférieure, des manœuvres ». Autrement dit, l'illusion exige, pour se produire, certaines dispositions psychologiques. A titre de contre-épreuve, on peut rappeler que certains sujets non amputés, mais seulement paralysés d'un membre, par exemple d'une main droite, tendent la gauche quand on leur demande la droite et parlent de leur bras paralysé comme d'un « serpent long et froid », ce qui exclut l'hypothèse d'une véritable anesthésie et suggère celle d'un refus de la déficience. Ce phénomène est appelé par les médecins « anosognosie » (agnosie = absence de connaissance ; nosos = la maladie).

Faut-il donc dire que le membre fantôme est un souvenir, une volonté ou une croyance positive et que l'anosognosie est, parallèlement, un oubli et une croyance négative ? En d'autres termes, à défaut d'une explication physiologique, soit périphérique, soit centrale, convient-il d'en donner une explication psychologique ? Dans cette troisième hypothèse, pour reprendre notre exemple, cité précédemment, le cavalier amputé à la fois se souviendrait de son ancienne attitude en selle et refuserait de se reconnaître infirme, voulant continuer à croire de toute force à son ancienne aptitude équestre. Mais, comme nous l'indiquions plus haut, aucune explication psychologique ne peut ignorer que la section des nerfs sensitifs qui vont vers l'encéphale, supprime le membre fantôme. Il faut donc comprendre comment les déterminants psychiques et les conditions physiologiques s'engrènent les uns sur les autres : à première vue, on ne conçoit pas comment le membre fantôme, s'il dépend des conditions physiologiques et s'il est à ce titre l'effet d'un déterminisme naturel, peut par ailleurs, relever de l'histoire personnelle du malade, de ses souvenirs, de ses émotions ou

2. Cité par A. Tournay dans son article « Le schéma corporel », *Bulletin de psychologie*, tome 18, 1-2, 1er oct. 1964, p. 3. Pour tout ce qui concerne le problème du membre fantôme et de l'image corporelle, je vous renvoie à J. Lhermitte, *L'image de notre corps*, éd. Nouvelle revue critique, Paris, 1939, et à *Encyclopédie française*, tome 8, 28, 9.

de sa volonté. Pour que ces deux composantes physiologiques et psychologiques aient une même résultante, il leur faut un terrain commun.

Or c'est ce terrain commun que Pick croit avoir trouvé en recourant à l'hypothèse de l'image spatiale qui est tributaire à la fois des afférences sensorielles, plus particulièrement des stimulations visuelles, et du contenu de la conscience : le cavalier garde l'image de son bras posé sur la bride, parce qu'il continue et veut continuer à associer cette sensation visuelle à la sensation tactile procurée par la tenue de cette bride. Mais cette explication non seulement ne put rendre compte de tous les cas observés, mais s'avéra impuissante à concilier les aspects perceptifs et moteurs qu'ils révèlaient. C'est du moins ce qui ressort de la théorie nouvelle proposée par le neurophysiologiste anglais Head.

Le « schéma postural » du corps

Ce dernier remarque, en effet, qu'il existe des cas où le patient peut localiser correctement un attouchement sur son bras, donc conserver une image visuelle intacte de son corps, tout en étant incapable de déterminer la position de son bras dans l'espace. Ainsi le malade dont on déplace le bras, désigne le point touché non pas sur son bras à l'endroit où il se trouve maintenant, mais dans le vide, à l'endroit où il se trouvait au moment de l'attouchement. Le déplacement du bras n'a pas été enregistré. Autrement dit, les postures ou les données posturales constituent des éléments essentiels à la connaissance de notre corps. « L'image, qu'elle soit visuelle ou motrice, écrit Head, n'est pas l'étalon fondamental auquel il faut mesurer tous les changements posturaux. Chaque changement reconnaissable entre dans la conscience déjà chargé de sa relation à quelque chose qui s'est passé avant, exactement comme, sur le compteur d'un taxi, la distance nous est représentée déjà transformée en francs et en centimes. De sorte que le produit final de tous les essais qui visent à apprécier la posture ou le mouvement passif, parvient à la conscience comme un changement postural déjà étalonné. Pour désigner ce standard auquel sont mesurés, avant d'entrer dans la conscience, tous les changements de posture, ajoute Head, nous proposons le mot : « schéma ». Comme nous changeons perpétuellement de position, nous sommes toujours en train de construire un modèle postural de nous-mêmes en constante transformation. Chaque nouvelle posture ou mouvement vient s'enregistrer sur ce schéma plastique, et l'activité corticale met en relation avec lui chaque nouveau groupe de sensations évoquées par la posture nouvelle. Il s'ensuit une connaissance immédiate de la posture, dès que cette relation est établie. »

C'est grâce à de tels schémas que nous pouvons « prolonger notre connaissance de la posture, du mouvement et de la localisation au-delà des limites de notre corps, par exemple à l'extrémité d'un outil ou d'un instrument de musique que nous tenons dans la main. Sans cette faculté, et les schémas qui la procurent, il ne nous servirait à rien de tâter le sol du bout d'un bâton, nous ne pourrions nous servir d'une cuiller à moins d'avoir les yeux fixés sur l'assiette. Tout ce qui participe des mouvements conscients de notre corps est ajouté au modèle que nous avons de nous-mêmes et fait désormais partie de ces schémas : le pouvoir de localisation peut s'étendre chez une femme jusqu'à la plume de son chapeau » [3]. En d'autres termes, la connaissance qui permet à chacun de nous de disposer quotidiennement de son corps dans les activités les plus banales, dépend de l'association de schémas indéfiniment modifiables, donc essentiellement plastiques, mais néanmoins de nature purement physiologique puisque fondés sur des processus corticaux. Il y a, en fait, deux grandes catégories de schémas :

— Les schémas posturaux, dont nous venons de parler et qui donnent la sensation de position du corps, l'appréciation de la direction du mouvement et le maintien du tonus postural.
— Des schémas de la surface du corps qui permettent de localiser les attouchements sur la peau, car, comme nous l'avons vu plus haut, un patient peut être capable d'indiquer correctement l'endroit exact où il vient d'être touché ou piqué avec une épingle sans pouvoir simultanément reconnaître la position dans l'espace du membre qui vient d'être touché.

A ces deux types de schémas s'ajoutent des schémas qui permettent aussi, selon Head, l'appréciation par le sujet des aspects temporels des différentes stimulations reçues.

Cette théorie fit incontestablement progresser la compréhension des processus responsables de notre maîtrise corporelle. L'un des premiers à le reconnaître et à en tirer parti fut un neuro-psychiatre et psychanalyste autrichien, dont le nom depuis devint célèbre et sur la conception duquel nous voudrions réfléchir maintenant : Paul Schilder.

3. Cité par P. Schilder, *l'Image du corps*, trad. Gantheret et Truffert, Gallimard, 1968, p. 36-37.

Chapitre 3

Le concept de " schéma corporel " et ses ambiguïtés

Dans sa pratique clinique quotidienne, Paul Schilder eut maintes fois l'occasion de vérifier le bien-fondé des observations de Head. Mais parfois aussi il fut amené à les corriger, les compléter et finalement les refondre dans une explication plus exhaustive. C'est ainsi que l'analyse d'un cas complexe d'une patiente atteinte d'hémiplégie droite et manifestant, entre autres, des symptômes d'allochirie ou alloesthésie (la malade transfère des sensations du côté sain sur le côté malade qui est incapable de les avoir par lui-même), lui révèla, contrairement à Head, « l'importance de l'élément visuel dans le modèle postural du corps » [1]. « Dans le schéma corporel, écrit-il, les données tactiles-kinesthésiques et les données optiques ne peuvent être séparées les unes des autres que par des méthodes artificielles. Ce que nous avons étudié, ajoute Schilder, ce sont les changements dans l'unité du modèle postural du corps amenés par un changement des sensations dans la sphère tactile et optique. Le système nerveux agit comme un tout par rapport à la situation globale. L'unité de perception est l'objet qui se présente par les sens et par *tous* les sens. La perception est synesthésique ; et le corps lui aussi, en tant qu'objet, se présente à tous les sens. »

Le rôle de l'action

Mais il faut, selon Schilder, aller plus loin encore et dire que la perception n'existe pas sans action. « Voir avec un œil immobile, dont les muscles internes et externes ne fonctionnent pas, ce ne serait pas réellement voir ; et ce ne serait plus voir du tout si, en même temps, le corps était complètement immobilisé. Si l'œil est immobile, alors c'est la tête qui bouge, et si les deux sont paralysés, c'est le corps qui bouge. Même dans les cas de paralysie totale, des impulsions de bouger

1. Cf. *op. cité*, p. 41 et p. 61.

subsistent, tant que dure la vie [2]. » Bref, perception et réponse motrice sont les deux pôles de l'unité du comportement. Schilder a trouvé une formulation théorique de cette idée dans la Gestalttheorie, qui précisément a montré que cette unité perception-action, tout comme impression-expression constitue une totalité originale et dynamique que ces théoriciens appellent « une Gestalt », c'est-à-dire une « forme » ou « structure ». Dès lors, le modèle postural du corps n'est plus seulement envisagé sous son aspect perceptif, mais comme structure indissolublement perceptive et active enrichie sans cesse par l'expérience. Schilder a pu, d'ailleurs, le vérifier par l'observation de cas pathologiques symétriques et très souvent associés aux agnosies, dont nous venons de parler, à savoir les *apraxies*. Un apraxique est un patient qui, bien que capable de former le plan général, la représentation anticipée d'une action projetée, est incapable de réaliser celle-ci. Autrement dit, le malade ne peut exécuter des mouvements adaptés à un but, malgré l'intégrité des fonctions intellectuelles, motrices et sensitivo-sensorielles.

En fait, cette incapacité peut revêtir trois formes correspondant à trois causes distinctes : tout d'abord, le sujet manifestera son incapacité à ordonner convenablement les différentes séquences d'un acte complexe. Dans ce cas, c'est l'ordre du schéma ou plan d'action qui est perturbé. C'est pourquoi cette apraxie est dite « idéatoire ». Le malade peut aussi s'avérer incapable de mobiliser les types de conduites ou habitudes en rapport avec le plan d'action représenté. Ainsi se trouvent surtout perturbés les actes qui ont une valeur symbolique, les gestes « à vide », comme celui de mimer. Cette apraxie est dite « idéomotrice ». Enfin le trouble peut concerner uniquement l'aspect moteur de l'exécution : le sujet ne sait plus exécuter des mouvements pourtant simples et correctement représentés. C'est ce qu'on appelle l'apraxie motrice.

Parmi toutes les apraxies, Schilder a remarqué la fréquence de celles qui portent sur les actes visant non les objets extérieurs, mais son propre corps, c'est-à-dire ce que les physiologistes appellent « actes réfléchis ». Ainsi des malades qui peuvent manipuler des objets sans difficulté, sont, par contre, incapables de désigner des parties de leur corps, de trouver l'emplacement de leur nez et de leurs yeux, de montrer le bras gauche ou le droit, bien qu'ils *sachent* quel est le côté gauche ou droit de leur corps. Il s'agit donc d'un cas particulier des apraxies idéomotrices : l'apraxie que Schilder qualifie de « réflexive ». Or il s'avère que cette apraxie est la contre-partie de l'agnosie concernant l'image du corps (ou asomatognosie). Autrement dit, l'impossibilité de mouvement est tributaire de l'absence de perception et inversement. « En fait, dit Schilder, il est extrêmement difficile de distinguer entre troubles de la perception (agnosie en particulier) et troubles de l'action... Ce que l'on sait, c'est qu'une pleine perception n'est possible

2. *Idem*, p. 39.

que quand la manipulation de l'objet perçu est possible. Tout le sens de notre exposé, ajoute-t-il, tend à montrer que la connaissance et la perception ne sont pas le produit d'une attitude passive, mais qu'elles sont acquises par un processus très actif, dans lequel la motilité joue son rôle [3]. »

Ce rôle apparaît, en particulier, dans le phénomène dit de « persistance du tonus musculaire » ; si on demande à un sujet ayant les yeux fermés d'amener un bras mobile situé à 45° de l'autre immobile et horizontal, au niveau de ce dernier, on constate que le bras mobile se place toujours soit plus haut, soit plus bas. Le sujet ne sait pas qu'il commet cette erreur et déclare que ses deux bras sont au même niveau. Ce n'est qu'au bout de quelques secondes qu'ils y parviennent, mais le sujet n'en est pas conscient. Ainsi le tonus de persistance posturale influence l'image du corps en ce sens qu'il l'attire dans sa direction.

Le rôle de l'expérience émotionnelle et libidinale

Mais la motricité n'est pas seule à influencer notre perception et notre image du corps. En réalité, cette motricité est toujours liée directement ou non à une expérience émotionnelle, imposée par une relation avec autrui. Mon corps est vécu simultanément avec celui d'autrui à travers l'émotion qu'il exprime et qu'il suscite en moi. « La perception que nous avons du corps de l'autre et des émotions qu'il exprime est aussi primaire que la perception que nous avons de notre propre corps et de nos émotions qu'il exprime. Le corps propre ne diffère pas, dans le champ de la perception sensorielle, du corps des autres. » « Bref, comme l'écrit encore Schilder, le modèle postural de chaque être humain est en rapport avec celui des autres [4]. » Comme on le voit, cet aspect relationnel à la fois et indissolublement perceptif, dynamique et émotionnel, substitue au caractère physiologique du modèle de Head, une dimension psychologique. Et cette dimension psychologique trouve son fondement non seulement dans la théorie de la forme mais aussi et surtout dans la psychanalyse freudienne à laquelle nous nous attacherons plus particulièrement dans notre dernière partie.

Il nous suffit ici, en effet, de rappeler que, pour Freud, le corps est un ensemble de zones érogènes, c'est-à-dire de lieux d'excitations sexuelles, celles-ci concentrées surtout sur les orifices du corps (zones orale, anale, génitale). Or chaque individu ressent, en fonction de son expérience passée et surtout de l'histoire de son enfance, telle ou telle zone comme privilégiée par rapport aux autres : sa sensibilité sexuelle dessine ainsi l'image d'un corps qui tend nécessairement à modifier

3. *Idem*, p. 80.
4. *Idem*, p. 242 et p. 66.

celle qui résulte du modèle postural. « Quantité de recherches et d'expériences diverses, écrit Schilder, m'ont clairement montré que tout ce qu'il peut y avoir de particulier dans les structures libidinales se reflète dans la structure du modèle postural du corps. Les individus chez lesquels domine telle ou telle pulsion partielle sentiront comme au centre de leur image du corps tel point du corps, telle zone érogène qui correspond particulièrement à cette pulsion : comme si l'énergie s'amassait en ces points particuliers. Il y aura des lignes d'énergie reliant les différents points érogènes, et la structure de l'image du corps variera selon les tendances psychosexuelles des individus [5]. »

Il convient, à ce propos, de préciser que pour Schilder comme pour Freud, les pulsions partielles ne se définissent pas uniquement par leurs sources organiques (la bouche, l'anus, les organes génitaux), mais aussi par leur but : ainsi Freud reconnaît qu'il y a, chez tout enfant, une pulsion de voir et une pulsion d'emprise (ou de maîtrise). Pulsion de voir parce que plaisir à découvrir son corps et à voir les parties génitales d'autrui. Pulsion d'emprise, parce que plaisir pris à contrôler sa musculature dans l'action sur les objets et autrui (qui devient pulsion de cruauté) ou sur soi-même (rétention des fèces dans l'érotisme anal et maîtrise de ses membres). C'est pourquoi les yeux et les mains acquièrent, dans cette perspective, un rôle privilégié. « Les parties du corps que la main peut atteindre facilement diffèrent dans leur structure psychologique de celles qu'elle ne peut atteindre qu'avec difficulté. » De même, « les parties du corps qui sont visibles sont différentes de celles qui ne le sont pas » [6]. Autrement dit, les mains et les yeux, déjà par eux-mêmes, confèrent par le plaisir qu'ils procurent, une valeur appropriée à la forme anatomique de notre corps et par là, la dé-forment à son gré.

Dès lors, la notion de « schéma corporel » ne doit plus être conçue comme un simple modèle postural à base physiologique, si souple soit-il, mais comme une structure libidinale dynamique qui ne cesse de changer en fonction de nos rapports avec le milieu physique, vital et social, donc « en perpétuelle auto-construction et auto-destruction interne » [7]. En d'autres termes, c'est un processus continuel de différenciation et d'intégration de toutes les expériences incorporées au cours de notre vie (perceptives, motrices, affectives, sexuelles, etc.).

Les ambiguïtés du schéma corporel

Mais précisément un tel processus est-il vraiment possible et concevable ? Ne suppose-t-il pas que puissent être intégrées et, par conséquent, conciliées, l'image de mon corps déterminée par les struc-

5. *Idem*, p. 144.
6. *Idem*, p. 145.
7. *Idem*, p. 40.

tures neurologiques correspondant aux capacités perceptivo-motrices d'un organisme anatomiquement et physiologiquement défini et, par ailleurs, l'image de mon corps créée selon les fluctuations de mes désirs, de mes plaisirs et, en définitive, de mes rêves ? Peut-on vraiment harmoniser le modèle neurologique du schéma tridimensionnel du corps, hérité de Head, et le modèle psychanalytique de l'image fluctuante et onirique du corps érogène emprunté à Freud ? comme l'a remarqué avec raison F. Gantheret [8], Schilder n'a pas réussi vraiment à démontrer la possibilité d'une telle harmonisation et on est obligé de reconnaître la relative incohérence de son mode d'explication : il juxtapose dans deux parties successives les deux points de vue, les deux éclairages, mais ne les accorde, ni *a fortiori* ne les unifie [9].

Bien plus, le recours à la Gestalttheorie, loin de contribuer à cette unification, l'empêche, au contraire, encore davantage en soulignant l'apparente incompatibilité entre le fait d'admettre que mon corps m'apparaît comme une forme, c'est-à-dire une totalité spatiotemporelle et celui de constater simultanément qu'il est senti comme une multiplicité ou mosaïque de zones érogènes soumises à l'anarchie incessante de stimulations variées et fortuites de la libido et se disputant, par conséquent, la préséance. Certes, Schilder nous dit bien que le schéma corporel est « dynamique », indéfiniment plastique, mais il ne nous explique pas comment opère ce dynamisme. Bref, les deux modèles de l'image du corps restent, malgré tous ses efforts et les retouches qu'il fait subir à l'un et à l'autre, simplement accolés, arbitrairement juxtaposés.

Or précisément de cette juxtaposition vont naître les deux principaux courants d'interprétation de l'expérience corporelle : tout d'abord, celui qui met l'accent sur les rapports de l'organisme avec le milieu environnant en essayant de dégager le rôle primordial et le dynamisme des structures perceptivo-motrices ; autrement dit qui adapte le schéma postural de Head à une conception du corps comme *fonction de relation* avec son environnement vital et social. Ce courant correspond à ce que Schilder appelle lui-même une « psychobiologie » et qui, à ses yeux, coïncidait avec toute sa pensée, puisque, prétend-il, « cette façon de voir est aussi inhérente à la doctrine psychanalytique ». [10]

8. Cf. F. Gantheret, « Le corps en psychologie clinique », in n° spécial du *Bulletin de psychologie* sur « La psychologie clinique », 1968, t. 21, 15-19, p. 933-936.

9. La troisième partie, consacrée à « La sociologie de l'image du corps », ne fait, d'ailleurs, qu'augmenter la difficulté dans la mesure où, comme nous le verrons plus loin, et, comme nous l'avons suggéré au début, la dimension sociologique du corps fait nécessairement intervenir des facteurs autres que purement physiologiques et psychanalytiques, à savoir des normes culturelles et des structures socio-politiques dont l'impact idéologique sur l'image du corps a un caractère spécifique, non réductible aux deux modèles précédents.

10. *Op. cité*, p. 32.

Mais, comme nous venons de le voir, une telle opinion est loin d'être fondée. D'où un second courant théorique qui, lui, prend comme unique modèle d'intelligibilité, l'image psychanalytique du corps ou plus exactement l'approche freudienne du corps libidinal, c'est-à-dire comme source d'excitation et de réaction sexuelles, bref comme désir, plaisir et douleur. Or cette approche nous offre une représentation tout à fait différente du corps, à tel point qu'elle remet en question l'emploi de la notion même de schéma corporel et impose une nouvelle notion d'« image » du corps. C'est pourquoi nous croyons nécessaire de l'étudier pour elle-même et séparément dans notre dernière partie. Par contre, il convient dès maintenant d'indiquer les apports les plus fructueux et éclairants du premier courant de pensée qui s'inscrit dans la tradition psychobiologique de Schilder et souligne le caractère relationnel de notre corps.

DEUXIÈME PARTIE

LE CORPS COMME RELATION

Chapitre 4

L'approche psychobiologique du corps
La genèse de la conscience du corps propre

Le principal représentant de cette tendance est, sans nul doute, Henri Wallon, qui sut dégager le rôle essentiel de la motricité et plus précisément de la fonction posturale du corps dans l'évolution psychologique de l'enfant. Il s'attacha, en effet à montrer comment celui-ci parvient peu à peu à prendre conscience de son corps comme d'une réalité une et dynamique, distincte des objets et des autres êtres vivants, humains ou non.

Les débuts de la conscience du corps

Comme chacun sait, le nouveau-né ne distingue pas son corps propre du monde extérieur : à 10 mois, un enfant capable de montrer où est un objet s'il est posé sur sa main, sur son pied ou sur sa tête, autrement dit, sur les parties mobiles de l'organisme, confond au contraire cet objet avec lui-même s'il lui est appliqué sur le tronc, même très fortement. A 10 mois également, une petite fille s'étant heurtée à un mur, montre le mur au lieu de montrer la partie du corps où elle s'est fait mal. « Les deux cas paraissent inverses mais ils relèvent de la même incertitude. Dans le premier, c'est le corps qui absorbe ce qui n'a pu encore en être nettement distingué, conformément à une sorte de solipsisme élémentaire de la sensibilité. Dans l'autre le choc met en relief l'agent extérieur, mais du même coup celui-ci escamote à son profit la sensibilité du sujet. » [1]

Cette sensibilité, en effet, est assez rudimentaire et ne se développe que progressivement : le nouveau-né, jusqu'au sixième mois, ne découvre les mouvements de ses mains, ses pieds et ses orteils qu'avec une certaine surprise, et les perçoit comme des objets étrangers. De

1. H. Wallon, « Kinesthésie et image visuelle du corps propre », in *Enfance*, 3-4, mai-oct. 1959, p. 258.

même, durant cette période et même jusqu'à un an et au-delà, il éprouve un intérêt très vif à se palper, portant d'abord les mains à la bouche, puis à la poitrine et enfin aux cuisses. On le voit aussi tirer vigoureusement une oreille touchée par hasard ou frapper ses dents avec des objets durs, ou se mordre brusquement le bras et crier de douleur. Vers le même âge, soit vers le quatorzième mois, l'enfant, auquel on demande de donner son pied, le prend à deux mains pour le tendre ainsi qu'il l'a fait d'un soulier précédemment donné. Cette insistance de l'enfant à vouloir comme détacher son pied de son corps trahit ainsi un manque de cohésion entre les impressions qu'il en a et le sentiment plus ou moins confus de sa propre activité. Autrement dit, l'enfant ne peut alors intégrer les parties de son corps, qui, d'ailleurs, restent individualisées et même personnifiées. « A un an et onze mois, l'enfant de Preyer [2] offre plusieurs fois son biscuit à son propre pied, comme il l'offrait à ses parents, et il se divertit beaucoup à attendre que ses orteils le saisissent. » [3]

Cet animisme naïf s'explique, selon Wallon, par ce fait étrange mais combien significatif à ses yeux : les organes et les formes corporelles sont d'abord mieux identifiés par l'enfant chez autrui que sur lui-même. Ainsi un enfant d'un an environ, cherchant à têter, localise très exactement la place du sein sur d'autres personnes que sa mère. Mais, par contre, vers la même époque, il appelle « nénins » comme les seins de sa mère les deux pointes rouges qu'il voit au coude de son père. Il semble donc que du complexe global qui lui faisait jusqu'alors rechercher exclusivement sa mère, l'enfant ait détaché des impressions particulières de lieu et de forme, qui sont devenues transposables sur une personne quelconque. Ce sont des images qui flottent ainsi indistinctement sur les choses, toujours prêtes à s'assimiler ce qui présente avec elles l'analogie même la plus partielle, sans pouvoir jamais s'insérer dans la réalité.

Il y a donc chez l'enfant une ouverture préalable sur les choses qui traduit plus fondamentalement une dépendance à l'égard des personnes de son entourage. Wallon n'a jamais cessé d'insister sur le caractère essentiellement social de l'enfant dont il situe l'origine même dans la période prénatale, intrautérine où le fœtus connaît cette symbiose physiologique avec le corps maternel, dont le sang lui apporte l'oxygène, l'alimentation et les hormones nécessaires à son développement somatique. Or, comme chacun sait, cette symbiose alimentaire se prolonge, bien que sous une forme relativement moins rigoureuse, au-delà de la naissance, puisque le nouveau-né reste sous la dépendance étroite de sa mère tant pour son alimentation et la satisfaction de ses besoins organiques que pour celle des exigences d'une sensibilité qui

2. Un psychologue allemand célèbre de la fin du 19e siècle dont le principal ouvrage est *L'âme de l'enfant*, traduit et paru chez Alcan en 1887.

3. Cf. H. Wallon, *Les origines du caractère chez l'enfant*, P.U.F., 4e éd., 1970, p. 216.

est la plus visible et, pour lui, la plus impérieuse : sa sensibilité posturale, autrement dit son besoin d'être remué et changé de position. Il a besoin, en effet, qu'on le porte, qu'on le berce, qu'on le calme en lui faisant prendre des attitudes favorables d'où puissent résulter la détente et le sommeil. Incapable de rien effectuer par lui-même, il est manipulé par autrui et c'est dans les mouvements d'autrui que ses premières attitudes prendront forme. Ainsi ses premiers gestes déclenchés par ses sensations de bien-être, de malaise ou de besoin, s'adapteront et, en quelque sorte, se mouleront sur les réactions bénéfiques ou maléfiques, agréables ou désagréables de l'entourage. Et cette association a un double effet : d'une part, elle permet à l'enfant de reconnaître, identifier et, par là, de prévoir les actes d'autrui dans la mesure où ceux-ci sont conformes ou opposés aux siens. Un accord s'établit entre ce que ses yeux voient qui se prépare à son égard et ce qu'il en éprouvera lui-même dans sa propre sensibilité posturale. Bref, il se prévoit en autrui et d'abord dans les mouvements maternels. D'autre part, la forme même, l'amplitude, la fréquence et le rythme des gestes du nourrisson se calquent sur celles et celui des réponses maternelles. L'espace postural de l'enfant s'enracine presque au sens littéral dans celui de sa mère ou de la personne qui en assume la charge.

L'émotion comme fonction tonique

Or cet enracinement est d'autant plus profond et plus irréductible qu'il a un caractère émotionnel. Dès l'âge de trois mois, l'enfant sait déjà adresser aux personnes de son entourage et particulièrement à sa mère, non plus seulement des cris en rapport avec les soins matériels dont il a besoin mais des sourires et des signes de contentement qui sont déjà un lien purement affectif entre lui et ceux qui se donnent la peine d'y répondre. Bref, à la symbiose physiologique et alimentaire succède la symbiose affective. Cette symbiose affective s'accomplit grâce au mimétisme inhérent à toute émotion et qui permet à l'enfant de sentir à l'unisson de son entourage, de participer à sa vie affective. L'émotion en effet, est, aux yeux de Wallon, une forme d'adaptation au milieu et plus spécifiquement à autrui, intermédiaire entre celle primitive et mécanique des automatismes et celle plus élaborée et réfléchie des représentations. Cette adaptation émotionnelle est essentiellement d'origine posturale et a pour étoffe le tonus musculaire : toutes les manifestations émotives, des plus frustes aux plus raffinées, du rire au sourire, mettent en jeu des contractions toniques du muscle, c'est-à-dire de simples variations de sa consistance sans changement de forme, ni allongement ou raccourcissement comme c'est le cas avec les contractions phasiques exigées par l'action sur les objets extérieurs.

Autrement dit. et c'est là une des thèses majeures de Wallon, la fonction tonique, en assurant la régulation des réactions émotives et, par là, de la vie affective, permet du même coup son extériorisation, son expression et, par conséquent son action sur autrui dont elle assimile simultanément les réponses. En somme, la fonction tonique du corps est la fonction primitive et essentielle de communication, d'échange : avant tout dialogue verbal, le corps de l'enfant, par ses manifestations émotionnelles, établit avec son entourage, ce que J. de Ajuriaguerra appelle « un dialogue tonique ». Nous verrons plus loin l'exploitation théorique et les applications importantes que ce dernier a su en tirer dans le domaine de la recherche psychosomatique et de la thérapeutique. Pour l'instant et pour nous en tenir au seul point de vue de Wallon, nous dirons que le corps de l'enfant n'est d'abord connu et vécu par lui que comme *corps en relation* et non en tant que forme ou masse abstraites considérées en soi. Ce corps en relation est intégré par l'intermédiaire du corps d'autrui dans la mesure où le corps propre se projette dans ce corps d'autrui et l'assimile, en premier lieu, par le jeu du dialogue tonique : chaque émotion de l'enfant, en se manifestant, s'objective pour sa conscience qui la vit ainsi à la fois comme auteur et spectateur et s'identifie, par conséquent, avec la conscience de tout autre spectateur, éventuel ou imaginaire.

Ce comportement de l'enfant illustre une remarque pertinente de Marx que Wallon aimait souvent rappeler : « L'homme, écrit, en effet, Marx, commence par se refléter dans un autre homme comme dans un miroir. C'est seulement quand il arrive à avoir envers l'homme Paul une attitude pareille à celle qu'il a envers soi-même, que l'homme Pierre commence à prendre conscience de lui-même comme d'un homme. » [4] Certes, cette formule a une résonance apparemment plus morale et sociale que psychologique, mais en réalité, elle exprime tout autant le processus de la genèse de la conscience du corps propre et de la personnalité chez l'enfant : processus dialectique dans la mesure où il y a un va-et-vient de soi à autrui et de l'image perçue en autrui à soi-même, avec, à chaque stade d'évolution, rupture, rectification et reprise, bref dépassement de la situation antérieure.

Wallon résume ainsi ce processus : « l'enfant commence par un syncrétisme total où tout est noyé dans sa propre subjectivité. Il se confond avec l'objet ou la cause de ses réactions. Il est lui-même comme à l'état diffus dans les situations qui le mettent en rapport avec autrui, sans qu'il sache encore se distinguer d'autrui. Puis la délimitation s'opérant, et à mesure que l'unité primitive est rompue, des relations s'établissent qui la maintiennent mais sur un autre plan, celui d'une pluralité objective. C'est d'abord simple dédoublement de deux personnages encore mal différenciés, bien que parfois en opposition. C'est alors que l'enfant commence à se voir en autrui, et il s'y retrouve d'autant plus facilement qu'il y projette quelque chose de

4. Cité dans « Kinesthésie et image visuelle du corps propre », *Enfance*, n° 3-4, mai-oct. 1959, p. 260.

lui-même. Similaire ou contraire à la sienne, l'action d'autrui lui semble faite plus ou moins sur le même modèle. L'assimilation succède à la participation primitive. Mais en même temps qu'il prête à autrui sa sensibilité kinesthésique, il reçoit d'autrui une empreinte visuelle, car il s'attribue les effets vus en autrui lors d'une situation commune. Il commence à prendre ainsi conscience plus objective de lui-même. » [5]

L'image du corps dans le miroir

Comme on peut le constater, tout le processus de la genèse de la conscience du corps propre, c'est-à-dire de la reconnaissance et de la connaissance par l'enfant de son corps comme sien, à la fois distinct et semblable à celui d'autrui, est commandé par cette expérience majeure : le phénomène du miroir. Se voir, se refléter en autrui implique que l'enfant puisse se voir et se refléter dans un miroir proprement dit ; en d'autres termes, qu'il puisse à la fois dissocier et identifier son image visuelle ou extéroceptive avec son vécu kinesthésique ou proprioceptif, son corps visuel avec son corps kinesthésique, son espace environnant avec son espace postural. En fait, comme on le sait, l'enfant ne commence à réagir et manifester un intérêt pour son image spéculaire qu'à partir du quatrième mois et ses premières réactions sont purement mimiques et affectives (il sourit, agite les bras... etc). Il faut attendre le sixième mois pour voir apparaître un comportement indiquant une mise en rapport : ainsi l'enfant de Darwin, après avoir souri à son image et celle de son père dans la glace, se retourne tout surpris quand il l'entend parler derrière son dos. L'excitation auditive qui s'est ajoutée par hasard à la situation habituelle suscite la confrontation, dans le temps et l'espace, de l'aspect réfléchi par le miroir et la présence réelle de son père. Or, à partir de ce moment, l'excitation ne sera plus nécessaire : l'image du miroir aura désormais, par simple transfert, le pouvoir de provoquer la même réaction vers la personne. Autrement dit, il ne s'agit pas d'une réaction conditionnée par un stimulus nouveau. Le geste d'attribution qui a ramené l'image à la personne et qui a traduit leur juxtaposition en identité, n'a pas eu pour point de départ l'intuition préalable de cette identité. Cette intuition lui est au contraire consécutive. Le geste l'a préparé, lui a frayé la voie.

Mais il n'y a pas ici une simple récurrence, car la mine de surprise de l'enfant indique bien qu'il ne s'abandonne pas à une accoutumance en quelque sorte inaperçue de lui-même, mais, au contraire, qu'il réalise quelque chose de nouveau, qu'il résout une difficulté, qu'il intègre dans une sorte d'unité supérieure ce qui jusqu'alors ne présentait pas encore pour lui de liaison déterminée. Bref, il y a vérification d'un rapport. Néanmoins ce rapport n'est encore qu'un rapport de

5. *Idem*, p. 260-261.

ressemblance et de concomitance : ainsi, alors que, depuis une semaine déjà, il se retourne vers son père aperçu dans la glace, l'enfant de Preyer essaie d'y saisir sa propre image avec la main. De même, alors que l'enfant de Darwin, à la vingt-septième semaine, se faisait un jeu de porter son regard tour à tour sur l'image spéculaire de son père et son père lui-même, il reste interloqué en le voyant, au septième mois, derrière une glace sans tain. L'enfant continue donc, semble-t-il, à attribuer à l'image une réalité indépendante de celle de la personne vivante, tout en leur attribuant une sorte d'identité virtuelle. Autrement dit, l'illusion consiste ici essentiellement dans une sorte de réalisme spatial qui interdit de résorber exactement dans la réalité unique de la personne celles de ses images qui ont des localisations diverses. Il est impuissant à la fois à traiter sa propre image comme une simple apparence et à concevoir la coïncidence soudaine de l'image dans le verre et de l'image dans l'espace. Et, d'ailleurs, comme l'a noté K. Bühler, si l'enfant donne la prépondérance à la personne sur l'image, c'est parce qu'elle est source de sons. Sinon l'illusion du réalisme de l'image spéculaire est telle que vers le onzième mois, l'enfant rit et tend encore les bras vers elle, l'appelle par son nom.

Ce comportement indique clairement qu'il n'éprouve aucune gêne, aucun conflit à percevoir simultanément deux images réelles de son Moi, l'une extéroceptive et l'autre active ; ce qui, notons-le, est normal si on songe que l'enfant n'a directement qu'une vision parcellaire de son propre corps, celle des organes ou membres que ses yeux peuvent découvrir par eux-mêmes. Or cette vision parcellaire peut, certes, se combiner à ses gestes et à son activité, au point de former des ensembles plus constants et plus habituels qu'il n'est possible à des impressions issues d'objets étrangers. « Mais, tant qu'elle y reste confondue et n'en a pas encore été distinguée, dit Wallon, elle ne peut donner ni des organes, ni, à plus forte raison du corps total une image homogène et cohérente. » [6] Pour avoir la représentation de son corps propre, l'enfant doit donc pouvoir l'extérioriser et le miroir y contribue en même temps, d'ailleurs, que toutes les analogies que lui procure la perception des personnes de son entourage. C'est pourquoi l'extériorisation de son image spéculaire lui apparaît avoir autant de réalité que celle des images de ces personnes : l'enfant admet aussi volontiers qu'il est simultanément présent dans l'espace qui fait corps avec ses impressions proprioceptives et dans celui qu'anime son image extéroceptive dans le miroir.

Pour qu'il réussisse à unifier son Moi dans l'espace, il lui faut donc à la fois reconnaître que son image spéculaire n'a que l'apparence de la réalité qu'il perçoit dans son propre corps et que néanmoins cette apparence a une réalité qu'il ne peut percevoir par ses

6. Cf. *Les origines du caractère*, p. 227. Pour toute cette analyse de l'image spéculaire du corps de l'enfant, je vous renvoie au chap. 4 de la 2ᵉ partie, p. 218-237. Cf. aussi R. Zazzo, *Conduites et conscience*, Delachaux et Niestlé, 1969, t. 1, p. 163-180.

propres sens. D'où, selon Wallon, le dilemme suivant : « des images sensibles, mais non réelles ; des images réelles, mais soustraites à la connaissance sensorielle. » Pour résoudre ce dilemme, l'enfant doit donc être capable de se dégager des impressions sensibles, immédiates, actuelles et de les subordonner à des systèmes purement virtuels de représentation, autrement dit acquérir la fonction symbolique. Cette acquisition s'annonce le jour où, par exemple la petite fille de Guillaume, âgée de un an environ, passant devant le miroir, porte rapidement la main vers un bonnet de paille dont elle était coiffée depuis le matin. « L'image dans le miroir n'a plus d'existence pour elle-même ; elle est immédiatement reportée par l'enfant sur son moi proprioceptif et tactile ; elle n'est plus qu'un système de références, apte à orienter les gestes vers les particularités du corps propre dont elle donne l'indication. En se vidant de l'existence, elle est devenue purement symbolique. » Et elle ne l'est devenue que parce que l'espace corporel et l'espace de l'image sont intégrés et ordonnés dans la représentation d'un espace abstrait, fait de relations non sensorielles.

A partir de ce moment, l'enfant se met à exécuter devant le miroir toutes sortes de gestes qui lui sont habituels comme pour vérifier les changements que sa nouvelle aptitude fait subir à son activité ou à ses connaissances. Or précisément il exécute ces gestes avec plus de difficulté et d'incorrection dans la mesure où ils ne sont plus enchaînés immédiatement, automatiquement par des stimuli internes ou externes, mais sont commandés médiatement par des représentations abstraites. De plus, il prend plaisir à jouer avec la dualité reconnue de l'image et de la personne en désignant sa mère dans la glace et en se retournant en riant vers elle. Il jouit ainsi de son nouveau pouvoir.

Mais ce pouvoir, loin d'être définitivement acquis et sûr, semble être remis en question par des comportements régressifs : ainsi l'enfant, vers le treizième mois, passe la main derrière le miroir qu'il regarde, le retourne, tout comme le ferait un chimpanzé. En fait, il paraît, par cette manœuvre, vouloir vérifier la cause de l'illusion plutôt que l'illusion elle-même dont, par ailleurs, il semble aussi, à d'autres moments, ne plus avoir conscience. Vers le quatorzième mois, en effet, le fils de Preyer touche, frappe, lèche son image dans le miroir, joue avec elle comme un comparse, bref il l'anime et lui confère une existence distincte de la sienne. Cet animisme de l'image confirme celui des autres jeux de l'enfant avec les membres ou parties de son corps, qu'il personnalise tout autant. Mais cet apparent recul de la conscience de l'image spéculaire du corps propre correspond, en réalité, à un autre apprentissage, celui de son opposition à d'autres êtres, autrement dit à son individualisation. Comme l'écrit Wallon, « la notion du corps propre ne se constitue pas comme un compartiment clos. Par chacune de ses étapes, elle relève des procès généraux de la psychogenèse : elle en est un cas particulier. Mais par l'époque de sa formation elle devance les autres, car il n'y en a pas qui soit, comme elle, plus immédiatement au confluent des besoins interoceptifs et des rapports avec le monde extérieur, ni plus indispensable aux progrès ultérieurs de la conscience. Elle cède le premier plan dès qu'elle a, pour sa part, rendu d'autres élaborations possibles » [7].

Or ces nouvelles élaborations, à leur tour, permettent à la notion de corps propre de s'achever. Ainsi, par exemple, la conscience que l'enfant aura de son corps dépendra de la conscience de sa personnalité morale et des rapports que l'adulte lui a recommandé d'adopter à l'égard du milieu physique aussi bien que social. L'image du corps chez l'enfant se trouve ainsi modelée par les conditions de vie et de pensée où le placent les techniques de l'existence, les usages, croyances, connaissances... etc propres à son époque et à la civilisation à laquelle il appartient. Ainsi en même temps que les conditions psychobiologiques résultant de la maturation organique du corps enfantin, Wallon souligne le rôle éminent des conditions psychosociales dans la formation de la conscience du corps propre.

C'est ce qui l'amène à refuser la notion de schéma corporel comme « chose existant a priori » : plutôt qu'un ensemble fermé, il y voit « un tout dynamique qui peut varier avec les rapports de l'être vis-à-vis de soi-même et vis-à-vis d'autrui et à l'égard des objets. » A « la notion ambiguë et flottante » d'un schéma corporel statique et préexistant, il préfère substituer celle d'un réseau de rapports changeants entre « l'espace postural et l'espace environnant », le premier lui-même produit par les mutations des différentes activités sensorielles et kinesthésiques, le second conditionné par l'espace inter-objets, l'espace objets-inter-personnes, l'espace affectif de nos attraits ou répulsions et des espaces fictifs de nos souvenirs, de nos rêves, de nos croyances, de nos théories scientifiques et en définitive, de notre langage [8].

Mais les présupposés, l'orientation et la conceptualisation trop biologisantes et organicistes de la démarche de Wallon ne lui permirent pas toujours de décrire fidèlement et d'analyser cette situation complexe et mouvante de la spatialité du corps propre. C'est du moins ce que semble avoir pensé Merleau-Ponty qui, tout en s'inspirant des données de Wallon, crut nécessaire de soumettre cette spatialité à la description et à l'analyse phénoménologique, afin de restituer à l'expérience vécue de la corporéité toute son authenticité. Il reste maintenant à nous demander comment il conduisit cette description et cette analyse et ce qu'il convient d'en retenir.

7. *Op. cité*, p. 235.
8. « Espace postural et espace environnant », in *Enfance*, nº 1, janvier-février 1962.

Chapitre 5

L'approche phénoménologique du corps : mon corps comme être-au-monde

Comme Wallon, Merleau-Ponty part du constat de l'insuffisance du concept de schéma corporel pour rendre compte, d'une part, des formes pathologiques de la conscience du corps, comme le membre fantôme et les différentes agnosies (anosognosie, autotopoagnosie, asomatognosie) et apraxies, et, d'autre part, de l'expérience vécue d'une corporéité normale. En effet, il se plaît à souligner que si le concept de schéma dynamique proposé par Schilder constitue un indéniable progrès sur le modèle associationniste d'une image spatiale du corps, comme la concevait Pick, il ne réussit pourtant pas à expliquer le critère de son dynamisme, c'est-à-dire le fait de sa « perpétuelle autoconstruction et autodestruction interne. » En d'autres termes, qu'est-ce qui fait que mon corps se dessine à ma conscience de telle ou telle façon en tel lieu et tel moment, retenant tel élément acquis, excluant tel autre ? Schilder nous a certes montré l'influence des postures habituelles sur notre image du corps, comme, par exemple, le fait que nous ayons l'illusion (illusion dite d'Aristote) de sentir deux objets quand on croise deux doigts en plaçant entre eux un seul objet touchant la face externe d'un doigt et la face interne de l'autre. Cette impression illusoire est due à notre sensation habituelle de la relation entre les membres qui touchent l'objet. De même, mais dans un sens contraire, il nous a montré comment la position inhabituelle de notre main en supination nous fait sentir son côté radial (le côté du radius) plus haut qu'il n'est en réalité. Il y a ici persistance du tonus musculaire, comme il y avait précédemment persistance d'une impression sensorielle. Bref, notre image du corps tend à refuser les changements de postures habituelles privilégiées [1]. Mais encore convient-il d'expliquer comment se sont constituées ces habitudes.

Or Merleau-Ponty souligne à ce propos que celles-ci répondent à des projets du sujet sur le monde qui l'entoure. Notre schéma corporel

1. Cf. *op. cité,* p. 102-103.

ne retient de la structuration anatomophysiologique ou morphologique de notre corps et de ses expériences acquises que ce qui a une valeur pour nos projets, c'est-à-dire ce qui lui permet le mieux de s'adapter à son environnement. En d'autres termes, mon corps ne m'apparaît pas comme une mécanique neutre associée à une mosaïque d'organes, réceptacle indifférent d'excitations interoceptives, proprioceptives et exteroceptives, mais comme posture *en vue de certaines tâches actuelles ou possibles*. Il n'est pas en face d'un espace objectif : il est *ancré*, enraciné dans une certaine *situation* qui polarise toutes ses actions. « Il existe vers elles, il se ramasse sur lui-même pour atteindre son but et, ajoute Merleau-Ponty, le schéma corporel est finalement une manière d'exprimer que mon corps est au-monde [2]. »

L'analyse existentielle du membre fantôme

Ainsi on peut expliquer le membre fantôme du cavalier amputé en disant que son corps n'existait pour lui qu'avec une main tenant la bride, une autre brandissant la cravache ; ou bien encore que l'espace de son corps se détache sur le fond de sa posture et inversement que le cheval et le milieu n'existent et n'apparaissent que selon la perspective singulière du cavalier ayant adopté telle posture et non telle autre. Le refus de la mutilation en lui est précisément ce jeu, ce corps vécu subjectivement engagé dans une certaine situation, son inhérence à un monde façonné par sa pratique de l'équitation. « Avoir un bras fantôme, écrit Merleau-Ponty, c'est rester ouvert à toutes les actions dont le bras seul est capable, c'est garder le champ pratique que l'on avait avant la mutilation » [3].

Ainsi Merleau-Ponty réussit-il à expliquer l'apparent refus de la déficience, son quasi-refoulement qui n'est, en fait, que la persistance de cette existence ou adhésion prépersonnelle du cavalier au monde ; persistance qui prend le pas sur l'existence immédiate, actuelle du sujet en première personne, comme entité réelle : le bras fantôme n'est pas une remémoration, mais un quasi-présent, un ancien présent qui ne se décide pas à devenir passé. On comprend du même coup que les souvenirs qu'on évoque devant l'amputé induisent chez lui le membre fantôme tout comme l'émotion, puisque être ému, c'est se trouver engagé dans une situation à laquelle on ne réussit pas à faire face et que l'on ne veut pourtant pas quitter. Or précisément si le membre fantôme demeure présent et s'impose en dépit de l'amputation, c'est que les excitations venues du moignon maintiennent le membre amputé dans le circuit de l'existence. « Elles marquent et gardent sa place, elles font qu'il ne soit pas anéanti, qu'il compte encore dans

2. Cf. M. Merleau-Ponty, *La Phénoménologie de la Perception*, Gallimard, Paris, 1945, p. 117.
3. Cf. *idem*, p. 97.

l'organisme ; elles ménagent un vide que l'histoire du sujet va remplir et lui permettent de réaliser le fantôme » [4]. C'est pourquoi la section des conducteurs ou nerfs afférents supprime radicalement le phénomène. L'analyse phénoménologique du membre fantôme semble donc confirmer ce fait essentiel : « le corps est le véhicule de l'être-au-monde, et avoir un corps c'est pour un vivant se joindre à un milieu défini, se confondre avec certains projets et s'y engager continuellement. » Bref, « mon corps est le pivot du monde » [5].

L'analyse existentielle du cas Schneider

Ce fait est tout aussi éclairant si on le confronte aux nombreuses observations d'agnosies ou d'apraxies, auxquelles nous faisions allusion plus haut. Merleau-Ponty a particulièrement exploité celles de Gelb et Goldstein sur un malade appelé Schneider, et qu'il appelle lui-même « le cas Schneider ». Parmi la diversité des symptômes que celui-ci manifeste et qui sont longuement analysés par Merleau-Ponty, nous ne retiendrons ici que ceux qui soulignent le mieux, selon nous, les perturbations de sa conscience corporelle [6].

Ainsi le malade est incapable, les yeux fermés, d'exécuter des mouvements « abstraits », c'est-à-dire des mouvements qui ne s'adressent à aucune situation effective tels que de mouvoir sur commande les bras ou les jambes, d'étendre ou de fléchir un doigt. Il ne peut pas davantage décrire la position de son corps ou même de sa tête ni les mouvements passifs de ses membres. Enfin quand on lui touche la tête, le bras ou la jambe, il ne peut dire quel point de son corps on a touché ; il ne distingue pas deux points de contact sur sa peau, même distants de 80 mm ; il ne reconnaît ni la grandeur ni la forme des objets que l'on applique contre son corps. Il ne réussit les mouvements abstraits que si on lui permet de regarder le membre qui en est chargé ou d'exécuter avec tout son corps des mouvements préparatoires. Il semble ainsi « trouver » le membre effecteur, la direction ou l'allure du mouvement et le plan dans lequel il se déroulera. Si, par exemple, on lui ordonne, sans autre précision, de mouvoir son bras, il demeure d'abord interdit. Puis il remue tout le corps et les mouvements se restreignent ensuite au bras que le sujet finit par « trouver ». S'il s'agit de « lever le bras », le malade doit aussi « trouver » sa tête (qui est pour lui l'emblème du « haut ») par une série d'oscillations pendulaires qui seront poursuivies pendant toute la durée du mouvement et qui en fixent le but. Si l'on demande au sujet de tracer dans l'air un carré ou un cercle, il « trouve » d'abord son bras, puis il porte la main en avant, comme un sujet normal le fait pour repérer un mur dans

4. Cf. *idem*, p. 102.
5. Cf. *idem*, p. 97.
6. Pour toute cette analyse, lire *op. cité*, p. 119-172.

l'obscurité, enfin il ébauche plusieurs mouvements selon la ligne droite et selon différentes courbes, et, si l'un de ces mouvements se trouve être circulaire, il l'achève promptement. Encore ne réussit-il à trouver le mouvement que dans un certain plan qui n'est pas exactement perpendiculaire au sol, et, hors de ce plan privilégié, il ne sait même pas l'ébaucher. Notons, d'ailleurs, que l'aide de mouvements préparatoires permet tout autant au malade de localiser et de reconnaître des objets tactiles.

Il semble donc que le malade ne dispose de son corps que comme d'une masse amorphe dans laquelle seul le mouvement effectif introduit des divisions et des articulations. Il se repose sur son corps du soin d'exécuter le mouvement tout comme un orateur qui ne pourrait dire un mot sans s'appuyer sur un texte écrit d'avance. Le malade ne cherche pas et ne trouve pas lui-même le mouvement, il agite son corps jusqu'à ce que le mouvement paraisse. Cette confiance spontanée en son corps semble, d'ailleurs, justifiée si l'on voit avec quelle rapidité et quelle sûreté le malade exécute, même les yeux fermés, les mouvements nécessaires à la vie pourvu qu'ils lui soient *habituels* : il prend son mouchoir dans sa poche et se mouche, prend une allumette dans une boîte et allume une lampe. De plus, il accomplit tous les gestes de son métier d'ouvrier maroquinier avec un rendement presque égal à celui d'un ouvrier normal : il découpe et coud le cuir sans avoir à chercher ses mouvements, cela même si on les lui commande. Ce contraste avec les mouvements « abstraits » se traduit aussi par la dissociation chez le malade (comme aussi chez tous ceux atteints de troubles cérebelleux) entre l'acte de montrer et les réactions de prise ou de saisie : ainsi le même sujet qui est incapable de montrer du doigt sur commande une partie de son corps, porte vivement la main au point où un moustique le pique. Bref, comme on le voit, il y a chez ce malade un privilège des mouvements concrets habituels et des mouvements de saisie sur les mouvements abstraits et de désignation.

Tous ces symptômes reviennent à dire que l'espace corporel du malade peut lui être donné dans une intention de prise sans être donné dans une intention de connaissance ; ou encore que son corps est à sa disposition comme moyen d'insertion dans un entourage familier, mais non comme moyen d'expression d'une pensée spatiale gratuite et libre. Dans la vie, déclare-t-il lui-même, « j'éprouve les mouvements comme un résultat de la situation, de la suite des événements eux-mêmes ; moi et mes mouvements, nous ne sommes pour ainsi dire, qu'un chaînon dans le déroulement de l'ensemble et c'est à peine si j'ai conscience de l'initiative volontaire... Tout marche tout seul. »

La perturbation de son expérience corporelle est donc la perte de sa dimension objective, c'est-à-dire du corps comme ensemble d'organes disponibles pour un savoir préalable d'un monde contemplé et reconnu à distance. Son corps ne peut être vécu que comme puissance d'un certain nombre d'actions familières dans un monde actuel qui les happe et englue le sujet plutôt qu'il n'en dispose. Celui-ci placé en face de ses ciseaux, de son aiguille et de ses tâches habituelles, n'a pas besoin de chercher ses mains ou ses doigts, parce qu'ils ne sont pas des objets à trouver dans l'espace objectif, des os, des muscles, des nerfs, mais des puissances déjà mobilisées par la perception des ciseaux ou de l'aiguille. De même, le malade n'a pas à chercher, pour les mouvements utiles à accomplir, une scène et un espace où les déployer, cet espace est donné lui aussi : c'est le morceau de cuir présent « à découper », c'est telle doublure « à coudre ». L'établi, les ciseaux, les morceaux de cuir se présentent au malade comme des *pôles d'action ;* ils définissent par leurs valeurs combinées une certaine situation *ouverte,* dans la mesure où elle appelle ou attire un certain travail. Dans ces mouvements concrets quotidiens, « le malade *est* son corps et son corps est la puissance d'un certain monde », celui de ses tâches professionnelles.

S'il échoue, par contre, à réaliser des mouvements abstraits et de désignation, c'est que le corps, chez l'être normal, ne se confond pas absolument avec lui-même ou ne se réduit pas à une puissance pratique, mais peut être vécu aussi selon une seconde modalité, plus souple, plus autonome, dans laquelle il n'est plus véhicule d'une action immédiate commandée par la situation. Autrement dit, le corps, plutôt que trajet et moyen, peut être but ; lorsqu'on demande à un sujet normal de lever le bras, le mouvement du bras est visé pour lui-même et le sujet le vise en tant qu'indépendant du monde donné, et suscitant au contraire un monde fictif, possible, virtuel. Il ne part plus de la situation, il la crée. « Le mouvement concret, écrit Merleau-Ponty, est donc centripète, tandis que le mouvement abstrait est centrifuge, le premier a lieu dans l'être ou dans l'actuel, le second dans le possible ou dans le non-être, le premier adhère à un fond donné, le second déploie lui-même son fond. » Le sujet « joue » de son corps en projetant ou évoquant une situation possible au lieu d'en être le jouet en subissant l'attraction de la situation actuelle.

La critique des explications antérieures

Par cette analyse existentielle du cas Schneider, Merleau-Ponty prétend pouvoir remédier à l'insuffisance des « explications » physiologiques et intellectualistes avancées jusque là. Les explications physiologiques font ressortir que les difficultés du malade à accomplir des mouvements abstraits coïncident avec des troubles massifs de la fonction visuelle dus eux-mêmes à la blessure occipitale qui est à l'origine de la maladie, tandis que les mouvements concrets conservés par le malade relèvent du sens kinesthésique ou tactile remarquablement exercé chez Schneider. Or il semble bien, en fait, qu'il n'y ait là qu'une simple concordance et non une causalité car ces troubles du mouvement abstrait se rencontrent aussi dans beaucoup d'autres maladies, comme, par exemple, les cérebelleux, chez lesquels les excitants visuels produisent des réactions motrices imparfaites alors qu'il n'y a chez eux aucune défaillance de la fonction visuelle.

En réalité, il faut ici inverser l'explication et dire que c'est l'impossibilité de réaliser des mouvements abstraits et de désignation qui rend plus difficile la relation entre la vue et la motricité. Ou plus exactement et plus radicalement on ne peut, selon Merleau-Ponty, parler de la vue (pas plus que de tout autre donnée sensible) comme un contenu psychique isolable des autres. Les troubles moteurs de Schneider, comme des cérebelleux, ne peuvent être compris que si l'on définit le fond commun du mouvement et de la vision qui est « une certaine manière de mettre en forme ou de structurer l'entourage. » Autrement dit, les symptômes visuels n'ont pas une réalité et une signification autonome détachée de celles du comportement total. Il n'est jamais possible de déterminer avec exactitude que seules les données visuelles ont été touchées et que toutes les autres conditions du comportement, comme, par exemple, l'expérience tactile, sont demeurées intactes. L'expérience tactile n'est pas une condition séparée que l'on pourrait maintenir constante pendant que l'on ferait varier l'expérience visuelle, de manière à repérer la causalité propre de chacune et le comportement n'est pas une fonction de ces variables. Bien au contraire, il est présupposé dans leur définition comme chacune est présupposée dans la définition de l'autre. Les imperfections de la vue, celles du toucher et les troubles moteurs sont trois expressions d'un trouble fondamental du comportement du malade.

Mais s'il n'est pas rattachable à des causes physiologiques distinctes, ce trouble n'est pas plus réductible à des conditions ou raisons purement psychiques, bref à des phénomènes de conscience. Selon cette explication intellectualiste, si le malade est incapable de montrer un objet, c'est parce qu'il a perdu la possibilité de le maintenir à distance du corps, comme spectacle, autrement dit d'en faire le terme d'un acte de conscience. De même, s'il réalise difficilement les mouvements abstraits, c'est parce que ceux-ci ne sont déclenchés par aucun objet existant, mais sont seulement soutenus par une intention gratuite qui « représente », « projette » ou « symbolise » le corps même du malade comme objet et que le malade n'a plus cette fonction représentative ou symbolique qui est la conscience même. Schneider, en fait se comporte comme une chose, une mécanique de réflexes. La main du malade rejoint le point de son corps où se trouve le moustique parce que les circuits nerveux préétablis ajustent la réaction au lieu de l'excitation. Les mouvements du métier sont conservés parce qu'ils dépendent de réflexes conditionnés solidement établis. En définitive, ces mouvements concrets seraient purement physiologiques, alors que les mouvements abstraits dont il est incapable, seraient seulement psychiques.

Une telle distinction et l'explication qui la soutient apparaît intenable aux yeux de Merleau-Ponty qui fait justement remarquer que les mouvements abstraits et de désignation, envisagés en eux-mêmes, mettent en jeu les mêmes circuits nerveux commandant aux mêmes muscles. Quand le malade, dans l'exercice de son métier, porte la main vers un outil posé sur la table, il déplace les segments de son bras exactement comme il le faudrait pour exécuter un mouvement abstrait d'extension. Ces deux types de mouvements, indépendamment de leur différence de *valeur* effective ou de *sens* biologique, seraient donc physiologiques ! Inversement, si l'on veut expliquer le mouvement abstrait par la conscience, c'est-à-dire par la conscience de son point de départ et de son point d'arrivée, comment ne pas supposer aussi que les mouvements concrets puissent être conscients pour être exécutés ? Il faut bien, semble-t-il, qu'à chaque moment de notre vie, nous sachions où est notre corps sans avoir à le chercher comme nous cherchons un objet déplacé pendant notre absence ; il faut donc que même les mouvements « automatiques » s'annoncent à la conscience. Mais alors il n'y a jamais de mouvements en soi purement physiologiques de notre corps. Bref, la distinction proposée par l'explication intellectualiste se détruit elle-même.

Il convient donc de substituer à ces explications « réductionnistes » et nivelantes de l'expérience corporelle de Schneider une analyse plus fidèle et plus respectueuse de la complexité existentielle. Le corps n'est pas seulement une mécanique nerveuse, ni, à l'inverse, la conscience une pure et simple fonction représentative. « Il y a, dit Merleau-Ponty, plusieurs manières pour le corps d'être le corps, plusieurs manières pour la conscience d'être conscience. » Pour cela, la conscience doit être définie en un sens phénoménologique, comme référence à un objet, c'est-à-dire comme être-au-monde et le corps, non comme un de ces objets, mais comme véhicule de cet être-au-monde.

Les troubles de Schneider affectent précisément ce rapport existentiel au monde : les difficultés qu'il éprouve à réaliser des mouvements abstraits et l'aisance, par contre, qu'il manifeste à exécuter les mouvements concrets quotidiens, résultent du fait fondamental qu'il est « lié » à l'actuel, qu'il manque de cette liberté qui consiste dans le pouvoir général de se mettre en situation. Il est incapable de « jouer » avec le milieu, dans la mesure où il ne lui est pas donné de s'en détacher et de le modifier à son gré. Ainsi il ne peut « survoler » son mouvement et le projeter à l'extérieur sur un commandement gratuit du médecin. Du même coup s'explique le rôle des troubles visuels : la vision, en effet, n'est ni la cause, ni la conséquence de cette fonction de projection, qui paraît être celle de la pensée, mais ce qui fonde et exprime d'une façon sensible la relation existentielle au monde. Les déficiences visuelles massives de Schneider concrétisent et traduisent l'impossibilité plus radicale et plus essentielle de dominer la situation, de prendre du champ et de l'appréhender dans ses différentes articulations et ses changements inattendus. N'est-il pas significatif, d'ailleurs, que l'on emploie le verbe « voir » aussi pour désigner l'acte de comprendre intellectuellement ?

L'expérience corporelle de l'homme normal

L'analyse existentielle des symptômes de la maladie de Schneider conduit donc Merleau-Ponty à dégager le sens de l'expérience corporelle d'un sujet normal : sens qui n'est pas donné par la conscience, mais adhère à la vie même du corps dans ses manifestations sensibles et motrices. Le corps, chez le sujet normal, n'est pas seulement mobilisable par les situations réelles qui l'attirent à elles, il peut se détourner du monde, se prêter à des expériences et plus généralement se situer dans le virtuel. Bref, son corps est « ouvert » sur le nouveau, le possible, c'est-à-dire sur l'espace et le temps : il les « habite » donc plutôt qu'il n'y est inclus et enfermé. Ceci se vérifie précisément dans l'apprentissage de nouveaux mouvements. Apprendre un nouveau mouvement suppose, en effet, le pouvoir que nous avons de dilater notre corps comme être-au-monde ou de changer son mode d'existence en lui annexant de nouveaux instruments. Ainsi, par exemple, apprendre à dactylographier, c'est intégrer l'espace du clavier à son espace corporel : le sujet sait où se trouvent les lettres sur le clavier comme il sait où se trouve l'un de ses membres, d'un savoir de familiarité qui est antérieur à toute représentation objective. Le déplacement de ses doigts ne lui est pas donné comme un trajet spatial qu'il puisse décrire, mais seulement comme une certaine modulation de la motricité, distinguée de tout autre par sa « physionomie », en quelque sorte.

Ce pouvoir d'ouverture et d'appropriation corporelle éclate encore davantage dans l'exemple de l'organiste, qui est capable, lorsqu'il est exercé, de se servir d'un orgue qu'il ne connaît pas et dont les claviers sont plus ou moins nombreux, les jeux autrement disposés que ceux de son instrument coutumier. Une heure de répétition lui suffit pour être en état d'exécuter son programme, ce qui exclut l'établissement de réflexes conditionnés nouveaux. De plus, il ne donne pas l'impression d'analyser objectivement l'orgue : le comportement est d'ordre purement pratique. Il actionne les pédales, il tire les jeux, il prend en quelque sorte la mesure de l'instrument avec son corps, il s'incorpore les directions et les dimensions. En jouant, les jeux, les pédales, les claviers deviennent non des objets représentés, mais des « puissances » de telle *valeur* émotionnelle ou musicale et leur position les lieux par où cette valeur apparaît dans le monde.

Dans un domaine différent et plus banal mais qui mériterait à lui seul toute une analyse, celui du geste sportif, on retrouve aussi cette appréhension à la fois totale, qualitative et pratique par le sujet des mouvements corporels à exécuter : le skieur expérimenté qui effectue le déclenchement nécessaire en vue de l'exécution d'un christiana, ne se représente pas et n'éprouve pas d'une façon distincte et séparée la flexion-extension assurant son allègement, le pivotement des skis permis par le planté du bâton, le déplacement du poids de son corps par le changement de carres, ou encore l'inclinaison en avant de son buste. Mais, par contre, il perçoit la pente (ses aspérités et variations : bosses, creux, plaques de glace, neige poudreuse... etc) et son horizon (obstacles matériels : rochers, arbres ; ou humains... etc...) selon une « *physionomie* » *affective* telle que son corps les intégrant à son espace ou champ propre, adopte, dans un acte indivis et spontané ces différentes postures et accomplit ces mouvements aussi nécessaires les uns que les autres.

Comme on le voit, l'espace corporel, selon Merleau-Ponty, n'est pas neutre, mais chargé de « valeurs » ou significations distinctes qu'il laisse immédiatement transparaître ou plus exactement « exprimer ». « Le corps, dit Merleau-Ponty, est éminemment un espace expressif ». Mais il n'est pas un espace expressif parmi d'autres ; il est l'origine de tous les autres, ce qui projette au dehors les significations en leur donnant un lieu, ce qui fait qu'elles se mettent à exister comme des choses, sous nos mains, sous nos yeux. Notre corps est en ce sens ce qui dessine et fait vivre un monde, « notre moyen général d'avoir un monde ».

Et le propre du corps humain est, soit par construction d'instruments nouveaux, soit par ses possibilités de jeu avec lui-même, de multiplier les mondes autour de lui, autrement dit de renouveler ou enrichir sans cesse celui qui nous est nécessaire pour vivre. Ainsi, d'une part, les gestes de manger peuvent, par la variété des instruments choisis pour cuisiner, présenter les plats, consommer, et par conséquent des techniques culinaires, créer des mondes très différents que les ethnologues s'attachent à décrire. Le champ corporel d'un japonais ne peut être en ce sens celui de l'occidental [7]. D'autre part, un mime ou un danseur peut aussi « jouer » fictivement ces gestes quotidiens et banals en les sublimant, leur donnant par là même d'autres significations [8]. Bien plus, notre corps donne un sens aux mots eux-mêmes que l'on entend ou lit. Le mot « dur » suscite une sorte de rigidité du dos et du cou et c'est secondairement qu'il se projette dans le champ visuel ou auditif et qu'il prend sa figure de signe ou de vocable. Les mots ont une physionomie parce que nous avons à leur égard comme à l'égard de

7. Il convient ici de signaler les recherches de E.T. Hall (cf. *La dimension cachée*, trad. fr. Seuil, Paris, 1971) sur les façons dont les différentes civilisations utilisent l'espace et qu'il appelle « la proxémique ». Nous en reparlerons plus longuement dans notre troisième partie ou nous aurons à étudier l'approche sociologique du corps.

8. Si pertinentes que soient les remarques de Merleau-Ponty sur cette dimension expressive du corps, elles ne nous en paraissent pas moins insuffisantes et trop incertaines. Aussi avons-nous entrepris nous-mêmes depuis quelques années une recherche en vue d'une thèse de doctorat d'Etat dont nous espérons pouvoir publier prochainement les résultats.

chaque personne une certaine conduite qui apparaît d'un seul coup dès qu'ils sont donnés. Les mots se fraient un passage dans notre corps, y résonnent, comme par exemple l'adjectif « rouge » qui donne à ma cavité buccale une forme sphérique et provoque aussi un sentiment de plénitude assourdie.

Or cette consonance entre le corps et le monde naturel et culturel, présuppose que dans le corps même, il y ait une unité, d'une part, entre les cinq sens, d'autre part, entre ces sens et le mouvement, c'est-à-dire, en fait, le sens kinesthésique et enfin entre cette sensori-motricité et la parole. En effet, on peut dire que nous voyons des sons et entendons des couleurs dans la mesure où les sons comme les couleurs retentissent sur notre mode d'existence, sur notre corps comme être-au-monde. Mais surtout il y a un empiètement, un enjambement constant entre voir et toucher, le visible et le tactile, à tel point que le regard est palpation des choses, comme mes doigts peuvent les faire « voir ». Cette unité ou entrelacs de nos sens est, en fait, plus générale encore dans la mesure où chaque sensation sous-tend une activité motrice réelle ou virtuelle : voir un objet, c'est toujours anticiper le mouvement à faire pour le toucher, ce qui le rend tangible par avance.

De plus, le mouvement même, comme on le sait, s'associe étroitement à la parole, au point de devenir autre lorsque celle-ci le quitte. Quand, à la télévision ou au cinéma, « une panne du son laisse soudain sans voix le personnage qui continue de gesticuler sur l'écran, ce n'est pas seulement le sens de son discours qui m'échappe soudain : le spectacle lui aussi est changé. Le visage, tout à l'heure animé s'épaissit et se fige comme celui d'un homme interloqué et l'interruption du son envahit l'écran sous la forme d'une sorte de stupeur. Chez le spectateur, la parole reprend le geste et le geste reprend la parole, ils communiquent à travers mon corps, comme les aspects sensoriels de mon corps ils sont immédiatement symboliques l'un de l'autre parce que mon corps est justement un système tout fait d'équivalences et de transpositions intersensorielles [9]. » Bref, notre corps est « cet étrange objet qui utilise ses propres parties comme *symbolique générale du monde* et par lequel en conséquence nous pouvons « fréquenter » ce monde, le « comprendre » et lui trouver une signification » [10].

Mais il faut, selon Merleau-Ponty, aller plus loin : si l'on veut, en effet, expliquer cette unité ou entrelacs de nos sens, de nos mouvements et de notre langage entre eux, il faut la situer dans une unité ou entrelacs plus vaste encore, qui est celle ou celui de mon corps avec les autres corps humains, les autres êtres vivants, les autres choses, bref le monde même. Pour le vérifier, il suffit de prêter attention à l'exercice d'un de nos sens et, par exemple, au plus actif et évident d'entre eux, la vision : on constate alors ce phénomène étrange et

9. *Op. cité*, 2ᵉ partie, chap. I, p. 271.
10. *Idem*, p. 274. C'est moi qui souligne.

pourtant banal que le corps voyant est en même temps visible par autrui et aussi par moi-même (dans un miroir). Autrui comme moi-même pouvons me « voir voir ». Dans un même moment, je suis corps voyant visible, comme, d'ailleurs, je suis touchant touché lorsque je prends ma main gauche dans ma main droite. D'une manière générale, le corps est sentant sensible, ce qui implique qu'il est à la fois partie du monde et ce qui lui donne existence. Autrement dit, il n'y a plus de limite entre le corps et le monde : ils s'entrelacent dans toute sensation, ils se croisent d'une façon telle qu'on ne peut plus dire que le corps est *dans* le monde et la vision *dans* le corps. En réalité, ils constituent un seul et même tissu que Merleau-Ponty appelle métaphoriquement « la chair » et dont le corps sentant et le corps senti sont comme l'envers et l'endroit.

Par cette « chair », mon corps en tant que sentant sensible adhère au corps d'autrui en tant que sensible sentant. Si ma main gauche peut toucher ma main droite pendant qu'elle palpe des objets tangibles, si je peux la toucher en train de toucher, retourner sur elle sa palpation, pourquoi, touchant la main d'un autre, ne toucherais-je pas en elle le même pouvoir de toucher les choses que j'ai touché dans la mienne ? Il y a ainsi une ouverture immédiate du corps au corps d'autrui ; ou plus exactement, je suis installé dans ce corps comme il est installé dans le mien par nos sens, notre motricité, notre expression même. Il y a réversibilité de sa vision et de la mienne, de son toucher et du mien... etc [11]. Bref, il n'y a plus corporéité simple, mais *« intercorporéité »* [12].

Nous ne développerons pas davantage cette idée qui nous entraînerait fort loin dans les sentiers métaphysiques. Mais si difficile et hermétique qu'elle puisse paraître au premier abord, elle n'en constitue pas moins un thème fécond et aisément vérifiable puisqu'on peut en voir quotidiennement l'illustration et les applications concrètes dans la pratique de la thérapeutique psychosomatique et psychomotrice. Fidèle aux enseignements de Wallon et de Merleau-Ponty, le docteur J. de Ajuriaguerra a voulu, en effet, en opérer la synthèse clinique en promouvant une théorie et une pratique du corps comme dialogue tonique, dont les médecins contemporains s'accordent à reconnaître la grande efficience. Aussi croyons-nous nécessaire maintenant de les faire connaître au lecteur.

11. Merleau-Ponty appelle cette double réversibilité ou entrelacs de mon corps sentant sensible au corps sensible sentant un « chiasme », parce qu'il a la forme du croisement de deux couples de mots en ordre inverse.

12. Pour tout ce paragraphe, lire M. Merleau-Ponty, *Le visible et l'invisible*, Gallimard, 1964, pp. 172-204.

Chapitre 6

Une synthèse fructueuse : le corps comme dialogue tonique

Comme nous pouvons le constater, l'analyse de la corporéité proposée par Merleau-Ponty, bien qu'utilisant une méthode et des postulats philosophiques distincts de ceux de l'étude Wallonienne, la prolonge et, en quelque sorte, la porte à sa conclusion logique : notre corps non seulement est relation avec l'espace environnant, mais ne peut se vivre que dans et par le corps d'autrui. Loin de nous enfermer dans la citadelle inexpugnable d'un Moi suffisant et autonome, notre corps s'éprouve par la médiation de l'expérience corporelle de notre prochain. C'est cette communauté d'appartenance à un même monde vécu, cette solidarité existentielle dans un même tissu ontologique et avant tout jugement [1] que Merleau-Ponty a voulu exprimer par ce concept métaphorique et poétique de « chair ». Or Wallon, pourrait-on dire, donne muscle à cette « chair » : il en donne la texture réelle, concrète et matérielle au niveau de l'expérience motrice et plus précisément musculaire. Rappelons-nous, en effet, le rôle privilégié qu'il attribue à la fonction tonique dans la réalisation des premières relations affectives avec son entourage. Ces premières relations sont, nous l'avons vu de caractère émotionnel et se traduisent, s'extériorisent dans des postures dont la régulation et le contrôle sont assurés par un dosage exact et, par conséquent, une distribution adéquate du tonus musculaire. Ainsi la mimique du sourire, les spasmes des rires ou des sanglots sont autant de réactions toniques de nature émotionnelle qui répondent aux excitations provoquées par la présence ou l'intervention d'autrui. Bien plus, l'immobilité même de l'enfant peut être chargée émotionnellement et résulter d'une hypertonie musculaire, comme celle de la bête aux aguets. Le tonus, par conséquent, non seulement prépare et guide le geste, mais exprime en même temps, par les postures

1. Merleau-Ponty la qualifie pour cela d'« antéprédicative », parce que juger consiste à rapporter un attribut ou prédicat à un sujet, comme, par exemple, lorsqu'on dit : « Pierre est grand », « cette femme est charmante »... etc.

qu'il suscite, les fluctuations affectives qui sont elles-mêmes les manières qu'a l'enfant d'intérioriser, d'assimiler l'expérience d'autrui. Autrement dit, la fonction tonique, qui sous-tend la fonction posturale, est à la fois assimilation d'autrui et action sur autrui, dans la mesure où les postures traduisent simultanément la réceptivité de l'enfant et son appel au secours par le spectacle offert au regard d'autrui. La fonction tonico-posturale est donc « la fonction de communication essentielle pour le jeune enfant, fonction d'échange par l'intermédiaire de laquelle l'enfant donne et reçoit. »

En ce sens, s'instaure au niveau du corps, dans son dynamisme tonique, et bien avant tout dialogue verbal ou parlé, un dialogue de l'enfant avec ses proches, selon l'expression même de J. de Ajuriaguerra, « un dialogue tonique ». « C'est surtout par là, à notre sens, écrit ce dernier, que l'œuvre de Henri Wallon ouvre une perspective originale et féconde en Psychologie et en Psychopathologie » [2].

Or précisément J. de Ajuriaguerra entend exploiter et enrichir cette nouvelle perspective, d'une part, en lui adjoignant, en la complétant par des analyses et des observations faites sous un éclairage différent, d'autre part, en cherchant à vérifier sa validité et son efficience au niveau de la thérapeutique par la pratique de nouvelles techniques de relaxation. Ce projet est clairement exposé dans un rapport présenté à la réunion de la Société médicale suisse de psychothérapie, à Morat le 3 juin 1961 et qui a été publié sous le titre significatif : « Le Corps comme relation » [3]. Dans ce rapport, l'auteur souligne l'apport conjoint, bien que d'origines et de méthodes fort différentes, des études de psychologie génétique (et dans une moindre mesure, comme nous le verrons, de certains courants psychanalytiques) sur la relation de l'enfant avec son milieu humain et de la phénoménologie moderne représentée au premier chef par Merleau-Ponty (et dans une moindre mesure, J.-P. Sartre et Medard Boss). Nous allons essayer maintenant de montrer cette confluence en nous attachant d'abord à rappeler les faits les plus caractéristiques du dialogue tonique de l'enfant avec son milieu et surtout avec sa mère.

Le dialogue tonique de l'enfant avec sa mère

Comme chacun sait, l'enfant est soumis dès sa naissance au rythme biologique incessant de l'alternance besoin-satisfaction et du même coup aux transformations successives de son corps au cours des heures de la journée. Aussi ne peut-il percevoir la réalité objectivement,

2. Cf. J. de Ajuriaguerra et R. Angelergues, « De la psychomotricité au corps dans la relation avec autrui », in *l'Evolution psychiatrique*, année 1962, t. 27, fasc. I, janv.-mars.

3. Cf., *Revue de psychologie pure et appliquée*, t. 21, nº 2, 1962, p. 137-157 (éd. Hans Huber, Berne et Stuttgart). Ajuriaguerra est médecin-chef de la clinique psychiatrique universitaire Asile Bel-Air de Genève.

si réalité objective il y a. La lenteur de sa maturation, de même que sa position couchée lui imposent un espace réduit autour duquel il ne peut se mobiliser. Il ne peut percevoir des ensembles : autrui ne se montre à lui que par fragments et sous un angle qui lui est propre, adhérant en quelque sorte à sa propre existence. C'est pourquoi la motricité est, pour le nouveau-né, la seule forme de contact psychosocial, soit par ses composantes végétatives, orales et anales (mouvements sphinctériens de succion et d'excrétion), soit par ses composantes purement motrices, comme les différentes formes de raideur musculaire et d'agitation longitudinale auxquelles sont soumis ses membres et son corps tout entier. Dans la motricité végétative, l'enfant décharge et intègre à la fois ses pulsions instinctives. Dans l'agitation motrice proprement dite, désordonnée, anarchique et seulement freinée par l'hypertonie des membres (due à la prédominance des centres nerveux sous-corticaux ou, ce qui revient au même, à l'insuffisance de maturation neuronique du cortex cérébral), il prend ses premiers contacts avec le monde, tout en se sentant retenu.

Or, sous l'un ou l'autre de ces aspects, la motricité se trouve liée ou associée à un état affectif primitif : les réactions orales et anales ne peuvent être séparées de la quiétude qui résulte de la détente provoquée par la succion ou l'excrétion, après la tension désagréable vécue au moment du besoin. De même, éprouve-t-il par l'explosion brusque et désordonnée de mouvements l'apaisement et le plaisir causé par la chute relative de la tension musculaire. Autrement dit, « le nouveau-né oscille entre un état d'insatisfaction et un état de quiétude, parallèle aux réactions toniques, motrices et vasomotrices manifestées : on voit alterner, en état de besoin, des décharges toniques massives avec une agitation incoordonnée, et après satisfaction une baisse de tonus ou une légère agitation moins mal coordonnée [4].

Ainsi, au début, chez le nouveau-né, ni les stimuli, ni les réactions ne sont spécifiques : il réagit, chaque fois que l'occasion se présente, massivement, d'une façon univoque, à la seule intensité ou quantité des excitations et non à leurs caractéristiques qualitatives. Et ces réactions occasionnelles indifférenciées et globales à des stimuli intenses eux-mêmes indifférenciés, se produisent sur le fond (que les physiologistes appellent précisément « fond tonique ») d'une activité tonique constante réduite, à ce stade, à une hypertonie des membres en flexion et, par contraste, à une hypotonie axiale (impossibilité de tenir la tête, de se tenir assis ou à fortiori debout). Bref, aussi bien le fond tonique que les réactions variables du nouveau-né font de son corps un résonateur musculaire aux influences du milieu extérieur et intérieur.

4. Cf. Dr J. G. Lemaire, *La Relaxation*, éd. Payot (BP, nº 66), p. 35. Vous trouverez, d'ailleurs, dans cet ouvrage, et plus précisément dans ce chapitre 2, une analyse claire de « la fonction tonique », d'une part, dans son soubassement physiologique, d'autre part, dans son évolution ontogénétique de l'enfant à l'homme.

Mais, en raison de son manque de finesse discriminative, de sa faible « sensibilité » au sens où l'on parle de la sensibilité d'une balance ou mieux d'un électrophone, ce résonateur soumet l'enfant à une alerte permanente. L'enfant vit, en effet, à ce stade, dans un « état d'alarme » constant : il est toujours prêt au point de vue tonique à réagir totalement à tout stimulus externe. « Ces réactions alarmantes » persistent, d'ailleurs, assez longtemps et dépendent, notons-le, d'un certain degré de présence, qui ne diminue qu'au cours de la somnolence et de la plénitude. Mais peu à peu elles s'épuisent et n'apparaissent finalement que lors de l'agression-surprise.

Néanmoins c'est à partir de cet état d'alarme amorphe et primitif que s'opère la différenciation de plus en plus marquée entre deux sortes d'expériences : celle qui représente un accroissement de tension et celle qui procure une réelle satisfaction. Cette différenciation a lieu quand le nouveau-né découvre qu'il ne suffit pas d'ouvrir la bouche pour boire, qu'il doit attendre que la nourriture lui soit apportée, qu'il n'est donc pas maître de ses sensations. Le temps et la distance s'interposent entre lui et le soulagement de ses tensions. D'où attente, retard et frustration. L'enfant ressent que le sein n'est pas à lui, mais que, au bout d'un certain temps et aussi pour une durée limitée, il sera à lui. C'est pourquoi la rencontre de sa langue et de ses lèvres avec ce sein maternel ne sera pas vécue seulement comme l'unité de deux éléments se mouvant ensemble, mais plutôt comme un mouvement où ces éléments sont à la fois ensemble et opposés. Ce jeu est l'expression, semble-t-il, d'une double intentionnalité, à savoir faire quelque chose, se diriger vers autrui pour le saisir et en même temps faire don de soi, de manière que quelque chose puisse être donné. Par conséquent, cette rencontre avec le sein maternel est à la fois activité et passivité.

Le célèbre psychanalyste américain René A. Spitz a souligné l'importance de cette relation primordiale entre l'enfant et sa mère qui est, de toutes façons, écrit-il, « la représentante de l'environnement » [5], autrement dit sa médiation privilégiée. C'est, en effet, l'attitude émotionnelle de la mère et ses affects, tels qu'ils se traduisent dans son jeu corporel, qui serviront à orienter ceux de l'enfant et donneront vie à ses expériences. Evidemment les variations de mère à mère sont grandes et même chacune d'elles est différente suivant les jours, les heures, les situations. Ainsi la personnalité propre du nourrisson va à la fois subir ces variations et les modifier, les accentuer ou les diminuer, les accélérer ou les ralentir par son comportement et, au premier chef, son activité tonico-posturale. Selon la personnalité de la mère, la situation sera bien différente si l'enfant est précoce ou retardé, facile ou difficile, obéissant ou rebelle.

5. R.A. Spitz, *De la naissance à la parole, — la première année de la vie*, P.U.F., 2e éd. 1971, p. 76. Pour tout ce passage, je conseille au lecteur de lire particulièrement les chap. 5, 6, 7 et 13.

Ceci est illustré surtout par la réponse par le sourire qui apparaît au troisième mois et qui, selon Spitz, est l'indice de l'établissement du premier des trois « organisateurs » de la vie psychique, c'est-à-dire des trois processus qui concourent à restructurer et intégrer le système psychique de l'enfant à un niveau chaque fois plus complexe. Le nourrisson sourit au visage humain, si celui-ci est présenté de face, de façon que les deux yeux soient visibles et si, d'autre part, il est mobile, qu'il s'agisse d'un hochement de tête, de mouvements de la bouche ou d'une mimique quelconque. A cet âge là, même la nourriture ne provoque pas une pareille réponse chez le nourrisson. Certes, pour les bébés qui ne sont pas nourris au sein, mais au biberon, le comportement est relativement différent : à la vue du biberon, certains bébés en avance sur leur âge feront des mouvements de succion avec les lèvres ou tendront les bras vers lui, mais ils ne lui souriront jamais. Les bébés moins avancés, par ailleurs, peuvent ne pas réagir face à leur biberon, mais ils répondront toujours au visage de l'adulte par le sourire. Néanmoins cette réponse est plus ou moins précoce : Spitz l'a filmée chez un enfant de vingt-six jours et chez d'autres, seulement au cinquième ou sixième mois. Or il est évident que de telles différences résultent dans une certaine mesure du climat émotionnel entretenu par la mère et qu'inversement, elles l'influencent et peuvent le modifier considérablement selon la constitution affective de la mère.

Mais la réponse par le sourire n'est qu'une des nombreuses manifestations du comportement qui régissent les multiples relations se développant entre la mère et l'enfant. Et, notons-le, c'est une manifestation relativement simple puisqu'elle n'offre qu'une alternative : le sourire est soit présent, soit absent. Par contre, si nous fixons à nouveau notre attention sur le comportement alimentaire du nourrisson, nous constatons une très grande variété de réactions. Nous rencontrons le bon mangeur qui après avoir mangé rapidement et avec plaisir, s'endort la dernière bouchée avalée ; le mauvais mangeur qu'il faut encourager et ne semble jamais manger suffisamment ; l'enfant qui refuse son dernier repas de la journée et en réclame plusieurs autres au cours de la nuit... etc. Il est bien évident que ces différences de comportement influenceront la relation avec la mère. Une mère permissive ne réagira pas de la même façon qu'une mère rejetante ou hostile, de même qu'une mère équilibrée aura une réaction toute différente de celle d'une mère anxieuse et assaillie de culpabilité.

Il est tout aussi évident que les problèmes de la mère se réfléchiront dans le comportement de l'enfant, conduisant sous certaines conditions à une escalade dans le conflit. C'est le cas, en particulier, dans le phénomène pathologique désigné par les psychanalystes sous le nom de « colique des trois mois » et qu'on peut observer assez fréquemment en pédiâtrie avec le tableau clinique suivant : après la troisième semaine et jusqu'à la fin du troisième mois, l'enfant commence à crier chaque après-midi. Le nourrir peut le calmer mais seulement momentanément. Après un laps de temps relativement court, l'enfant montre à nouveau des symptômes de souffrance. Passer du sein au biberon, ou du biberon au sein, rien n'y fait, pas plus d'ailleurs, que le recours à des médicaments. Les selles sont normales, bien que, dans certains cas, diarrhéiques. Les douleurs du nourrisson durent plusieurs heures, pour s'arrêter et reprendre à nouveau l'après-midi suivant. Ce désordre a tendance à disparaître vers la fin du troisième mois aussi inexplicablement qu'il est apparu.

Or, en fait, à la suite de nombreuses observations, Spitz croit pouvoir avancer une explication, comme il dit, « bifactorielle », c'est-à-dire qui tient compte à la fois de la nature de l'enfant et du comportement de la mère. Cette explication s'énonce par l'hypothèse suivante : « si des nouveaux-nés venus au monde avec une hypertonicité congénitale sont élevés par une mère inquiète jusqu'à l'anxiété, ils sont susceptibles de contracter la colique de trois mois » [6]. En effet, on a remarqué que tous les enfants sujets à ces troubles avaient une constitution hypertonique, c'est-à-dire faisaient preuve d'un tonus musculaire très élevé, particulièrement pour ce qui était de la musculature abdominale, et, par conséquent, d'un péristaltisme (les mouvements de contraction du tube digestif) accentué. Autrement dit, si l'enfant, lors de la têtée, décharge nécessairement une quantité de tension par l'activité des lèvres, de la langue, du palais, du larynx et du pharynx, un enfant hypertonique éprouve le besoin d'en décharger des quantités bien plus grandes à des intervalles plus rapprochés. Le système digestif de ces nourrissons est plus actif, le péristaltisme plus rapide, voire plus violent, et l'excès de nourriture provoque une activité intestinale exagérée. Il en résulte un cercle vicieux : l'enfant hypertonique est incapable de se débarrasser normalement de sa tension au cours du processus d'allaitement. Il s'en débarrasse donc après le repas par les cris et l'agitation motrice qui caractérisent ces cas.

Or, et c'est là qu'intervient le deuxième facteur, la mère, en proie à une sollicitude excessive et anxieuse, tend à réagir immédiatement à *toute* manifestation de déplaisir de son nourrisson en lui donnant soit le biberon, soit le sein. Certaines mères le font d'autant plus volontiers qu'elles surcompensent ainsi la culpabilité que provoque en elles une hostilité inconsciente vis-à-vis de leur enfant. Elles semblent en quelque sorte vouloir faire pénitence pour la mauvaise volonté qu'elles montrent lorsqu'il s'agit de donner quoi que ce soit et plus particulièrement le sein à leur enfant. Pendant ce repas supplémentaire qui lui est octroyé, celui-ci pourra décharger une partie de sa tension en raison de son activité orale et sa déglutition et, par conséquent, se calmera. Mais pour un bref moment seulement, car la nourriture qu'il a absorbée à nouveau, surcharge l'appareil digestif, accroît la tension et provoque une recrudescence de l'état de déplaisir qui se manifestera par une nouvelle colique accompagnée de cris. D'où la réintervention de la mère, qui perpétue ainsi le cercle vicieux.

6. Cf. *op. cité*, p. 165.

Cet exemple de l'analyse de la colique de trois mois par Spitz, illustre donc bien cette relation de dépendance tonico-émotionnelle étroite et réciproque entre la mère et l'enfant, dans le comportement alimentaire. Mais cette dépendance est, selon Ajuriaguerra, beaucoup plus générale et s'étend à la totalité du comportement du nourrisson. C'est ainsi que, dans son rapport cité plus haut, il évoque une série d'expériences de psychanalystes et psychologues contemporains qui tentent de montrer l'importance de la mobilisation tonique, des manipulations et du contact entre la mère et l'enfant.

Tout d'abord, l'expérience de Sylvia Brody [7]. Celle-ci a étudié trente-trois mères d'après leur comportement quant à six activités différentes : forme d'alimentation, soins physiques, mobilisation, attouchement, offre d'objets, paroles. Il en ressort que les enfants qui ont le meilleur développement aussi bien au point de vue moteur que dans leur capacité d'adaptation, sont du groupe A, c'est-à-dire de celui des mères sensibles, attentives et constantes dans leur conduite. Les enfants les plus avancés au point de vue du langage et au point de vue de la sociabilité sont du groupe D, celui des mères hypersensibles, inconstantes dans leurs attitudes et hyperactives. Les enfants les plus retardés dans leur développement général appartiennent au groupe C celui des mères qui ne prêtent pas attention à leur enfant, sont peu sensibles, inconstantes, irrégulières. Le groupe B est un groupe intermédiaire qui ne présente pas les traits caractéristiques des enfants et mères des groupes précédents. Ainsi cette expérimentation montre, d'une manière significative, la corrélation entre le comportement maternel et l'évolution psychomotrice du nourrisson ; comportement et évolution vécus corporellement, au niveau des approches et des contacts des corps de la mère et de l'enfant et dont celui-ci gardera, en quelque sorte, l'empreinte indélébile.

Cette influence intercorporelle est vérifiée par certaines observations également citées par Ajuriaguerra, sur le rôle déterminant des caresses de la face et de la tête, du balancement rythmique, des manipulations lors du bain ou de la pesée. Margaret Fries a trouvé, par exemple, beaucoup plus de réactions de sursauts chez des enfants lorsqu'ils étaient pesés et baignés par des nurses actives et vives que lorsqu'ils étaient soignés par des nurses calmes. De même, un psychologue américain Escalona a noté que parmi les dix enfants qui refusaient le sein à quatre semaines, huit avaient des mères tendues et excitables. Par ailleurs, nul n'ignore, depuis les célèbres remarques de Rousseau à ce propos [8], l'influence néfaste de la contrainte physique sur le comportement de l'enfant. On sait que les nourrissons immobilisés sont pris de rage et de dyspnée. De nombreuses observations ethnologiques, comme, par exemple, celles de Margaret Mead, tendent

7. Cf. S. Brody, *Patterns of Mothering*, Internat. Universities Press, New-York 1956.
8. Cf. J.-J. Rousseau, *l'Emile*, Garnier, 1961, livre I, p. 13-16.

également à prouver que les peuplades qui lient étroitement et brutalement les nourrissons, font de ceux-ci des adultes obstinés et agressifs [9]. En fait, comme l'a fort justement noté un psychanalyste américain P. Greenacre, il y a dans ces cas non seulement contrainte physique, mais aussi excès d'excitation. C'est pourquoi les perturbations enregistrées du comportement doivent être attribuées, selon lui, d'une part, à l'augmentation de la tension de l'organisme privé de décharges toniques et d'autre part, à l'érotisation corporelle générale qui ne trouve aucune satisfaction.

Mais, dira-t-on, cette influence s'exerce-t-elle unilatéralement et fatalement quelle que soit la constitution physique particulière de chaque nourrisson ? Pour répondre à cette question, Ajuriaguerra et son équipe ont procédé à deux séries d'expérimentations : la première a consisté, par la mesure de l'angle poplité (l'angle de la jambe et de la cuisse), à déterminer chez un même sujet l'hyper-extensibilité de ses membres ; ce qui a amené à constater que l'enfant hypertonique marche plus tard que l'enfant hypotonique et en outre que la préhension et la motricité fine est plus précoce chez l'enfant hypotonique que chez l'enfant hypertonique. La seconde expérience, plus spécialement conduite par Mira Stambach et Irène Lezine, a comparé ces deux types moteurs, hypertonique et hypotonique, dans leurs décharges motrices et leur stabilité posturale respectives ; ces décharges motrices comprennent : les décharges alimentaires et assimilées (succion du pouce, des vêtements... etc) ; les décharges d'exploration (du nez, de la tête, du visage et des cheveux) ; les rythmies et, en particulier, le balancement ; et enfin les décharges auto-offensives (coups, pincements... etc faits à soi-même). Quant à la stabilité posturale, elle correspond à la quantité de mouvements spontanés du nourrisson sur le lit ou en déplacement.

En tenant compte simultanément du régime éducatif et des répercussions des interventions parentales sur le comportement de l'enfant, ces auteurs ont abouti aux conclusions suivantes : en ce qui concerne les décharges motrices : les décharges alimentaires sont identiques chez les hypertoniques et hypotoniques ; les décharges d'exploration du corps propre sont plus fréquentes et plus fines chez les hypotoniques. Les rythmies de balancement se rencontrent chez tous les hypertoniques alors qu'elles sont rares, plus tardives et de plus courte durée chez les hypotoniques. Les décharges auto-offensives, communes à un certain stade à tous les enfants hypertoniques, n'apparaissent qu'une seule fois et d'une façon assez fugace chez un enfant hypotonique. En ce qui concerne l'instabilité posturale, on constate les mouvements brusques et saccadés des hypertoniques et la précocité de l'acquisition de la station debout et de la marche. D'où leur plaisir à explorer le milieu environnant plutôt qu'à effectuer des manipulations minutieu-

9. Cf. M. Mead, *Mœurs et sexualité en Océanie*, Plon, Paris, 1963.

ses avec des mouvements simples et déliés comme les hypotoniques, dont le développement postural est, d'ailleurs, très tardif.

Confirmation de la théorie de Merleau-Ponty

Toutes ces observations confirment donc l'importance du tonus de fond dans l'organisation de la personnalité et, par conséquent, celle de ses variations dues, comme on l'a vu, aux réactions émotionnelles provoquées par le mode de présence, l'attitude de la mère ou de son substitut. Si normalement et généralement vers le sixième mois, grâce à la maturation neuronique des systèmes sensoriels, l'hypertonicité diminue et les réflexes sont freinés, les fluctuations de la vie émotionnelle, par contre, peuvent encore déclencher et, par conséquent, entretenir des réactions hypertoniques de déplaisir (faim, douleur, départ de la mère... etc) qui rendent impossible la différenciation de la fonction tonique et des activités motrices qu'elle sous-tend. Bref, la tonicité ou mieux, comme le dit Ajuriaguerra « le vécu tonique » est lié inséparablement à la vie affective originelle du nourrisson : il est le tissu qui le rattache au monde et, d'abord, au corps de la mère avec lequel il se confond, il s'identifie. Il vit son corps propre dans celui de sa mère et perçoit celui-ci dans le sien, ce qui confirme à la fois l'analyse de la fusion affective par Wallon et l'hypothèse de Merleau-Ponty d'une sorte de « chair » commune à laquelle participent tous les corps. C'est, semble-t-il, ce qu'Ajuriaguerra veut signifier lorsqu'il écrit : « en tant qu'étoffe vivante le corps de l'enfant est façonné par la mère, se projette dans le corps d'autrui et l'assimile. A cette époque s'applique sans aucun doute la phrase de Merleau-Ponty employée par cet auteur d'une manière plus générale : « où mettre la limite entre la chair et le monde puisque le monde est chair ? » [10]

Il convient, d'ailleurs, de préciser que cette « chair », cette étoffe tonique intercorporelle ne résulte pas des seuls contacts musculaires (attouchements, manipulations,... etc) mais aussi des sons du langage que perçoit l'enfant avant qu'il parle lui-même. « L'enfant, dit Ajuriaguerra, vit dans un espace dans lequel on parle, dans un monde de « mots objets parlants » [11]. Ainsi comprendre pour l'enfant, c'est d'abord vivre simultanément les relations entre ce qui est dit par autrui, la façon dont cela est dit, le geste qui l'accompagne et le résultat qu'il en tire pour sa satisfaction. « Les paroles d'autrui sont siennes dès qu'autrui les prononce et son corps les sent parfois avant qu'il les prononce. » Chaque parole d'autrui est, en effet, préparée et, en quelque sorte, en gestation organique dans une attitude, une posture ou un geste que l'enfant, en les percevant, s'incorpore et dont il re-

10. Cf. J. de Ajuriaguerra, préface de *La Relaxation* de J.G. Lemaire, Payot, 1964, p. 7.
11. Cf. art. déjà cité, « Le Corps comme relation », p. 147.

trouve du même coup la résonance anticipée. C'est ainsi que l'expression mimo-gestuelle d'autrui est déjà pour lui langage. Néanmoins les sons eux-mêmes, leur intensité, leur fréquence, leur hauteur, leur timbre, leur rythme, leur organisation modulés par l'intonation particulière de celui qui les émet, provoquent dans le corps du nourrisson qui les reçoit, un retentissement tonico-émotionnel qui non seulement les charge de sens, mais prépare et incite l'enfant lui-même à cette expression verbale.

Or précisément dès que l'enfant est apte à réaliser une telle expression, si rudimentaire soit-elle, il s'établit une corrélation dans son propre corps entre ses émissions sonores et le vécu tonique de ses postures, de ses actions et réactions par rapport au milieu, c'est-à-dire de ses attentes, ses déplaisirs ou ses satisfactions. Ainsi l'émission vocale va-t-elle de pair d'abord avec les prises ou relâchements des objets, puis avec les gesticulations, les indications, les supplications, enfin avec leurs propres résonances affectives dans les jeux d'imitation verbale. Mais quelle que soit la modalité d'accompagnement, c'est toujours l'intérêt de l'action qui s'ensuit, l'assentiment ou le refus de la part d'autrui, qui colorent, qualifient et, par conséquent, contribuent à former cette parole.

Comme on le voit, le langage n'est donc pas une fonction isolée, mais par le vécu tonique du corps propre, il est à la fois « affirmation du monde des objets (et, pourrait-on ajouter, d'autrui) et affirmation de soi par rapport à eux. Il fait partie du monde perceptif mais aussi du monde d'action et de manipulation » [12]. Ce fait est d'ailleurs, corroboré par la thèse anthropologique du Père Jousse, selon laquelle les langages gestuel, oral et écrit ont une seule et même origine : l'interaction universelle de l'agent et de l'agi, que l'homme reçoit, enregistre et si possible « rejoue », mime, d'abord par ses gestes, puis par ses sons, enfin par ses graphismes. L'homme est, selon la terminologie originale de Jousse, « Anthropos mimeur » : « cinémimeur » (mime gestuel), « phonomimeur » (mime sonore), « mimographe » (mime écrit). C'est là, selon lui, la grande loi fondamentale du « rythmo-mimisme » [13].

Quelles que soient les réserves que l'on puisse faire sur la présentation et la construction d'une telle théorie, elle n'en exprime pas moins un fait bien établi et constamment vérifié au niveau de l'expérience quotidienne, à savoir celui de la médiation corporelle et plus précisément tonique de notre communication avec le monde. « Qu'on gesticule, qu'on parle ou qu'on écrive, le fond moteur de ces communications, écrit Ajuriaguerra, se développe dans un espace dont le corps, bouche ou main, en devient l'axe ou le centre à partir duquel les rapports s'établissent avec des objets » et autrui. Autrement dit, tout lan-

12. Cf. *idem*, p. 148.
13. Cf. M. Jousse, *L'Anthropologie du geste*, Resma, Paris, 1969.

gage, en tant que communication, implique un engagement corporel : il peut être utilisé comme appel ou comme agression et ressenti corporellement comme tel. Il y a ainsi une histoire du fond tonique et des réactions toniques correspondant à celle de la formation de la personnalité.

On comprend dès lors que l'on puisse chercher à déchiffrer le sens profond et authentique du langage ou de la communication en général d'un individu avec le monde, non dans son contenu signifiant lui-même, mais au-delà dans son vécu corporel. *A fortiori,* si cette communication est perturbée, si le sujet a des difficultés ou éprouve de l'angoisse dans sa relation avec les autres, le clinicien sera amené à dévoiler et modifier le soubassement tonique qui en est responsable. Tel est le projet d'Ajuriaguerra dans la thérapeutique de relaxation qu'il pratique à sa clinique de Genève et dont il exposa avec Michèle Cahen les principes, les différentes phases et les effets dans un important rapport au premier congrès de Médecine psychosomatique de langue française à Vittel en juillet 1960 [14].

Une nouvelle thérapeutique de relaxation

Ajuriaguerra part, en effet, du constat que le fond tonique et les réactions toniques ont une histoire correspondant à celle de la formation de la personnalité. Aussi cette formation sera troublée dans la mesure où cette histoire tonique connaîtra des retards ou des régressions, car, comme l'écrit Ajuriaguerra, « les formes tonico-émotionnelles ne sont pas en soi pathologiques ; ce qui est anormal, c'est leur persistance sous une forme primitive lors d'un degré élevé d'évolution, leur existence sous la forme d'un tonus interne lors d'une situation non réelle mais figurée, leur irréversibilité suivant les situations. Si, à un niveau d'évolution, et dans une situation donnée, une certaine attitude et une certaine réaction tonique enrichissent l'expérience, à un autre niveau elles peuvent se présenter comme énergétiquement épuisantes et défavorables. Si jouer avec son corps sa vie symbolique peut être un gain pour l'enfant, vivre cette même vie avec son corps peut être dans certaines circonstances un épuisement chez l'adulte. »

Autrement dit et pour prendre un exemple précis, si, chez le nouveau-né, tout état de déplaisir causé par une privation ou une agression réelle (manipulation brutale ou bain forcé) provoque normalement, comme mécanisme utile de défense, des réactions hypertoniques généralisées, un raidissement de tout le corps, un tel raidissement ou une telle hypertonie massive est, par contre, chez l'adulte, nuisible, à plus

14. Cf. rapport publié dans *Revue de médecine psychosomatique* sous le titre : « Tonus corporel et relation avec autrui — l'expérience tonique au cours de la relaxation », t. 2, n° 2, 1960, p. 89-124 (librairie Maloine, Paris). Vous trouverez également un exposé très fidèle de cette technique thérapeutique d'Ajuriaguerra dans le livre déjà cité du Dr Lemaire, *La relaxation*, p. 68-74.

forte raison si la situation menaçante qui la provoque, est purement imaginaire et s'il est impossible de modifier ou maîtriser ce comportement. De même si un nouveau-né traduit normalement sa satisfaction, par exemple après une têtée ou un bercement, par un relâchement global, une quasi somnolence béate, bref une hypotonie totale, une telle hypotonie entraîne, chez l'adulte, une passivité morbide dans la mesure où elle lui ôte toute possibilité d'affronter, de maîtriser et bien plus radicalement, de percevoir les changements de situations, puisque le corps tout entier démissionne et s'abandonne en permanence. Bref, si, comme l'a montré Wallon, le retentissement corporel ou plus exactement la résonance tonique spontanée et massive des émotions est une fonction nécessaire et fondamentale d'adaptation du psychisme enfantin, elle peut au contraire chez l'adulte devenir cause de perturbations et même de troubles graves. Il suffit, pour cela, qu'ait lieu la rencontre ou la convergence de trois principaux facteurs : une structure morphotypologique déterminée de l'individu [15] ; des facteurs psychomoteurs et affectifs.

Ainsi, en ce qui concerne le facteur psychologique, on a pu constater que certains sujets de « type athlétique » réagissent plus volontiers par l'hypertonie globale massive, alors que certains autres « leptosomes » présentent plus facilement des désorganisations et des chutes toniques transitoires. Mais il ne s'agit là encore que de prédispositions. Pour que celles-ci s'actualisent et deviennent réellement perturbatrices, il faut qu'il s'ajoute soit des difficultés d'intégration psychomotrices, comme celles, par exemple, que connaissent les gauchers contrariés par leur mauvaise et insuffisante latéralisation, ou les sujets atteints de troubles métaboliques, nutritifs, ou de lésions traumatiques ou infectieuses ; difficultés qui se traduisent par des troubles moteurs ou du schéma corporel et corollairement de la compréhension de l'espace, du rythme ou du temps ; soit des circonstances provoquant une certaine insécurité intérieure et par là une fragilité affective.

Il convient, d'ailleurs, de préciser qu'un traumatisme émotionnel, en l'occurrence, n'est pas nécessaire ; celui-ci, au contraire, peut être bien supporté dans l'immédiat par un sujet bien équilibré du point de vue conscient et qui fait face avec sang-froid au drame extérieur en mobilisant tous ses moyens. Par contre, « certaines conditions apparem-

15. On sait que tous les individus, du point de vue de leur constitution physique, se répartissent en un certain nombre de catégories ou « types morphologiques » que les psychologues ont désigné différemment selon les critères de classification. Ainsi on peut en simplifiant citer quatre classifications qu'Ajuriaguerra utilise simultanément celle de *Sheldon* en Endomorphes (avec prédominance des viscères sur les structures somatiques), mésomorphes (l'inverse : prédominance des structures somatiques), ectomorphes (corps fragiles, linéaires, poitrine aplatie) ; celle de *Kretschmer* en pycniques (sujets plutôt petits et gros), leptosomes (maigres et élancés), athlétiques (de formes assez équilibrées) ; celle de *Viola* et *Pendé* en brevilignes (petits et plutôt gros) ; longilignes (grands et plûtôt minces) ; et celle de *Corman* en dilatés et rétractés qui traduit à la fois une expansion ou rétraction physique (frontale ou latérale) des formes et un mode général d'adaptation.

ment assez banales, logiquement compréhensibles, mais en fait plus « signifiantes », dit le Dr Lemaire, vont produire le trouble, là où précisément le psychisme conscient n'est pas alerté ou sur la défensive. Une perturbation affective minime en apparence, invisible pour l'observateur non averti, peut ainsi avoir un grand retentissement dans l'inconscient et s'accompagner d'une grande désorganisation tonique. Par exemple, une nomination à un poste supérieur, même envié, accompagné de responsabilités plus lourdes, peut entraîner une angoisse latente, et la traduction de cette insécurité intérieure inavouée peut être un trouble tonique portant électivement sur la fonction par laquelle doit se traduire la responsabilité. C'est le cas fréquent des crampes professionnelles et en particulier de la crampe des écrivains » [16].

Ainsi, comme on le voit, le fond tonique et les réactions toniques vont essentiellement exprimer et incarner l'histoire des bouleversements des relations affectives d'un sujet ayant un type morphologique et un profil psychomoteur déterminés. Or ce fond et ces réactions définissent « un état tensionnel », c'est-à-dire un état ou une expérience psychophysique pénible, son « mal-être », vécu par le sujet dans son corps à la fois comme organe moteur, support des activités praxiques et comme communication gestuelle et verbale, bref comme fonction tonique. La tâche du thérapeute sera donc d'apaiser cette tension par des techniques agissant à travers le corps et modifiant l'activité tonique musculaire générale et viscérale.

Mais cet apaisement ne signifie pas simplement détente. Une détente absolue, d'ailleurs, n'est pas réalisable, puisqu'il subsiste toujours un état de vigilance subconscient, comme, par exemple, les mouvements des globes oculaires et l'activité musculaire au cours du rêve. De plus, la détente déborde le seul phénomène du tonus de repos : elle peut se manifester aussi au cours du tonus d'activité dans le sens d'une diminution des activités parasites. En fait, dans les deux cas, la détente implique la diminution d'une dépense énergétique superflue ; elle est apaisement corporel et psychique, « sans qu'apaisement, précise Ajuriaguerra, veuille nécessairement dire passivité ou vide absolu. Etre détendu ne doit pas être confondu avec un laisser-aller, avec une démission, être détendu correspond plutôt à un « être à l'aise » dans son corps et dans ses relations » ; autrement dit, il ne doit pas y avoir, dans notre vie, de contradiction entre détente et tension, « ce qui importe c'est leur contrôle : une contraction modérée mais permanente est en effet, énergétiquement plus néfaste que de fortes tensions suivies de détente » [17]. Réaliser ce contrôle, équilibrer tension et détente,

16. Cf. *op. cit., p. 44*. La crampe des « écrivains » se manifeste par une crispation de la main qui empêche d'abord l'écriture rapide et prolongée, puis oblige « l'écrivain » à la déformer, tout en utilisant des positions de plus en plus compliquées et incommodes. Finalement l'écriture devient parfois impossible.

17. Cf. préface du livre du Dr J. G. Lemaire, *La relaxation*, déjà cité, p. 8.

tel est le but, selon Ajuriaguerra, de la thérapeutique de relaxation qui, dans la mesure où cet équilibre met en jeu la tonicité du corps agissant, exprimant et communiquant, est la restauration de la fonction tonique dans son ensemble, la patiente rééducation du corps comme dialogue tonique avec soi, le milieu et les autres, grâce à une relation psychothérapique malade-médecin.

C'est pourquoi Ajuriaguerra croit nécessaire de modifier et réformer les techniques déjà existantes : pour la plupart, celles-ci visent, en effet, uniquement la détente ou le repos et au mieux l'apaisement passif du vécu corporel du sujet en utilisant soit des pratiques subies par l'individu comme l'emploi de produits curarisants ou de massages, soit des méthodes faisant apparemment davantage appel à l'initiative du malade, comme la concentration et la suggestion, qui provoquent une déconnection plus ou moins marquée au monde extérieur et aboutissent en général à un état d'auto-hypnose. Parmi ces dernières méthodes, relativement plus satisfaisantes que les précédentes, deux (les deux plus célèbres, d'ailleurs) ont retenu l'attention d'Ajuriaguerra qui s'en est servi comme bases de départ : la méthode de relaxation dite « progressive et différentielle » de Jacobson fondée sur la prise de conscience successive des sensations kinesthésiques correspondant aux différents groupes musculaires de l'organisme en état de contraction et de décontraction ; et la méthode dite de « training autogène » de Schultz, qui obtient du sujet une « auto-décontraction » musculaire et, par là, une hypnose par la suggestion active de la concentration intérieure du malade (préalablement induit au calme) sur les sensations de pesanteur, puis de chaleur des différents segments de son corps. Ainsi, comme on le constate, dans les deux méthodes, la dissolution tonique est « le résultat d'une conquête rationnelle et fragmentaire. » Mais celle de Schultz, plus encore que celle de Jacobson, présente, aux yeux d'Ajuriaguerra, « une valeur formative », dans la mesure où elle peut « être utilisée, auto-dirigée et auto-dominée par le sujet aussi bien dans la relation que dans la contemplation créatrice », autrement dit concerne l'organisation de la personnalité. Or précisément Schultz n'a pas su exploiter cette valeur formative et psychothérapique de sa méthode en la limitant trop exclusivement à la recherche de la déconnection du malade par la diminution de sa tension tonique et, en fait, la création d'un état hypnoïde : il n'a pas vraiment aperçu (au moins dans ses écrits) le rôle important de la relation malade-médecin et, d'une manière générale, de la signification du vécu corporel du malade.

C'est, au contraire, ce vécu et cette relation qui retient tout l'intérêt d'Ajuriaguerra. Il ne s'agit pas, pour lui, de forcer le malade, par la suggestion, à se décontracter, mais bien plutôt de comprendre et de réduire peu à peu les différents facteurs qui l'empêchaient jusque là de se relaxer. Au lieu de le convaincre que son bras est lourd, on s'attachera à découvrir ce qui n'est pas encore décontracté en lui, malgré sa bonne volonté, ou ce qui se tend en lui. En bref, Ajuriaguerra accorde beaucoup plus d'importance à l'analyse des résistances à la relaxation et, par conséquent, à leur signification pour le patient, qu'au fait brut de la relaxation elle-même, comme détente tonique. C'est pourquoi, tout au long de la cure de rééducation, il prête attention aux difficultés qu'il rencontre dans ses rapports avec le malade, aux attitudes de ce dernier devant sa maladie ; attitudes qui résultent, en grande partie, de la façon dont il a ressenti les réactions de son entourage à l'égard de son symptôme, et qui, si celles-ci sont négatives, aggravent inévitablement ce symptôme (par exemple, les tics, le bégaiement, les crampes professionnelles... etc). En analysant ces difficultés et ces attitudes, le thérapeute découvre ainsi toujours à leur origine une perturbation radicale du mode de relation avec autrui vécue toniquement et dans une grande tension anxieuse par le malade. Il appartiendra donc à ce thérapeute de supprimer cette perturbation en confirmant l'image rassurante que ce sujet cherche en lui et cela grâce précisément à la découverte des sensations nouvelles et de plus en plus apaisantes de son corps, produites par les exercices proprement dits de relaxation.

Il s'établit ainsi entre malade et médecin une sorte de transfert particulier qui est d'autant plus nécessaire au malade que la déconnection avec le réel, résultant de la relaxation, éveille une vie instinctive et contradictoire d'agression ou d'amour : « le corps, dit Ajuriaguerra, vit ses états par des modifications toniques de niveaux divers, des contractions ou des décontractions suivant qu'on s'approche du sujet, qu'on le touche, qu'on s'en éloigne, ces actes étant considérés comme danger ou comme donation. Au cours de ces événements le corps est comme le sismographe qui enregistre son état de tension ou d'apaisement, mais non seulement il mesure mais se mesure et se découvre ; ce qui était technique devient mode d'être » [18].

C'est précisément le souci de faire découvrir au malade ce mode d'être de son corps, et par conséquent, de le libérer de ses entraves, qui dicte la conduite du thérapeute tout au long de la cure. Ainsi lors de la première étape, il facilite autant que possible le travail du malade pour lui permettre d'éprouver assez rapidement la première sensation de pesanteur, même si cette impression doit être fugitive. Il s'agit, en effet, de ne pas le décourager par une trop longue et trop frustrante recherche, qui l'empêcherait de collaborer réellement à la suite du traitement ou le lui ferait prématurément interrompre. Mais inversement le thérapeute veille à ne pas exagérer son aide, ce qui risquerait d'habituer le sujet à une attitude passive en face de son traitement. Un dosage est donc nécessaire en fonction du type de malade, de son caractère et de sa préparation au traitement. Il faut, comme dit Ajuriaguerra, réconcilier son « voulu » et son « subi ». D'où le rôle primordial de la sensation de pesanteur, qui est en même temps le fruit

18. Op. cité, p. 10.

d'une expérience proprioceptive, subjectivement éprouvée comme sienne par le malade et le résultat d'une mobilisation passive du membre, par la manipulation objective du thérapeute. Cette convergence entre les sensations subjectives éprouvées par le patient et la constatation objective par le médecin d'une passivité globale du membre permet progressivement au malade d'avoir à nouveau le sentiment de l'unité de sa personne, de la maîtrise de son corps dans sa présence totale et sa réalité continue. De plus, cette convergence fait du médecin, aux yeux du patient, un témoin privilégié et bienveillant.

Or ce rôle de témoin devient essentiel à la seconde phase du traitement au cours de laquelle le médecin aide le patient à prendre conscience des tensions qui persistent ou bien réapparaissent au cours de la séance. Il fera comprendre à celui-ci que, sur le plan tonique, il se met en position de défense dans des situations qui ne correspondent plus à un danger actuel, par exemple, lorsque son thérapeute s'approche. A partir du moment où le malade effectuera cette prise de conscience, il se sentira rassuré, plus détendu et pourra lui-même en dehors de la séance, observer que c'est dans telle ou telle circonstance, banale en apparence, mais symboliquement significative, qu'il se réarme en quelque sorte de son symptôme et de sa crispation et que cette circonstance est comparable à la situation vécue au cours de la séance en face de son thérapeute. Il pourra alors relaxer dans cette circonstance ce qui dans son corps se crispait toujours jusque là.

Mais encore faut-il pour cela qu'il ait aussi pris conscience que s'il souhaite *consciemment* renoncer à cette crispation, à cette hypertonie nuisible, bref à son symptôme, *inconsciemment*, par contre il y est attaché ; qu'il a, en fait, peur de l'abandonner, car il s'en est servi jusque là comme d'une défense, d'une solution à ses conflits avec autrui. « Le malade, qui croit le subir, dit Ajuriaguerra, le ressent en réalité comme nécessaire, l'ayant amadoué, l'utilise et aménage soigneusement, puis jalousement sa relation avec lui. » D'où sa difficulté première à se relâcher, à laisser son corps se détendre. Pour vaincre cet écueil intérieur au malade lui-même, le thérapeute sera aidé par les premières expériences de ce dernier au cours de la relaxation : ainsi celui-ci est-il souvent amené à constater qu'il ressentait comme une crainte ou une angoisse vive lors de l'absence passagère de son symptôme. Ainsi peut-il comprendre que sa résistance à la relaxation était une défense contre l'angoisse. Parfois même, le sujet arrive, après plusieurs semaines, à prendre conscience du plaisir réel que lui procurait la sensation pénible de tension pour laquelle il se faisait traiter et dont il se servait jusque alors pour éviter d'adhérer à la vie réelle.

A partir d'une telle prise de conscience et, par conséquent, de la réalisation effective de la relaxation, le malade peut tirer plus largement profit des séances. Le médecin, dans la dernière phase du traitement, s'emploie donc à laisser et même susciter le maximum d'initiatives au malade, qui, en dehors des séances, dans la vie réelle, pratique et sociale, peut maîtriser mieux ses réactions toniques en face de certaines situations concrètes. Bien plus, il prévient la contracture qui va se constituer et finalement réussit à contrôler automatiquement son état tonique et à l'adapter spontanément aux nécessités du moment. On voit ainsi comment l'analyse du vécu personnel du sujet en cours de relaxation, de ses résistances et de ses découvertes, permet, à nouveau grâce à une relation médecin-malade judicieusement conduite, de rétablir chez celui-ci à la fois un dialogue tonique favorable avec son milieu, et la propre unité de sa personnalité. « Par la relaxation, écrit Ajuriaguerra, nous révélons sous la forme du vécu le dialogue tonique, nous rendons présent le corps comme unité ou comme fragment, ou bien nous le faisons vivre sa solitude. Jusqu'à un certain point nous utilisons le corps comme si c'était la personnalité elle-même et lui donnons le pouvoir de vie autonome. Nous utilisons le corps en même temps comme objet de relation et comme élément unificateur du moi ». La méthode proposée par Ajuriaguerra est donc bien avant tout une psychothérapie du corps et par le corps.

Le recours à la psychanalyse

Mais précisément, comme il le suggère lui-même dans la citation précédente, l'identification du corps et de la personnalité n'est envisagée que « jusqu'à un certain point ». Autrement dit, cette psychothérapie ne se suffit pas et exige, pour transformer et restaurer la personnalité totale du sujet, un complément. Ce complément est celui de la psychanalyse. « Nous ne croyons pas, écrit, en effet, Ajuriaguerra, qu'avec cette technique (la sienne) on puisse modifier historiquement toute une personnalité, ni avoir prise sur l'ensemble du mécanisme des défenses. Il s'agit d'obtenir à travers le corps, un remaniement du vécu personnel, de produire un « changement » qui, ayant en soi une valeur de découverte, permet souvent au malade de sortir d'une monotonie conditionnée. Le malade pourra, d'après cette expérience, passer plus facilement à une thérapeutique du type analytique classique évoluant vers un remaniement historique plus profond. »

Ce recours à la psychanalyse était, d'ailleurs, prévisible si on veut bien se rappeler le rôle capital donné par Ajuriaguerra, d'une part, à la relation malade-médecin et d'autre part et conjointement, à l'inconscient du malade ou plus précisément aux attitudes, représentations, symbolisations inconscientes « enkystées » dans son symptôme tonique. Nous avons vu, en effet, qu'il s'établit entre malade et médecin une sorte de transfert dans la mesure où celui-là projette sur celui-ci l'image d'abord menaçante, puis rassurante qu'il cherche en lui et que le thérapeute s'efforce de confirmer. Mais il ne s'agit que d'une analogie avec le transfert psychanalytique puisqu'il ne permet pas la reviviscence des conflits infantiles profonds du sujet comme dans celui-ci et que la technique de relaxation, bien qu'elle tienne compte de l'expression verbale du patient, privilégie celle qui porte sur le vécu tonique ou corporel du sujet. Néanmoins Ajuriaguerra sait fort bien que cette vie conflictuelle inconsciente a besoin d'une explicitation verbale et d'un échange affectif plus complet avec l'analyste qui en donnera l'interprétation. La relaxation même, à ses yeux, pourrait être nuisible si le retour à cet apaisement tonique risquait d'être utilisé comme mécanisme de défense contre une intervention éventuelle plus radicale et un regard plus inquisiteur sur les sources réelles et inavouées des conflits. « La relaxation doit, insiste-t-il, ne constituer qu'un premier temps thérapeutique axé sur la mobilisation du moi. « Premier temps, d'ailleurs, très souvent heureusement favorable, puisque le malade apprend à prendre conscience des aspects transférentiels du traitement et prend l'habitude d'observer ses propres mouvements affectifs à travers ses réactions toniques. Ainsi il commence, comme dit Nacht, à « apprendre son métier d'analysé ».

En fait, Ajuriaguerra est d'autant moins enclin à négliger et sous-estimer le travail du psychanalyste qu'il a souligné lui-même à de nombreuses reprises et particulièrement dans son article « Le corps comme relation », l'intérêt des hypothèses de Reich, de Ferenczi, Fenichel, Mélanie Klein, Winnicott, Spitz, Lacan... etc. Certes, il manifeste une prédilection marquée pour ceux, parmi eux, qui comme Reich, Spitz et Winnicott, mettent l'accent sur l'imprégnation corporelle végétativo-musculaire de l'évolution des conflits ; ce qui précisément, selon lui, manque chez Freud [19]. Néanmoins, il sait fort bien que le corps n'est pas vécu seulement toniquement, mais aussi d'une manière fantasmatique, à tel point que l'on peut décrire l'évolution des fantasmes de l'enfant correspondant à celle de la maturation de ses relations corporelles avec le milieu. Autrement dit, l'enfant, comme l'adulte, vit dans son existence corporelle « beaucoup plus de choses que celles que la Psychologie objective peut nous apporter. » Son expérience corporelle est investie par l'imaginaire de la dynamique de ses affects : elle est « fantasmatisée », c'est-à-dire convertie en fantasme ; elle devient ainsi un « réel plein d'irréalité ».

C'est cet aspect étrange mais fondamental de la corporéité que nous croyons nécessaire maintenant d'étudier, ce qui nous donnera l'occasion, d'une part, de situer plus exactement la place du corps dans la problématique de Freud et, par là, de corriger le jugement trop radical, selon nous, d'Ajuriaguerra lui-même ; d'autre part et surtout, de montrer comment le corps comme fantasme fait éclater notre apparente autonomie en le livrant à l'emprise de la société et de ses mythes.

19. Cf. *article cité*, p. 138. Je signale aussi au lecteur l'article : « L'enfant et son corps » correspondant au rapport fait par Ajuriaguerra au stage de perfectionnement des rééducateurs de la psychomotricité à Genève en 1969. Article paru aux Editions Médecine et Hygiène dans la revue « Psychomotricité » 1970, p. 7-23.

TROISIEME PARTIE

DU FANTASME AU MYTHE

Chapitre 7

L'approche psychanalytique du corps

Le corps libidinal

Nous avons déjà vu, lors de notre analyse du schéma corporel de Schilder [1] que notre image du corps résultait non seulement de notre expérience perceptivo-motrice, mais aussi et surtout de notre sensibilité sexuelle aiguisée par les fluctuations de nos désirs, de nos plaisirs et de nos rêves. Nous savons, en effet, que notre corps, selon Freud, est vécu, dès notre plus tendre enfance, comme pulsion sexuelle ou libido diversifiée soit par sa source d'excitations, les orifices corporels (bouche, anus, organes génitaux), soit par son but (voir et maîtriser).

Or, comme chacune de ces pulsions partielles, chez le jeune enfant, fonctionne et tend à se satisfaire indépendamment les unes des autres, son corps n'est pour lui qu'une mosaïque de zones érogènes ou, selon l'expression imagée de G. Deleuze [2], « un habit d'Arlequin ». Cet habit, d'ailleurs, est, en quelque sorte, fait « sur mesure », puisque cette disparité de plaisirs érogènes varie d'individu à individu en fonction du privilège accordé à telle ou telle zone au cours de l'enfance, c'est-à-dire, par conséquent, à la fixation sur telle ou telle phase de l'évolution sexuelle au cours de laquelle normalement se marque successivement le privilège pour la zone orale, anale et génitale. Autrement dit, chaque enfant vit son corps selon la singularité de sa propre histoire, ses expériences personnelles de satisfaction ou frustration de sa libido, qui a essayé de se décharger dans ces différentes pulsions partielles. C'est ce que Freud a appelé « la perversité polymorphe » de l'enfant, signifiant par là non le vice de l'enfant, mais sa capacité polyvalente et amorale de jouissance. Or précisément cette jouissance ne vise pas autrui ou un objet extérieur, mais le corps même de l'enfant qui la vit ou plus exactement la diversité des zones érogè-

1. Cf. ci-dessus chap. 3, p. 29-31.
2. Cf. G. Deleuze, *La Logique du sens*, éd. de Minuit, 1969, p. 229.

nes ou organes qui le composent. Le plaisir de l'enfant est « autoérotique », en tant que la libido se satisfait dans le morcellement anarchique de son propre corps [3].

Le corps « fantasmé »

Mais encore convient-il de bien comprendre ce qu'est ce morcellement ou plus exactement comment il est vécu. Il serait faux, en effet, de croire que ce corps en quelque sorte « rapiécé » de zones érogènes plus ou moins exacerbées ou excitées, tel que l'appréhende l'enfant dans sa jouissance, se calque néanmoins sur la réalité objective, biologique et anatomique des organes correspondant à ces zones érogènes disparates. Les désirs de l'enfant, en valorisant ou privilégiant ces zones, non seulement désarticulent ou destructurent le corps objectif décrit par l'anatomiste, mais aussi le *dé-réalisent* en le livrant aux fantaisies de l'imaginaire. En vivant intensément sa libido, dont les exigences avides ne sont contenues que par les tabous de la prime éducation, l'enfant n'appréhende son corps qu'à travers les projections fulgurantes de ses désirs, c'est-à-dire dans ses relations imaginaires avec celui ou celle qui doit les satisfaire. Ainsi tous les organes objectifs, tels qu'ils apparaissent aux yeux de l'observateur extérieur, non seulement les orifices (la bouche, l'anus, les organes génitaux) mais toutes les muqueuses, toute la peau et les segments qu'elle recouvre, sont surchargés de valeurs symboliques, qui leur donnent une configuration irréelle, fantasmagorique, bref disproportionnée et étrangère à leur structure et fonction définies par l'homme de science. L'enfant vit son corps comme dans un rêve permanent : son corps se dilate, se contracte, explose, se métamorphose selon l'intensité, la nature, la direction de ses besoins émotionnels, de ses désirs et aussi les obstacles qu'ils rencontrent. En fait, nos propres rêves d'adulte ne font, comme le remarque Schilder, que restituer cette « labilité primitive » de l'image du corps chez le jeune enfant.

Mais est-ce à dire qu'il ne s'agit là que d'une singularité provisoire, caractéristique de la seule première enfance et qu'en grandissant, en devenant adulte, notre corps se découvre, s'éprouve enfin dans sa « réalité vraie » anatomique et physiologique, en même temps que dans son unité, sa solidarité organique ? Nullement. Si, en effet, comme nous l'avons déjà dit, la formation de l'image du corps est bien apparemment la conquête progressive de cette unité, qui permet du même coup la maîtrise de la totalité de notre corps, celui-ci garde néanmoins une structure libidinale imaginaire dessinée non seulement par les fantasmes de notre première enfance, mais aussi par ceux de tous les conflits affectifs qui ont bouleversé et tissé l'histoire de notre vie. Tel

3. Pour tout ce passage, je vous renvoie à S. Freud, « *Trois essais sur la théorie de la sexualité* », coll. Idées. Gallimard, 1962.

est bien, selon nous, l'enseignement profond qu'il convient de retenir de l'approche freudienne du corps. Pour l'illustrer et mieux le faire comprendre, un exemple nous paraît s'imposer. C'est celui du cas célèbre d'hystérie étudié par Freud dès 1892 : le cas d'Elisabeth von R... [1].

Le cas d'Elisabeth von R...

Elisabeth von R. est une jeune fille de 24 ans, qui souffre d'un trouble de locomotion (appelé par les médecins « astasie-abasie ») : elle ne peut avancer qu'en pliant le corps en avant. Des douleurs et des crampes de la musculature de la cuisse lui interdisent tout autre mode de locomotion. Et pourtant elle n'est atteinte d'aucune lésion organique ou nerveuse. En fait, son trouble dévoile, à l'analyse, une signification purement psychologique. Cette signification réside dans les conflits vécus par cette jeune fille. Conflit, d'abord, entre son sentiment ou devoir filial à l'égard de son père malade (dont elle était la préférée parmi ses trois filles) qu'elle soignait jour et nuit et son amour ardent pour un jeune homme. Ce conflit éclate en elle lorsqu'après une soirée, exceptionnellement distraite sur ses soins habituels à son père, et consacrée avec tendresse au jeune homme, l'état de son père s'aggrave. D'où une première culpabilité doublement douloureuse puisque marquée par le remords et par la peine de devoir ne plus revoir le jeune homme, de renoncer à lui. Mais ce premier conflit, conscient encore, en dissimulait un second inconscient et plus profond : celui entre l'affection qu'elle porte à sa sœur aînée mariée et aussi gravement malade (cardiaque et enceinte de son deuxième enfant) et l'amour qu'elle se découvre malgré elle pour son beau-frère. Ce conflit surgit brutalement la première fois après une promenade heureuse en sa compagnie alors même que tous deux y avaient été invités par la sœur elle-même toujours alitée; puis, une seconde fois, lors d'une rêverie contemplative, sur un banc, évoquant un mariage futur avec quelqu'un de semblable à son beau-frère. Il surgit précisément par l'apparition des troubles de locomotion. Ces douleurs revinrent, d'ailleurs, plus violentes encore lorsqu'elle se rendit à nouveau, par le train, au chevet de sa sœur mourante et qu'elle découvrit effectivement morte à son arrivée. En un éclair, elle réalisa alors cruellement que cette mort était la promesse de son bonheur.

Ainsi l'analyse permit à Freud de comprendre et de révéler en même temps à la malade la signification de ses troubles moteurs : « elle avait réussi à s'éviter la douloureuse certitude d'aimer le mari de sa sœur en se créant en compensation des souffrances corporelles. Et c'est dans les moments où allait s'imposer à elle cette certitude (au

4. Cf. S. Freud, *Etudes sur l'hystérie*, P.U.F., 1956.

cours de la promenade, pendant la rêverie matinale, au chevet de sa sœur) que ces douleurs étaient apparues par une conversion réussie », c'est-à-dire la transformation des motifs inconscients en un symptôme corporel qui en est l'expression symbolique. Ce symptôme corporel, d'ailleurs, augmente par paliers à chaque situation qui nourrit le motif interdit : lors de la promenade avec le beau-frère, c'est la marche qui sert de motif ; puis, pendant la contemplation, c'est la position assise qui se fait l'instrument de la rêverie prohibée. Et enfin la position allongée dans le wagon-lit qui la conduisait vers sa sœur mourante, l'amenait aussi vers le but de son désir défendu. Dès lors, la marche, les positions assise et couchée, en tant que liées à ce désir, se trouvaient du même coup exclues, mises « hors circuit » par l'interdit moral qui le frappait. Il se produisit, écrit Freud, « une constante et progressive occupation des fonctions des jambes et un rattachement de ces fonctions à des sensations douloureuses. »

Des anciennes aptitudes, il ne reste ainsi qu'une expression négative : l'attitude penchée et misérable du corps, signe de l'impuissance de la patiente à effectuer l'action interdite et en même temps, de son sentiment, note Freud, à « pouvoir s'en sortir » toute seule, autrement dit la détresse et la plainte de sa solitude. Son attitude corporelle est bien, en effet, un signe dans la mesure où son corps signifie d'abord aux autres qui sont censés la percer à jour et la juger, la force de l'interdit moral et l'appel à la pitié ; puis à soi-même, le poids de sa misère, la nécessité d'une assistance virile et aussi, comme sa sœur enceinte, l'endurance de maux dont l'homme aimé est cause. En somme, les symptômes corporels arrivent à faire d'une pierre plusieurs coups : le trouble moteur est pour elle et pour autrui, d'une part, une garantie permanente d'une conduite morale, d'autre part, une satisfaction indirecte et déguisée du désir interdit, puisque la douleur est ressentie comme l'œuvre du bien-aimé (une sorte de grossesse, en quelque sorte) ; et enfin un appel à l'aide, au secours de l'homme désiré.

Ainsi, comme on le voit, la jeune fille n'appréhende, ne vit pas son corps dans sa configuration anatomique, son organisation physiologique, objective et neutre telle qu'elle apparaît au médecin, mais bien plutôt à travers les événements et les êtres que son désir transfigure. Les mouvements de ses jambes ne sont pas ressentis dans leur nature organique et leur fonction biologique, mais comme signes de la jouissance interdite avec l'homme aimé et, par extension, substitut corporel de cet homme lui-même. C'est si vrai que le langage par lequel Elisabeth traduit son vécu corporel douloureux, désigne toujours non la zone anatomique comme telle, où le corps est atteint ou touché par la douleur, mais sa connotation imaginaire, sa résonance inconsciente. Ainsi, pour décrire l'apparition de ses symptômes soit lorsque son père est ramené à la maison, frappé d'une crise cardiaque, soit lorsque elle est au chevet de sa sœur morte, Elisabeth dit être restée « clouée sur place », « figée », dans « l'épouvante subie en position verticale », « n'avoir aucun appui », « ne pouvoir avancer. » Autant d'expressions symboliques chargées du double sens conféré au fait organique par le refoulement de son désir. Le symptôme corporel renvoie donc à « quelque chose d'autre », qui reste caché tant que la parole de la malade n'est pas venue en déceler le signe : ici la douleur même exprime et révèle un corps de plaisir interdit, qui surgit incoerciblement à travers elle. « Si l'on pinçait la peau ou les muscles hyperalgiques, ou si l'on exerçait une pression sur eux, note Freud, ses traits prenaient une singulière expression de satisfaction plutôt que de douleur... » [5].

En ce sens, le corps dont parle Elisabeth à la fois révèle et masque un corps fantasmé, puisque si son langage désigne les zones interdites de désir et de jouissance imaginée, ces zones gardent néanmoins une apparence objective, anatomique et physiologique. Au fond, de même que « le récit d'un rêve est déjà une interprétation servant à révéler et à masquer ce qui est marqué par le refoulement » [6] de même les manifestations corporelles objectives qui apparaissent aux yeux du médecin, sont là, certes, pour cerner les zones du trouble ou du syndrome, mais en même temps pour dérouter le sens véritable de la parole de la malade, qui précisément renvoie à un corps autre, imaginaire, investi par le désir.

Or, comme on peut le constater, cet investissement ne s'est pas accompli dans les zones érogènes privilégiées que sont la bouche, l'anus ou les organes génitaux, mais dans des attitudes, des postures mettant en jeu la totalité du corps. C'est qu'en fait, comme l'a affirmé Freud plus tard, le corps doit être « conçu tout entier comme érogène », ou encore, que l'érogénéité est « une propriété générale de tous les organes » [7]. Tous les organes peuvent être investis par la pulsion sexuelle et, par conséquent, à la fois signifier au-delà de leur forme et de leur fonction, et renvoyer au-delà d'eux-mêmes, à autrui, comme autre corps, objet et but du désir. On vérifie ainsi une certaine permanence, chez l'adulte, du polymorphisme sexuel de l'enfant en même temps que le poids des fantasmes originels, par lesquels l'inconscient de l'enfant découvre son corps sur le corps des parents qui satisfont ses pulsions. Bref, il y a « une anatomie fantasmatique » irréductible à celle définie objectivement par le biologiste. C'est, d'ailleurs, cette irréductibilité même, cette coupure entre le corps fantasmatique et le corps biologique qui est, selon F. Gantheret, constitutive et fondatrice

5. *Op. cité*, p. 108.

6. Cf. P. Fedida, « L'anatomie dans la psychanalyse », in « Lieux du corps », *Nouvelle revue de psychanalyse*, nº 3, 1971, Gallimard, p. 114. Toute l'analyse de ce chapitre est redevable des remarques judicieuses de cet auteur, ainsi que, d'ailleurs, comme nous le verrons plus loin, de celles de tous les autres articles, surtout F. Gantheret, J.C. Lavie, G. Rosolato, M. Masud R. Khan et D. Anzieu.

7. Cf. S. Freud, *Abrégé de psychanalyse*, P.U.F., 1950, p. 11 ; et « Pour introduire le narcissisme », (1914) in *La vie sexuelle*, P.U.F., 1969, p. 90.

« de la démarche analytique, théorique aussi bien que clinique »[8]. Autrement dit, la caractéristique de l'approche psychanalytique du corps est, rompant avec le point de vue du biologiste, de n'envisager ce corps que comme un fantasme produit par l'imaginaire et signifié par un langage.

La réalité corporelle et sa représentation anatomique

Mais cette rupture précisément n'est pas seconde et accessoire : elle n'indique pas une abstraction ou une spéculation par rapport à la réalité objective et concrète de la biologie qui serait seule première et fondamentale. Bien au contraire, elle accomplit un *retour* à la réalité originaire du corps qui est primitivement le fantasme engendré par nos désirs inconscients. En fait, loin de transgresser et défigurer la configuration originelle de notre expérience corporelle, elle lui restitue ce que l'anatomie, comme savoir objectif, lui a ôté. Il convient, en effet, de rappeler avec P. Fedida que l'anatomie s'est constituée sur le modèle d'un corps mort, immobile, entièrement visible en tous ses organes externes et internes et pour cela, dissécable, bref sur l'image du cadavre. La résolution du corps en son image de cadavre implique donc « à la fois un retrait et une projection » : retrait parce qu'en même temps que la vie, la durée et la sexualité, l'anatomiste évacue du corps son « aura » subjective et imaginaire, qui permet à chaque homme d'affronter l'énigme de son existence et la perspective de sa mort ; « le corps est déraciné de ses mythes et vidé de ses mystères », dit Fedida. Projection dans la mesure où en ouvrant le corps, le décomposant, et le rétablissant dans une unité synthétique, ce même anatomiste en fait une simple somme ou agencement mécanique de parties, un agrégat articulé d'organes.

Or cette vision du corps par l'anatomiste, qui prétend à l'objectivité, procède elle-même paradoxalement d'un fantasme : celui du « désir le plus archaïque de voir et de savoir le corps de l'autre, de l'ouvrir, le pénétrer et le découper. » Désir le plus archaïque parce qu'il porte et vise originellement le corps même des parents : l'enfant, en effet, selon les observations et l'hypothèse de Mélanie Klein, tend *inconsciemment* à détruire le ventre maternel, à le vider pour détruire du même coup le pénis paternel qu'il retient. Si ce fantasme originaire vécu dans l'inconscient de la scène du coït parental (scène dite « primitive ») conditionne, comme nous le verrons plus loin, toute l'évolution psychologique de l'enfant, nous le retrouvons aussi à la racine du comportement de l'anatomiste, qui, en même temps, le réalise en le transposant et, d'autre part, s'en sert pour se défendre contre l'angoisse soulevée par la vue du cadavre, la pensée de la mort. L'ensemble des

8. Cf. F. Gantheret, « Remarques sur la place et le statut du corps en psychanalyse », in « Lieux du corps », déjà cité, p. 140.

actes de l'anatomiste (ouvrir, disséquer, observer, dessiner, nommer et ordonner les organes) « renvoient, écrit Fédida, à une figure allégorique de la science qui confère à la représentation anatomique le pouvoir à la fois de se défendre contre « l'horreur instinctive qu'inspirent le cadavre et les altérations anatomiques », de maîtriser l'angoisse, d'arrêter le réel sur le modèle d'une *conservation,* de convertir ainsi ce qui meurt en un reste capable de subsister » [9]. En somme, l'objectivité de la représentation anatomique du corps est la manifestation déguisée de désirs et de fantasmes archaïques de la prime enfance. Rien ne justifie donc le privilège qui lui est généralement accordé, sinon l'efficacité qu'elle confère à l'action médicale.

Ainsi pas plus que la physiologie (cette « anatomie animée », dit Fédida) qui, comme nous l'avons vu sur l'exemple des douleurs d'Elisabeth von R..., met en jeu des désirs inconscients et des significations symboliques, l'anatomie ne peut se prévaloir de la vérité de son savoir sur le corps. La médecine qui le prétend généralement, oublie que derrière ce corps comme objet anatomique et physiologique, se dissimule « un corps d'enfance, le corps imaginaire du désir. C'est ce corps qui a été enseveli par la médecine devenue encyclopédie scientifique et technique. »

La notion d'image du corps comme illusion rassurante

Mais il ne faudrait pas croire pour autant que ce corps enseveli, oublié, fruit de nos fantasmes originels, soit davantage accessible à la psychologie et plus exactement à la conscience que nous pouvons avoir de notre expérience. En fait, l'image du corps que cette conscience nous donne, est aussi « une élaboration secondaire » et ce d'autant plus qu'en se voulant scientifique, elle s'est calquée sur le modèle tracé par la physiologie. Il faut donc dénoncer, du point de vue strictement psychanalytique aussi bien la notion de schéma corporel de Schilder (et *a fortiori* de schéma postural) que celles d'« expérience du corps », « conscience du corps propre », « vécu corporel » employées par Merleau-Ponty et héritées des philosophies de la volonté et de la subjectivité du 18ᵉ et 19ᵉ siècles (Kant, Maine de Biran, Bergson). Tel est du moins l'avis de P. Fedida qui souligne à ce propos et avec raison, selon nous, que, dans cette optique existentielle, le corps devient le signe subjectif et réflexif de l'identité et de la singularité du Moi. Autrement dit, le corps n'est alors que l'incarnation vécue du Moi.

Or précisément « la psychanalyse n'est pas une psychologie du Moi » : en effet « si, pour Freud, le Moi est « d'origine corporelle », cette corporéité n'est pas un simple vécu » psychologique de ce Moi. Loin d'être produit par le Moi, c'est le corps lui-même qui l'engendre.

9. Cf. *art. cité,* p. 125.

Le Moi est « une entité toute en surface », une projection du corps. « Le corps est ce par quoi le Moi peut exister comme effet : le Moi est alors entité du corps ». Il n'est qu'« un jeu d'apparences qui participent d'une existence imaginaire (fantasmatique) » et qui nous donnent l'illusion consolante d'être un et maître de notre vie ou sinon d'avoir le pouvoir d'unification et d'intégration de cette vie. Bref, le Moi est le mythe qui nous garantit la propriété et le contrôle de notre corps. Ainsi la notion Merleau-pontyenne de « la conscience du corps propre » est-elle, dans son fond, de nature idéologique : elle « est pour le Moi l'idéologie de son pouvoir et la justification de sa productivité » [10].

En réalité, notre corps n'est rien hors du désir inconscient et des fantasmes qu'il suscite : en voulant lui donner une configuration objective neutre (anatomie), une constitution fonctionnelle (physiologie), une institution conceptuelle d'ordre psychologique (schéma ou image du corps) ou phénoménologique (conscience du corps propre, vécu corporel), le savoir scientifique (médecine et psychologie) et philosophique non seulement le laisse échapper, mais ne fait qu'obéir inconsciemment à ces fantasmes tout en les masquant sous des apparences illusoires, bien que commodes et satisfaisantes pour l'intellect. La reconnaissance par le psychanalyste d'un corps érogène irrespectueux de la localisation anatomique des organes, de leur finalité fonctionnelle, des normes psychologiques fixées par un Moi impérial, non seulement remet en question l'image du corps que ces sciences ont imposée au sens commun (et que celui-ci prend pour « naturelle ») mais dévoile sa racine réelle, qui est de préserver et renforcer une certaine idéologie. En effet, comme l'écrit pertinemment P. Fedida, elle « met directement en cause une *loi du corps* qui transcrit dans la physiologie des fonctions la garantie de son statut moral (principe de conservation et de reproduction engagé dans le concept de famille), social et économique (règle du respect de la propriété d'autrui pour admettre la réciproque d'une propriété du corps), et psychologique (notion de normalité). Paradoxalement, médecine et psychologie ont, dans l'idéologie libérale, reconnu le corps en lui conférant une normativité économique, morale, juridique : il s'agissait en fait d'en établir les règles d'institution afin qu'il n'échappe pas aux concepts de société et d'adaptation : la psychanalyse, en semblant ne pas s'intéresser au corps, a bien, pourtant, été perçue par les contemporains de Freud comme une menace portant sur l'institution du corps (dissimulé dans le concept d'organisme ou dans celui de personnalité) et comme le risque de lui donner droit d'exister » [11].

En d'autres termes, la lumière ou l'éclairage jeté sur le corps par la Psychanalyse a été et ne peut être que subversive, d'une part, à l'égard des sciences qui en avaient fait indûment leur objet exclusif et

10. Cf. *idem*, p. 121.
11. Cf. *idem*, p. 120.

croyaient en détenir la clé, d'autre part à l'égard de la société dont ces sciences garantissaient l'idéologie et du même coup, la conservation du pouvoir institutionnel. Pour s'en convaincre, il suffit de rappeler les attaques et les persécutions dont Freud fut la victime de la part des milieux scientifiques et de la bourgeoisie viennoise de son temps. Si aujourd'hui le message psychanalytique semble généralement admis, et même consacré, il ne s'agit, en réalité, que d'une habile « récupération » sociale, ruse subtile pour désamorcer par une vulgarisation simplifiante et rassurante, la charge explosive, l'appel révolutionnaire qu'il contient.

La psychanalyse, comme archéologie du corps

La psychanalyse nous oblige donc à inverser la compréhension et la représentation du corps que nous avaient imposées les approches physiologique, psychobiologique et existentielle, telles que nous les avons décrites dans nos deux premières parties. Je dis « inverser » et non « renverser » ou « détruire », car le point de vue freudien ne rompt avec les perspectives biologique, psychologique et philosophique sur le corps que pour en dévoiler les fondements cachés, enfouis, inavouables, à savoir les fantasmes qui hantent nos désirs inconscients. Cette rupture est donc retour, dévoilement, mise à jour du fond archaïque : la psychanalyse est bien en ce sens, comme le dit Fedida « une archéologie du corps » [12]. Elle ne détruit pas les superstructures qui se sont échafaudées sur ce sol enseveli et recouvert, mais en montre le lieu et le sens de l'implantation et de la construction. Ainsi dire que le schéma corporel et la conscience du corps propre sont des « élaborations secondaires » revient à les situer par rapport à une expérience primitive inconsciente dont elles ne sont que la réfraction consciente, le déguisement ou le masque scientifique ou philosophique, et en définitive, idéologique.

En tant qu'inconsciente, d'ailleurs, cette expérience primitive, fantasmatique ne peut être appréhendée indirectement que par ces innombrables réfractions, déguisements ou masques que forge notre langage qui lui donne ainsi une signification, ou plus exactement, l'inscrit dans un système où elle trouve une signification. C'est pourquoi le *récit* de nos rêves permet au psychanalyste attentif (de cette fameuse « attention flottante » qui le rend disponible à l'écoute de son propre inconscient) de *déchiffrer* la vie de notre corps avant même que ne l'aient fait une description anatomique et une analyse physiologique de l'état et de la fonction de nos organes. Le récit de nos rêves est, pour Freud, *« une symbolique architectonique du corps »* : « la maison, écrit-il, n'est pas le seul cercle de représentations qui serve à

12. Cf. *idem*, p. 125.

symboliser la vie corporelle... je connais des malades qui ont conservé la symbolique architectonique du corps et des organes génitaux (l'intérêt sexuel ne porte pas seulement sur les organes externes), chez qui les piliers et les colonnes représentent les jambes..., chez qui chaque porte symbolise une ouverture du corps (« trou »), que toute conduite d'eau fait penser à l'appareil urinaire... etc mais la sphère des représentations de la vie des plantes ou de la cuisine peut également être choisie pour dissimuler des images sexuelles »[13].

Toute cette symbolique, qui ne cesse de s'enrichir au gré des associations imaginaires de l'expérience du sujet, révèle donc que *notre corps est toujours langage sur le corps,* qu'*il n'est pas « constaté », mais « construit »*[14] et, qu'en ce sens, la médecine, la psychologie, tout comme la philosophie, ne sont que des langages parmi d'autres ; langages néanmoins qui, par leur volonté de rationalisation et, par conséquent, d'objectivation, occultent ou même font évanouir la réalité fantasmatique originaire de notre corps. Pour la capter, il faut le laisser parler dans le flux spontané du récit de ses images oniriques, son poème en quelque sorte. C'est ce qu'a tenté Freud. « Refusant de demander quoi que ce soit à la Psychologie ou à la médecine, écrit justement Fedida, Freud a laissé parler le poème du corps. C'est dans cette parole que se fait et se défait le corps, qu'il s'exproprie d'un vécu pour s'entendre en échos dans les fragments du rêve ; c'est encore par elle que le corps se délie et redevient folie ou mythe, genèse et puissance des organes dans les apparences de la fleur, de l'animal, de la pierre et aussi des villes et des palais, des objets et des instruments... »[15].

En somme, l'approche psychanalytique consiste à restituer le langage archaïque de ses fantasmes, par delà les rationalisations des discours anatomique, physiologique, psychologique et phénoménologique, qui l'occultent et dont nous avons jusqu'ici suivi fidèlement le parcours linéaire et sécurisant. Il nous reste donc maintenant, pour montrer cette restitution, à effectuer ce parcours en sens inverse ou plus exactement à dévoiler comment l'explication psychobiologique de la génèse de la conscience du corps propre et l'analyse existentielle de sa signification « recouvre », au sens fort du terme, une expérience fantasmatique plus riche et plus inquiétante. Nous effectuerons ce nouveau parcours, ce pélerinage aux sources en nous aidant plus parti-

13. Cf., cité par P. Fedida, *op. cité,* p. 117, note 3 et tiré de S. Freud, *La Science des rêves,* P.U.F., 1950, p. 258. Je vous renvoie aussi à *Introduction à la psychanalyse,* où ce même symbolisme corporel est repris chap. 10, en particulier p. 144 (éd. Payot, (P.B. nº 6). Nous aurons l'occasion de revenir sur ce thème avec le rôle du ventre maternel (symbolisé par les cavernes, les labyrinthes, les palais... etc) d'après Mélanie Klein et ultérieurement avec l'analyse de la signification sociologique de tout symbolisme corporel.

14. Cf. F. Gantheret, *art. cité,* p. 139.

15. Cf. *op. cité,* p. 119.

culièrement des observations et des interprétations d'abord de Mélanie Klein, puis de Lacan et de Serge Leclaire.

L'incompréhension du point de vue psychanalytique chez Wallon

Au chapitre 4, nous avons déjà vu avec Wallon que le nouveau-né ne possède pas la conscience de son corps propre, que celui-ci se confond avec le milieu dans lequel il vit et qu'il l'appréhende comme un agrégat, un ensemble d'organes ou de segments qui ont autant de réalité que les objets qu'il manipule ou les personnes qui le manipulent. Autrement dit, il se vit non un, mais plusieurs ; pluralité de son syncrétisme primitif manifesté au premier chef dans sa symbiose d'abord alimentaire, puis affective avec le corps maternel. Ainsi la dissociation apparemment originelle du corps de l'enfant repose, aux yeux de Wallon, sur une unité plus fondamentale, chaleureuse, protectrice, rassurante, celle avec sa mère ; bien plus, cette dissociation est, selon cet auteur, vite surmontée en fonction de la maturation biologique et de l'exercice et plus particulièrement de la reconnaissance par l'enfant de l'image de son corps dans le miroir.

Mais précisément une telle explication n'escamote-t-elle pas, n'évacue-t-elle pas l'étrangeté de cette perception originelle, par le nouveau-né, de sa pluralité organique ? En la diluant dans l'unité syncrétique maternelle et en la dépassant par la conquête progressive de l'unité de l'image du corps, ne lui ôte-t-on pas toute sa spécificité et ne masque-t-on pas du même coup sa signification véritable ? C'est ce que le psychanalyste est en droit de se demander quand, au lieu de laisser entraîner son regard sur la genèse objective de la personnalité de l'enfant, sur ce qu'il deviendra, il le porte sur le seul présent en l'accueillant tel qu'il est, avec toutes ses manifestations fantasmatiques, insolites, déconcertantes, inquiétantes. Ne sera-t-on pas alors tenté de dire avec Lacan que le nouveau-né vit « un corps morcelé » ou éclaté, qu'il est en proie à des phénomènes « d'éviration, de mutilation, de démembrement, de dislocation, d'éventrement, de dévoration, d'éclatement du corps » [16] ?

« C'est là, réplique Wallon, une tragédie que rien dans le comportement de l'enfant ne permet de supposer. Ses investigations sur lui-même et sur les objets qui l'entourent sont animées par cette curiosité éveillée et souvent joyeuse qu'il apporte dans ses apprentissages perceptifs et moteurs. Pour se sentir disloqué, il lui faudrait comme une préintuition de son ensemble corporel. De quel droit la lui prêter ? D'où lui viendrait-elle avant les maturations nerveuses indispensables et les expériences qu'elles permettent ? [17]. Cette réplique et les argu-

16. Cf. J. Lacan, *Ecrits*, Seuil, 1966, p. 104.

17. Cf. H. Wallon, *Kinesthésie et image visuelle du corps propre*, art. déjà cité, p. 257-258.

ments qu'elle met en jeu, reflètent exactement le malentendu, l'incompréhension par Wallon de la spécificité, de l'originalité de la démarche psychanalytique et de sa conception de l'inconscient [18] : il ne prête intérêt, en effet, qu'à l'apparence joyeuse et éveillée de la curiosité de l'enfant, autrement dit aux manifestations conscientes, donc, dira le psychanalyste, aux apparences des apparences, dans la mesure où le conscient est la réfraction rationnelle, sociale, acceptable et par là trompeuse des conflits inconscients. Wallon, en refusant d'admettre la réalité de l'inconscient, au profit des seules réalités biologique et psychologique, ne pouvait que s'interdire l'approche de l'imaginaire déconcertant de l'enfant.

D'autre part, le raisonnement selon lequel le sentiment d'une dislocation corporelle impliquerait l'intuition préalable de l'unité corporelle, est un raisonnement *a posteriori* qui prête au psychisme enfantin une logique adulte qui lui est étrangère. Autrement dit, il procède d'une illusion de rétrospective. Certes, il est vrai que l'enfant n'a pas la maturation neuronique nécessaire pour sentir son unité corporelle mais personne ne lui prête ce sentiment. Lorsque les psychanalystes parlent de corps morcelé, disloqué, ils ne se réfèrent pas à la réalité biologique, organique du corps, mais à des fantasmes, c'est-à-dire à des désirs qui sillonnent l'imaginaire de l'enfant et imposent leur douloureuse présence. Pour bien comprendre l'étrangeté de l'expérience originelle du corps morcelé, il faut donc la situer dans ce contexte fantasmatique tel que le trahissent indirectement ses rêves, ses jeux, son langage soumis à l'interprétation analytique. C'est précisément ce qui a été accompli par Mélanie Klein, dont les observations et les hypothèses permirent ultérieurement à Lacan d'apporter un nouvel éclairage et de dévoiler un nouveau sens de la découverte par l'enfant de son image spéculaire.

Les fantasmes de destruction chez l'enfant

En observant de nombreux enfants au cours de leurs trois premières années, Mélanie Klein, en effet, acquit la conviction que, comme l'avait supposé Freud à la fin de sa vie, ils étaient en proie non seulement à des pulsions sexuelles, « la pulsion de vie », mais aussi et surtout à une violente pulsion de destruction, la fameuse « pulsion de mort ». « Cette polarité des pulsions de vie et de mort » s'exprime, selon elle, dès l'allaitement au sein : elle constate que « le plaisir que le nourrisson éprouve à têter fait normalement place au

18. La plaidoirie chaleureuse et les explications apportées par Zazzo pour minimiser l'opposition entre Wallon et Freud, ne me paraissent pas convaincantes. Elles tendraient même plutôt à renforcer mon jugement dans la mesure où Zazzo souligne avec force le point de vue « scientiste » et psychobiologique de son maître, qui méconnaît la réalité du fantasme et son rôle symbolique. Cf. R. Zazzo, « Du corps à l'âme », in « Lieux du corps », p. 147-160.

plaisir de mordre. Si les satisfactions lui font défaut au stade oral de succion, il les recherchera davantage au stade oral de morsure »[19]. Or ce manque de satisfaction de la succion n'est pas dû à une frustration extérieure, comme à de mauvaises conditions alimentaires, par exemple (mauvais goût ou insuffisance du lait, attitude maladroite ou hostile de la mère... etc). Cette incapacité à jouir de l'allaitement est, au contraire, selon Mélanie Klein, « la conséquence d'une frustration intérieure et dérive d'un sadisme oral anormalement développé ». En d'autres termes, si « la force de la fixation de l'enfant au stade oral de succion traduit la force de la libido », « l'apparition d'un sadisme oral précoce et violent indique la puissance des composantes instinctuelles destructrices. »

Or, et c'est là une des hypothèses fondamentales de Mélanie Klein, cette pulsion destructrice, cette agressivité inhérente, selon des degrés variables, à chaque enfant, est d'abord dirigée contre son propre organisme. Elle est donc vécue inconsciemment comme danger primordial, comme menace à sa propre vie. D'où l'angoisse ressentie par son moi. Autrement dit, l'angoisse naîtrait, d'après Mélanie Klein de l'autoagressivité. Certes, cette angoisse peut dans une certaine mesure être atténuée par la fixation de la pulsion de mort à la libido narcissique, qui en tire ainsi une excitation sexuelle (c'est le principe même du masochisme érogène). Mais elle n'en est pas pour autant supprimée. Pour y échapper, l'enfant dispose d'une arme beaucoup plus efficace, celle d'utiliser les tendances destructrices qui restent attachées à son organisme, « comme moyen de défense contre les autres. » En effet, l'angoisse non seulement lui inspire la peur d'être exterminé par ses propres pulsions destructrices, mais aussi celle de l'être par l'objet extérieur révélé aussi comme source de danger, contre lequel il va diriger ses pulsions destructrices, comme tendances sadiques. Or cet objet extérieur dont dépend, en fait, la satisfaction de ses besoins, donc sa survie, c'est le sein maternel. Aussi est-ce sur ce sein maternel qu'il va projeter, déplacer le fardeau » de la peur intolérable qui lui inspirent les dangers instinctuels, échangeant ainsi les dangers internes contre ceux de l'extérieur. Le moi, encore très faible, cherche alors à se protéger contre ces menaces du dehors par la destruction de l'objet.

C'est ainsi que le sadisme oral ne cesse de croître et atteint son apogée pendant et après le sevrage : certains fantasmes expriment l'envie qu'a l'enfant de détruire le sein en le vidant et en aspirant le contenu, établissant ainsi un lien entre le stade oral de succion et le stade sado-oral de morsure. Ce désir de vider et d'aspirer le sein de la mère s'étend bientôt à l'intérieur de son corps, dont il souhaite avant tout dérober et détruire le contenu. Ce sadisme oral s'associe alors au sadisme urétral : en effet, « l'observation a montré, écrit Mélanie Klein, que les fantasmes de destruction où les enfants inondent, sub-

19. Cf. M. Klein, *La Psychanalyse des enfants*, P.U.F., trad. J.B. Boulanger, 2e éd., 1969, p. 137.

mergent, détrempent, brûlent et empoisonnnent à l'aide d'énormes quantités d'urine, constituent une réaction sadique à la privation d'aliment liquide infligée par la mère et sont finalement dirigés contre le sein maternel. » Mais, comme nous le disions, cette attaque en quelque sorte se généralise et s'étend à l'intérieur du corps maternel que l'enfant désire à la fois dévorer (sadisme oral), mouiller d'urine (sadisme urétral), puis détruire par ses excréments (sadisme anal).

« Je sais, par expérience, reconnaît Mélanie Klein, combien il est difficile de faire admettre que ces idées révoltantes correspondent à la réalité, mais les analyses des tout jeunes enfants ne permettent pas d'en douter, car elles nous offrent avec précision et évidence le spectacle des cruautés *imaginaires* qui accompagnent ces désirs dans toute leur abondance, leur force et leur multiplicité » [20]. Autrement dit, il y a un sadisme enfantin réel à l'égard du corps maternel et ce sadisme même s'intensifie et se diversifie en fonction de la frustration libidinale que la mère fait subir à son enfant. Or précisément les frustrations orales qu'il ressent violemment, l'amènent, selon Mélanie Klein, à imaginer et croire inconsciemment et temporairement que les plaisirs sexuels partagés par ses parents, sont d'ordre essentiellement oral. « Sous la pression de la frustration, ce fantasme provoque en lui, à l'égard des parents, un sentiment d'envie qui se transforme bientôt en haine. Son désir de vider et d'aspirer le contenu du sein maternel, le pousse maintenant à aspirer et à dévorer les liquides et autres substances que recèlent « les organes parentaux, en particulier ce qu'ils ont reçu l'un de l'autre au cours de leur coït oral : les enfants imagineraient « qu'au cours du coït, la mère incorpore le pénis, qui demeure ensuite à l'intérieur de son corps, le père ayant une grande quantité de pénis à sa disposition. » Les attaques, contre le corps de la mère, visent donc le pénis qu'il contient.

Ainsi, « si le garçon éprouve, dans les couches les plus profondes de son psychisme, écrit Mélanie Klein, une peur aussi terrible de sa mère qu'il considère comme castratrice, et s'il entretient l'idée, étroitement liée à cette peur, de la « femme au pénis », c'est qu'il craint en sa mère une personne dont le corps recèle le pénis du père ; ce qu'il redoute finalement, c'est donc le pénis du père à l'intérieur du corps de la mère » et, à travers ce pénis, la personne du père ou plus exactement « le père et la mère réunis en une seule personne. » Et, notons-le, lorsque cette peur n'est pas surmontée, elle conduit souvent à l'homosexualité. Mais d'autres fantasmes renforcent encore cette peur et, par suite, le sadisme de l'enfant : Mélanie Klein suppose, en effet, que dans l'inconscient infantile, le coït parental constitue une manière, pour les parents, de s'entre-détruire au moyen de leurs organes génitaux et de leurs excréments considérés comme des armes dangereuses ;

20. Cf. *op. cité*, p. 144. C'est nous ici qui soulignons. Pour tout l'exposé ci-dessus de la théorie de Mélanie Klein, je vous renvoie particulièrement au chap. 8, p. 137-162.

le pénis, par exemple, comme un animal menaçant ou chargé de substances explosives ; le vagin, animal vorace lui aussi ou souricière empoisonnée.

Or comme de tels fantasmes expriment les désirs inconscients de l'enfant, celui-ci en arrive à se sentir coupable des sévices que les parents, dans son imagination, exercent l'un sur l'autre. D'où une certaine angoisse qui est renforcée, d'ailleurs, par la peur de l'éventualité du châtiment qu'il s'attend à recevoir des parents, en guise de réponse à ses attaques imaginaires contre eux, contre leur union sexuelle. Mais loin de diminuer ou freiner ses pulsions destructrices, cette peur contribue à accroître son sadisme et à augmenter l'envie de détruire l'objet dangereux, image combinée des parents représentés par le pénis incorporé par la mère. Dès lors, le conflit œdipien prend une signification quelque peu différente de celle qu'avait proposée Freud : ce conflit « s'amorce chez le garçon dès qu'il éprouve de la haine pour le pénis de son père et qu'il souhaite s'unir à sa mère de façon génitale pour détruire le pénis paternel qu'il suppose à l'intérieur du corps de la mère. »

Mais précisément ce désir de destruction, en portant sur ces objets menaçants et fantasmés sous la forme d'organes séparés que sont le pénis et le vagin, les intériorise ou plus exactement les introjecte, comme dit Mélanie Klein, ce qui déclanche du même coup chez l'enfant la peur contre ses propres organes et leurs excréments. D'où un mécanisme compensateur d'expulsion et de projection, par lesquels il fait de ses objets intériorisés les équivalents des objets extérieurs. Ainsi « à mesure que ses pulsions sadiques s'accroissent et qu'il s'empare en imagination de l'intérieur du corps de sa mère, cette partie du corps représente la personne entière, en tant qu'objet, et symbolise à la fois le monde extérieur et la réalité. Primitivement, c'était bien le sein maternel qui représentait pour l'enfant le monde extérieur, mais maintenant, l'intérieur de son corps, image de l'objet et du monde environnant, prend une signification plus vaste puisqu'il est devenu, en raison de l'extension de l'angoisse, le réceptable d'un nombre d'objets de plus en plus considérables. »

Néanmoins les fantasmes sadiques ne sont pas les seuls fondements de la relation avec la réalité figurée par l'intérieur du corps de la mère. « La libido est également à l'œuvre et fait sentir sa présence en permettant de contrebalancer la peur chez l'enfant des ennemis du dedans et du dehors ». En effet, en même temps qu'elle s'éprouve en proie à l'action menaçante de ceux-ci, son imagination, sous l'action de la libido, fait appel à des personnages bienveillants et secourables, ce qui « permet aux objets réels de s'imposer de plus en plus fortement et aux images fantasmatiques de passer au second plan. » Il y a ainsi un jeu des mécanismes d'introjection et de projection qui permet la formation précoce du surmoi, les relations objectales et l'adaptation réelle. » Au cours des premiers stades, la projection dans le monde extérieur des images terrifiantes le transforme en un lieu de danger, et les objets en ennemis ; l'introjection simultanées des objets réels, qui, en fait, sont bien disposés à l'égard de l'enfant, travaille en sens contraire et atténue la violence de la crainte inspirée par les images terrifiantes. »

Comme on le voit, toute la structuration psychique de l'enfant et, au premier chef, celle de sa réalité corporelle en relation avec le corps maternel et paternel, dépend de l'existence primordiale, originelle des pulsions destructrices. Cette réalité selon Mélanie Klein, est fantasmatique : l'enfant ne découvre ses organes et ceux d'autrui, n'explore sa topographie somatique et celle d'autrui qu'à travers et au moyen d'images ou plus exactement d'« *imagos* » suscitées par ses désirs violents de satisfaction et de destruction. De ce fait, ces « imagos » sont dramatisées dans la mesure où elles renvoient à des actions, des relations dynamiques avec le corps maternel, comme sucer ou mordre le sein, ou à la scène primitive du coït parental (dont la connaissance inconsciente est, selon Freud, héritée phylogénétiquement) comme incorporation orale et autodestruction. Ces fantasmes ont, en outre, un caractère morphologique : celui, pour le corps maternel, d'une enveloppe ou surface creuse qui se remplit et se vide, ou d'une surface morcelable ou morcelée en organes disjoints, comme le pénis arraché. Mais ce qu'il importe avant tout ici de retenir de la théorie kleinienne, c'est que le corps est vécu par l'enfant comme puissance dangereuse, menace interne et souterraine : il s'éprouve originellement dans la division et la tension de la frustration et de l'angoisse, non dans l'unité et la plénitude de la satisfaction et de la sécurité. En somme, il y a une agressivité originelle qui affecte la réalité fantasmatique du corps de l'enfant et sa vision du corps d'autrui et du monde.

Certes, en se référant à des situations aussi originaires et imaginaires, la théorie kleinienne se soustrait d'elle-même à l'observation positive et ne peut prétendre à être vérifiée. Bien plus, elle disqualifie toute observation qui prétendrait infirmer ses conclusions. Mais elle ne se fonde pas moins sur les manifestations étranges et troublantes des névroses infantiles et plus particulièrement sur le comportement souvent déconcertant et inquiétant des enfants dans leurs jeux. Ainsi Truda, âgée de trois ans et neuf mois, voulait égorger Mélanie Klein, la jeter par la fenêtre, la brûler, la livrer à la police. Elle essayait de lui ligoter les mains et les pieds, soulevait la couverture du divan et expliquait qu'elle faisait « Po-kacki-Kucki » (les selles). Qui n'a pas observé la froide détermination des enfants lorsqu'ils démantibulent leur poupée, arrachent la tête ou les membres, ou en crèvent le ventre ? En fait, « par le jeu l'enfant traduit sur un mode symbolique ses fantasmes, ses désirs, ses expériences vécues. Ce faisant, il utilise le même mode d'expression archaïque et phylogénétique, le même langage, pour ainsi dire, qui nous est familier dans le rêve » et qui a été déchiffré par Freud [21].

Nul n'ignore, par ailleurs, que l'adulte trahit fréquemment dans sa conduite des intentions agressives à l'égard de son propre corps. Elles se manifestent « aussi bien, écrit Lacan, dans la généralité d'une série de pratiques sociales, depuis les rites du tatouage, de l'incision, de la circoncision dans les sociétés primitives, jusque dans ce qu'on pourrait appeler l'arbitraire procustéen de la mode, en tant qu'il dément dans les sociétés avancées ce respect des formes naturelles du corps humain, dont l'idée est tardive dans la culture. » L'art également reflète ce fantasme originel : « il faut feuilleter un album reproduisant l'ensemble et les détails de l'œuvre de Jérôme Bosch, note encore Lacan, pour y reconnaître l'atlas de toutes ces images agressives (arracher, éventrer... etc) qui tourmentent les hommes. La prévalence parmi elles, découverte par l'analyse, des images d'une autoscopie primitive des organes oraux et dérivés du cloaque, a ici engendré les formes des démons. « Or toutes ces fantasmagories se retrouvent aussi « dans les rêves, particulièrement au moment où l'analyse paraît venir se réfléchir sur le fond des fixations les plus archaïques » [22]. Il y a donc bien, semble-t-il, une agressivité originelle de nature fantasmatique qui affecte notre expérience corporelle et sa relation avec les autres corps.

Le stade du miroir selon Lacan

Mais précisément ne peut-on se demander si cette agressivité ne résulte pas du pouvoir fantasmatique de l'imaginaire lui-même, autrement dit du pouvoir étrange inhérent à l'espèce humaine de se laisser capter par des images, images de l'autre dans le monde d'abord, puis de soi-même dans le miroir ? C'est à la vérification d'une telle hypothèse que s'est attaché Lacan et qu'il résume en ces termes : « la notion de l'agressivité répond... au déchirement du sujet contre lui-même, déchirement dont il a connu le moment primordial à voir l'image de l'autre appréhendé en la totalité de sa Gestalt (sa forme), anticiper sur le sentiment de sa discordance motrice, qu'elle structure rétroactivement en images de morcellement. Cette expérience motive aussi bien la réaction dépressive, reconstruite par Mme Mélanie Klein aux origines du Moi, que l'assomption jubilatoire de l'image apparue au miroir » [23].

21. Cf. *op. cité*, p. 19-20. Freud lui-même avait pris conscience de cette importance de la signification du jeu, comme on le voit dans « Au-delà du principe du plaisir », in *Essais de psychanalyse*, Payot (P.B. nº 44), 1963, p. 15-20. Nous analyserons, d'ailleurs, plus loin ce passage.

22. Cf. J. Lacan, *Ecrits*, Seuil, 1966, p. 104-105.

23. Cf. *op. cité*, p. 344-345.

Pour bien comprendre ces idées, il convient, en effet, de rappeler que le nouveau-né, de par l'inachèvement de son système pyramidal, n'a aucune coordination motrice, ne peut maîtriser son comportement : il naît « prématurément », comme l'a montré Bolk, et comme en témoignent la non-fermeture des fontanelles, le poil rare, la longue enfance ; fœtus extra-utérin, en quelque sorte, il est jeté trop tôt dans l'existence et est ainsi marqué dans son être du signe de l'insatisfaction et de la mort [24]. Mais si cette prématuration de la naissance traduit un inachèvement organique, elle se manifeste aussi et dans un sens opposé par une avance du développement du cortex cérébral sur celui des autres fonctions organiques, ce qui explique la possibilité qu'a l'enfant d'anticiper « sur le plan mental la conquête de l'unité fonctionnelle de son propre corps encore inachevé à ce moment sur le plan de la motricité volontaire. » Cette possibilité d'anticipation se concrétise dans « la perception très précoce chez l'enfant de la forme humaine ; forme qui, on le sait, fixe son intérêt dès les premiers mois, et même pour le visage humain dès le dixième jour » [25]. Autrement dit, il y a une première captation par l'image qui lui offre le spectacle d'une forme totale, d'une configuration distante du corps humain, avant même d'avoir la possibilité de vivre sa propre unité corporelle.

Or précisément, cette captation s'accentue et prend tout son sens surtout à partir du moment où l'enfant reconnaît dans cette Forme sa propre image ; reconnaissance marquée « par les signes de jubilation triomphante et le ludisme de repérage qui caractérisent dès le sixième mois la rencontre par l'enfant de son image au miroir. » Cette conduite contraste, comme on le sait, avec l'indifférence manifestée par les animaux mêmes, les chimpanzés, par exemple, à l'égard de leur image ; et ce contraste est d'autant plus vif que la conduite de l'enfant devant le miroir a lieu à un âge où cet enfant « présente encore, pour le niveau de son intelligence instrumentale, un retard sur le chimpanzé qu'il ne rejoint qu'à onze mois. » Bref, tout démontre que la reconnaissance par l'enfant de son image dans le miroir, constitue un stade capital de son évolution psychique, « le stade du miroir », selon l'expression même de Lacan [26].

Mais, contrairement à Wallon qui, comme on le sait, ne voyait en ce stade qu'une étape essentielle de la conquête de la conscience du corps propre, Lacan y discerne l'amorce d'un processus affectif d'identification qui va régir tous ses rapports avec lui-même et autrui, bref toute son existence. En effet, en s'identifiant primordialement à la Forme visuelle de son propre corps, en assumant son image, l'enfant

24. Cf. *idem*, p. 96-97. Pour mieux connaître la pensée de Bolk, je vous renvoie à la traduction, par Gantheret et Lapassade, de son principal ouvrage, (publié en allemand en 1926) : « Le problème de la genèse humaine », in *Revue française de psychanalyse*, mars-avril, 1951.

25. Cf. *idem*, p. 112.

26. Pour l'analyse de ce « stade du miroir », lire *op. cité*, p. 93-100.

s'y précipite comme en un « Je idéal », qui sera « la souche de toutes les identifications secondaires » qui auront lieu ultérieurement. « Je idéal », parce que la forme spéculaire du corps dans laquelle il se reconnaît, situe le moi, et ce avant toute détermination sociale, dans une configuration *fictive*, qui sera toujours au-delà du devenir du sujet. Cette forme, par laquelle l'enfant « devance dans un mirage la maturation de sa puissance », lui est donnée extérieure, « dans un relief de stature qui la fige et sous une symétrie qui l'inverse, en opposition à la turbulence des mouvements dont il s'éprouve l'animer. » Autrement dit, cette forme du corps dans le miroir symbolise la permanence mentale du Je en même temps qu'elle préfigure sa destination aliénante. Si cette image que le miroir renvoie à l'enfant, unifie son corps morcelé, et en ce sens, est structurale et sécurisante, elle projette, par contre, cette unité extérieurement, objectivement et en sens inverse et, comme telle l'aliène. Le moi est constitué comme un autre imaginaire (« Je est un autre », dit le poète) qui nous apparaît « en miroir » dans l'image du corps propre des rêves ou des hallucinations. En définitive, le stade du miroir est un drame dans la mesure où il nous montre l'enfant pris au piège de la découverte de son unité corporelle dans une forme spatiale fictive et aliénante, à laquelle il essaiera de s'identifier comme Moi.

Or c'est précisément cette situation dramatique, où l'individu se fixe à une image qui l'aliène à lui-même, qui suscite ou constitue l'agressivité originelle, d'une part, à l'égard de son propre corps et du corps maternel, d'autre part à l'égard des autres, enfin corrélativement à l'égard du corps du parent du même sexe dans le complexe d'Œdipe. En effet, la pulsion destructrice qui menace inconsciemment son propre corps, implique l'imago d'un autre en lui-même, semblable à lui-même mais dangereux par l'autonomie qu'il manifeste dans l'anarchie des membres et des organes incontrôlables par l'enfant. Cette agressivité, en même temps qu'elle est déplacée sur le sein, puis l'intérieur du corps de la mère, est exacerbée par un mouvement contraire, l'introjection imaginaire des organes dangereux qu'il contient. Ce jeu d'images projetées et introjectées, qui définit la relation narcissique de l'enfant à lui-même, nous donne du même coup la clé de ses comportements étranges à l'égard de ses proches : ainsi « l'enfant qui bat, dit avoir été battu, celui qui voit tomber pleure. »

Cette identification à l'autre qui règle tous ses comportements, et en inverse le sens (spectateur il devient acteur, séducteur il devient séduit, agresseur il devient agressé... etc), entraîne inévitablement un désir pour l'objet convoité par cet autre. D'où cette agressivité de la jalousie, qui est la suite normale de cette absorption par l'image : on peut, en ce sens, comme le note Lacan, caractériser toute forme de jalousie par cette remarque de Saint-Augustin à propos d'un enfant : « il ne parlait pas encore, et déjà il contemplait, tout pâle et d'un regard empoisonné, son frère de lait. » Toute jalousie est, en effet, contemplative, parce que spectacle de l'autre ; émotionnelle et agressive, parce que réactivation des images de la frustration primordiale (« pâle et d'un regard empoisonné ») vécue par l'enfant. Bref, l'autre jalousé est toujours en quelque sorte mon frère de lait, dans la mesure où il est la projection de ma propre image avec la frustration qu'elle implique [27].

Or l'autre qui est jalousé inévitablement et primordialement, est le parent du même sexe, comme le montre le complexe d'Œdipe. La rivalité avec le père présuppose, de la part du garçon, une identification avec lui comme désirant la mère ; identification qui est, elle-même, dite « secondaire » par rapport à l'identification primaire qui, comme nous venons de le voir avec l'image dans le miroir, « structure le sujet comme rivalisant avec soi-même » [28]. Dans cette identification secondaire avec son père, le jeune garçon traduit à la fois son impuissance *biologique* organique de ne pouvoir, par son propre corps, satisfaire sa libido et au contraire sa puissance *imaginaire* d'anticiper sur sa propre genèse en se fixant un idéal incarné dans l'image du père, telle que la projette son inconscient enfantin en conformité avec les normes de la culture dans laquelle il vit. En ce sens, l'identification œdipienne permet à l'enfant de transcender, de dépasser sa première agressivité, de la sublimer en assumant la fonction non plus de forme fictive inconsistante, menaçante et menacée dans l'enceinte imaginaire de la relation privilégiée avec la mère, mais de sujet authentique et réel *reconnu* comme tel dans la relation avec le père. L'enfant qui n'était jusque là qu'un Moi corporel, qui, comme l'a vu Freud, n'est qu'« un être de surface » (l'image du miroir) et bien plus, « projection d'une surface » (la conscience qu'il a de lui est la projection de la surface optique, c'est-à-dire de l'image que lui renvoyait le miroir) [29], devient sujet de désir non confondu avec celui du père, mais reconnu par lui.

Cette reconnaissance paternelle est décisive dans la mesure où le *nom* même du père, « depuis l'orée des temps historiques, dit Lacan, identifie sa personne à la figure de la loi » [30]. En d'autres termes, le père constitue un symbole qui substitue un ordre fixe et permanent, celui de la culture, à l'ordre fluctuant et aliénant de l'imaginaire. Bien plus, le nom du père est « support de la fonction symbolique », dans la mesure où il est le signifiant principal auquel s'accroche, se noue la chaîne des autres signifiants, qui forme notre langage même. On voit donc que selon Lacan, et contrairement à Mélanie Klein, l'enfant n'est pas le simple jouet de son imaginaire, tel qu'il le vit dans sa relation narcissique avec sa mère et son image dans le miroir, mais que « le langage lui permet de se considérer comme le machiniste, voir le met-

27. Cf. *idem*, p. 114-115.
28. *Idem*, p. 117.
29. Cf. S. Freud, « Le Moi et le Ça », 3ᵉ partie des *Essais de Psychanalyse*, chap. 2, p. 194, Payot (B.P. nº 44), 1963.
30. Cf. *op. cité*, p. 278.

teur en scène de toute la capture imaginaire dont il ne serait autrement que la marionnette vivante. » Par conséquent, le fantasme, loin d'être réduit à l'imagination, doit être défini « comme une image mise en fonction dans la structure signifiante » du langage [31].

Le rôle du langage

Ceci se comprend d'autant mieux que, comme l'a montré G. Boulanger-Balleyguier [32], la reconnaissance de la forme unifiée du corps propre, la constitution de l'image du corps suivent étroitement le développement du langage chez l'enfant : entre neuf et douze mois, l'imitation gestuelle a lieu *en même temps* que la possibilité de comprendre et de suivre des ordres symbolisés ; le « *non* » sémantique est utilisé à partir de quinze mois, les premiers mots bien avant, par conséquent dans la période même où se forme l'image du corps, dont la reconnaissance effective a lieu, notons-le vers deux-trois ans simultanément avec la possibilité par l'enfant de se *nommer*. Enfin, comme le rappelle pertinemment Guy Rosolato, on sait depuis Freud que le maniement du corps et les significations des comportements qu'il adopte, ne se comprennent qu'en relation avec la constitution du langage. C'est, en effet, ce qui ressort de l'analyse freudienne du célèbre exemple du jeu enfantin, auquel nous faisions allusion dans une note antérieure [33].

Il s'agit, en l'occurrence, d'un enfant de dix-huit mois, docile, gentil, fort attaché à sa mère et qui néanmoins ne pleurait pas lors des fréquentes absences de celle-ci. Par contre, il avait l'habitude étrange d'envoyer très loin de lui tous les objets qui lui tombaient sous la main, en émettant avec un air d'intérêt et de satisfaction, le son prolongé o-o-o-o. Cette habitude était déjà, en fait, un jeu, puisqu'un jour l'enfant lui donna une forme ludique plus complète : il s'amusa à lancer par-dessus le bord de son lit une bobine entourée d'une ficelle, qui ainsi disparaissait à ses yeux. Il prononçait alors son invariable son o-o-o-o, puis en retirant la bobine vers lui, il la saluait par un joyeux « *Da* » ! (voilà !). En somme, le jeu consistait dans l'alternance disparition-réapparition, absence-présence.

Or Freud établit précisément que ce jeu s'élabore par de successives *substitutions*, une combinatoire entre le corps de la mère, la bobine et l'opposition phonématique O/A. En jetant la bobine, l'enfant reproduisait lui-même la disparition du corps de la mère ; disparition

31. Cf. *op. cité*, p. 637.

32. Cf. « Premières réactions devant le miroir » in *Enfance*, 1964, 1 p. 51-67 et « Etapes de la reconnaissance de soi devant le miroir » in *Enfance*, 1967, n° 1, p. 91-116.

33. Cf. ci-dessus la note 1, p. 91, qui renvoie à S. Freud, *Essais de Psychanalyse*, p. 16-20.

que sanctionnait l'émission du son « O » (pour « Fort ! » signifiant « loin ») prononcé avec plaisir dans la mesure où il se rendait maître fictivement de cette absence imposée par la mère et se vengeait d'elle. Inversement, le rappel de la bobine figurait le retour de la mère avec le constat joyeux et sonore du « D*a* ! ». Mais il y a plus : dans une note, Freud indique que « l'enfant avait trouvé le moyen de se faire disparaître lui-même. Ayant aperçu son image dans une grande glace qui touchait presque le parquet, il s'était accroupi, ce qui avait fait disparaître l'image. » Or cette prouesse avait été annoncée à la mère par l'exclamation : « Bébé o-o-o-o. » Autrement dit, en étant à même de faire subir à son propre corps une disparition mentale, l'enfant se met lui-même dans le circuit des substitutions : sa disparition, par le miroir, répond « en miroir », c'est-à-dire en image inversée et d'une façon symbolique à celle de sa mère, vérifiant ainsi du même coup la recherche aliénante d'identification imposée par le stade du miroir.

Mais ce qu'il importe avant tout de souligner dans cet exemple, c'est le rôle du langage qui se traduit d'une part, par *la puissance de substitution :* la bobine, puis l'image du corps même de l'enfant dans le miroir, se substituent au corps maternel, le « signifient », en deviennent les *signifiants* successifs ; d'autre part, par *la puissance de signification* du son lui-même, « O » par exemple qui renvoie, d'abord à l'action d'éloigner et de faire disparaître la bobine, puis plus profondément et inconsciemment, à celle d'éloigner, de faire disparaître la mère et par là même au besoin de s'en rendre maître et de s'en venger, donc à la pulsion destructrice, à la pulsion de mort, tout comme le son « A » renvoie à la libido. Enfin par la *puissance d'annulation ou de négation* inhérente au langage par lequel l'enfant peut à la fois se nommer, se dire et se supprimer, s'effacer dans ce dire (Bébé o-o-o-o = Bébé disparu), tout comme parallèlement le son « O » (désignant l'absence) supprime ou efface le son « A » (désignant la présence).

Bref, comme on le voit, les pulsions de l'enfant et les fantasmes qu'elles animent, sont pris, captés dans un réseau de signifiants (la bobine, l'éloignement, l'image spéculaire, le son... etc) qui obéissent aux lois structurales du langage. Freud déjà l'avait bien compris, puisqu'il affirmait dans « la Métapsychologie » : « Une pulsion ne peut jamais devenir objet de la conscience, seule la représentation qui la figure en est susceptible. Une pulsion ne peut non plus être représentée dans l'inconscient autrement que par la représentation »[34]. Or précisément ces représentations (plus exactement ces « représentants-représentations », en allemand « Vorstellungs-Repraesentant ») sont ces signifiants qui captent, fixent la pulsion, sans être inventés par elle. En d'autres termes, les affects de l'enfant se réfractent à travers une symbolisation qui ne découle pas de lui. Mais pour que cette symboli-

34. Cf. S. Freud, *Métapsychologie*, Gallimard, 1952.

sation soit réelle et renvoie à un sens effectif, elle ne doit pas être générale (si tout signifiant pouvait tout signifier, rien ne serait signifié !) : elle doit plutôt s'accrocher à des signifiants-clés qui, condensant en eux une pluralité de significations, permettent qu'en leur point plusieurs chaînes signifiantes se croisent et se nouent et par conséquent acquièrent une stabilité. Parmi ces signifiants-clés, le signifiant principal, celui que Lacan appelle parfois « le signifiant de signifiant », c'est le Phallus, en tant qu'organe *symbolique,* c'est-à-dire distinct à la fois de l'organe anatomique réel (le pénis) et des images qui lui sont associées. Le Phallus est, en effet, un symbole dans la mesure où il désigne non seulement une partie du corps mais la différence, l'écart (l'en plus de l'homme ou l'en moins de la femme) qui donne la raison du désir de l'homme pour la femme et de la femme pour l'homme, et qui donc s'annule dans la jouissance de la copulation. En ce sens, il est paradoxalement présence d'un manque, « le signifiant du manque de signifiant », dit Lacan. Constitutif de l'écart différentiel, qui soustend, annule et fait sans cesse renaître le désir, le Phallus est donc le signifiant primordial, auquel s'accrochent toutes les chaînes de signifiants du langage, puisque l'essence même du langage réside, comme l'a montré F. de Saussure, dans le fait que chacun de ses éléments ne signifie que sa différence à l'égard des autres [35]. Psychanalyser un sujet reviendra ainsi à remonter ces chaînes de signifiants composant le récit de ses rêves ou de ses associations pour retrouver, au-delà des glissements métonymiques [36] et des substitutions métaphoriques [37], ce signifiant fondamental qui fonde toute la chaîne de notre langage.

« Prendre le corps à la lettre »

Dès lors, et c'est ce qui nous intéresse plus particulièrement ici, le corps doit être interprété dans ce langage même qui le désigne. Bien plus, il n'est rien au-delà de ce langage, dans la mesure où il se donne, se montre réel à nous à travers les représentations qui signifient les

35. « Dans la langue, écrit F. de Saussure, *il n'y a que des différences.* Bien plus : une différence suppose en général des termes positifs entre lesquels elle s'établit ; mais dans la langue, il n'y a que des différences *sans termes positifs.* Qu'on prenne le signifié ou le signifiant, la langue ne comporte ni des idées ni des sons qui préexisteraient au système linguistique mais seulement des différences conceptuelles et des différences phoniques issues de ce système. » Cf. *Cours de linguistique générale,* Payot, 3ᵉ éd., 1967, p. 166.

36. Il y a métonymie quand pour un signifiant donné, le signifié est remplacé par un autre qui se trouve avec le premier dans un rapport de complémentarité, c'est-à-dire de partie à tout. C'est le mécanisme du *déplacement* dans les rêves. Ex. : la voile désigne le bateau, le verre son contenu et dans le cas d'Elisabeth Von R., l'impossibilité de marcher désigne l'interdiction d'aller vers le bien-aimé, donc d'aimer.

37. Il y a métaphore quand, pour un signifié donné, le signifiant correspondant est remplacé par un autre. C'est le mécanisme de la *condensation* dans les rêves. Ex. : le mot « place » se substitue à « plage » qu'il représente et masque en même temps. Le mot « coffret » ou le mot « palais » remplace le « vagin »... etc.

fantasmes de notre désir inconscient. Pour le psychanalyste, il n'y a pas une réalité corporelle au-delà des signifiants qui traduisent et mettent en scène les objets fantasmés de notre désir. Bref, le corps est un texte, une organisation systématique de lettres qu'il faut déchiffrer dans sa logique et sa singularité. Tel est le projet que, à la suite de Lacan, s'est fixé Serge Leclaire et qu'il a résumé dans cette expression riche de sens : il faut « *prendre le corps à la lettre* » [38].

Prendre le corps à la lettre signifie certes en situer la réalité dans la lettre qui fixe les objets du désir, donc dans le langage du récit de nos rêves qui les réfracte, mais aussi, au sens figuré de l'expression « préférer la lettre à l'esprit », s'attacher à la lettre du *corps lui-même* et non à des significations idéales, abstraites ou sublimées. Il faut, en effet, revenir au corps dans la vie concrète et dramatique de son désir, de sa quête de plaisir, autrement dit comme ensemble de zones érogènes, pour voir comment s'y inscrivent et se fixent les lettres du langage qui le signifient. Toute la démarche de Leclaire va donc consister à montrer comment la zone érogène, en tant que lieu d'excitation et de satisfaction sexuelles, rend possible cette inscription.

Pour cela, il remarque, à la suite de Freud, que « le plaisir est la sensation qui marque la fin d'un état de tension parfaitement représenté par l'état d'érection. » Par conséquent « le temps du plaisir ou de la jouissance est ce temps de la *différence* entre un plus et un moins de tension ; différence insaisissable, « qui est le vif du plaisir. » L'excitation ou excitabilité de type sexuel qui spécifie la zone érogène serait donc à définir comme la propriété d'un lieu du corps d'être le siège d'une différence immédiatement accessible, sensible, plaisir ou déplaisir, et de pouvoir recueillir de quelque façon la marque de cette différence » [39]. Cette différence inhérente à l'excitation qui renvoie à un *manque,* à une insatisfaction qu'elle cherche à combler, se marque, en effet, par la *différence d'excitabilité* d'une zone épidermique par rapport aux autres et bien délimitée par ses bords : lèvres d'une bouche, d'une vulve, surface d'un pénis, paupières d'un œil et, à la limite, toute la surface de la peau équivaut au bord du corps tout entier par rapport au milieu. L'appel au plaisir, comme suppression d'un manque, d'une différence, est donc fixé dans la différence d'excitabilité épidermique des bords de la zone ; différence qui est une faille, une ouverture. Mais précisément cette ouverture est à combler, cette différence est à supprimer par un autre qui annule la propre différence de la zone excitée correspondante de son corps, se satisfaisant lui-même en même temps qu'il apporte la satisfaction au corps d'autrui.

Or cette satisfaction va être *remémorée,* elle laisse une *trace* qui s'inscrit comme une attente ou un appel du retour d'une satisfaction semblable, ce qui suppose, comme on le devine, que l'autre voit en

38. Cf. S. Leclaire, *Psychanalyser. Essai sur l'ordre de l'inconscient et la pratique de la lettre,* Seuil, 1968, p. 55.
39. Cf. *op. cité,* p. 67.

cette satisfaction non l'apaisement du besoin physiologique, mais la recherche indéfinie, le désir inassouvi de jouissance. « L'inscription dans le corps est le fait de cette valeur sexuelle projetée par un autre sur le lieu de la satisfaction » [40]. Mais, en tant que sous-tendue par le souvenir, cette jouissance renvoie aussi à celle des autres zones érogènes du corps, dont elle se différencie, mais auxquelles elle peut regresser : ainsi la recherche non satisfaite de la jouissance génitale peut renvoyer au souvenir et à la recherche de la jouissance buccale. En définitive, chaque zone érogène renvoie : à un manque fondamental (*différence* entre un plus ou un moins de tension) ; au manque inhérent à la zone érogène d'un autre corps (la *différence* entre des zones érogènes complémentaires de deux corps différents) ; à la *différence* d'excitabilité, dans chaque corps, entre la zone érogène et les zones non érogènes ; et également, toujours dans chaque corps, à la *différence* entre cette zone érogène et les autres zones érogènes.

Si on est attentif à ce jeu des différences, on constate que la zone érogène est un composé instable de relations avec les autres zones de son corps (relations dites binaires) et de relations avec une zone spécifique et complémentaire de l'autre corps (relations dites bipolaires). Elle est, en ce sens, analogue à un mot ou signifiant quelconque, qui se définit à la fois par sa différence *phonématique* (c'est-à-dire de sons) avec les autres signifiants (par exemple entre les mots « bouche » et « sein ») et sa différence *sémantique* avec des mots de même sonorité ou homonymes (par exemple les mots « sein », « saint », « seing »). Or, et c'est ce qui importe le plus ici, tout signifiant implique précisément, aussi bien par la *forme* de ses signes (« S » ou « V », par exemple) que par le *mouvement* de sa prononciation, sa *sonorité*, les *circonstances* et les *objets* auxquels ils se réfèrent (par exemple le mot « sein » à un sein réel), un mouvement du corps, un geste qui met en jeu des fantasmes liés à l'excitation d'une zone érogène [41].

Pour mieux le faire comprendre, nous l'illustrerons par deux exemples, tous deux donnés par Leclaire lui-même. Le premier est ainsi énoncé : « imaginons, dit-il, la douceur du doigt d'une mère venant jouer « innocemment » comme dans les temps de l'amour, avec l'exquise fossette à côté du cou, et le visage du bébé qui s'illumine d'un sourire. On peut dire que le doigt, par son amoureuse caresse, vient, en ce creux, imprimer une marque, ouvrir un cratère de jouissance, inscrire une lettre qui semble fixer l'insaisissable immédiateté de l'illusion. Dans le creux de la fossette, une zone érogène est ouverte, un écart est fixé que rien ne pourra effacer, mais où se réalisera de façon élective le jeu du plaisir, pourvu qu'un objet, n'importe lequel vienne en ce lieu raviver l'éclat du sourire que la lettre a figé » [42]. Pour qu'ait lieu l'inscription érogène, on voit sur cet exemple, qu'il faut :

40. Cf. *idem*, p. 71.
41. Cf. *Cahiers pour l'analyse*, 8, p. 98-105.
42. Cf. *op. cité*, *Psychanalyser*, p. 71-72.

— Que la caresse au niveau de la fossette soit ressentie comme plaisir, donc qu'une différence ait été sensible entre les deux bords de la fossette.

— Que la caresse ait été sentie comme différente du contact d'un bout de laine ou du dos de la propre main de l'enfant, par exemple, autrement dit comme appartenant à un autre corps : fossette chez l'un, doigt chez l'autre.

— Par conséquent, que ce doigt caresseur soit lui-même constitué comme érogène, marquant ainsi la différence sensible et déjà érogène entre les deux bords de sa pulpe. Il y a donc une rencontre de trois écarts corrélatifs qui constitue l'inscription érogène de la lettre du tracé digital qui, en tant que telle, marque une autre différence avec les autres zones érogènes de l'enfant (bouche, anus...). La *forme* de cette caresse est une trace littérale qui fixe, pour l'enfant l'écart, la différence de toute jouissance, dont elle ressuscitera toujours l'insaisissable appel, même lorsque cette lettre sera abstraite du corps.

Second exemple, celui-là célèbre puisque dérivé et repris par Leclaire de l'analyse freudienne de « l'Homme aux loups » [43] : l'analyse de la névrose obsessionnelle de cet homme révèle que toutes ses angoisses sont liées à l'importance insolite et menaçante d'une lettre : le signe « V ». Ainsi sa peur du mouvement des ailes d'un papillon, des guêpes (*W*espe) en allemand), de la cinquième heure (*V* romain ou le cinq) ou de l'ouverture brutale d'une fenêtre, de l'ouverture des yeux ou bien encore sa sensibilité à l'ouverture de la bouche (il fut difficile à nourrir lorsqu'il était bébé) et enfin et surtout la peur des loups (en allemand *W*olf ; les oreilles du loup sont aussi, notons-le deux V renversés et sa gueule, un V couché). Or la prévalence affective de cette lettre s'enracine dans l'impression laissée à l'enfant qu'il fut à l'âge de un an et demi, par la vision réelle ou fantasmatique, d'un coït entre ses parents, accompli par derrière, avec, par conséquent, les jambes ouvertes de sa mère accroupie, formant un V renversé. Comme dans cette scène primitive, la mère manifestait du plaisir en même temps que s'affirmait l'apparence de la castration, on constate que la lettre ne saurait, d'une part, s'abstraire du mouvement libidinal du corps maternel, d'autre part, de celui de l'enfant qui ouvre les yeux, le voit et du même coup le rejette comme « objet » redouté.

L'objet, en effet, est, d'une manière générale, ce qui remplace la lettre perdue, c'est-à-dire la disparition de la différence constitutive du plaisir. Tout le monde sait que lorsqu'on a perdu la première jouissance, n'importe quel objet semble qualifié pour pouvoir rappeler ce plaisir. « Pour remplacer le mythique premier sein perdu, n'importe quoi qui se porte à la bouche peut faire l'affaire, jusqu'au jour où le choix se fixe sur l'oreille du singe en peluche qui devient derechef pour un temps parfois long, le médiateur obligé de tous les apaise-

43. Cf. S. Freud, *Cinq Psychanalyses*, P.U.F., 4ᵉ éd., 1970, p. 325-420.

ments » [44]. Contrairement à la lettre qui fixe la différence et fait renaître l'appel de la jouissance, l'objet tend à la cacher ou à l'effacer. Donc « prendre le corps à la lettre, c'est, en somme, apprendre à épeler l'orthographe du nom composé par les zones érogènes qui la constituent ; c'est reconnaître en chaque lettre la singularité du plaisir (ou de la douleur) qu'elle fixe et repérer du même coup la série des objets en jeu » [45].

Or précisément, comme l'a déjà montré Lacan, dans cette chaîne signifiante composée par les zones érogènes, la zone génitale joue avec l'expression symbolique du Phallus un rôle privilégié, dans la mesure où il est, outre une partie du corps, terme différentiel immédiat. Dès lors, tout rapport à un manque, à une perte, à une absence « appelle nécessairement, pour être pensé, la référence au Phallus, conçu comme terme pivot de toute articulation possible avec l'annulation de la jouissance » [46]. Il est donc bien la lettre qui inscrit tout manque de la lettre : « la lettre du manque de la lettre » dit Lacan.

Nous ne développerons pas davantage cette thèse dont la complexité est évidente et qui par conséquent, exige une assez grande familiarisation avec les problèmes et le vocabulaire psychanalytiques. Qu'il nous suffise ici, dans l'optique et le cadre limité de cette étude, de souligner avec Leclaire que le corps, en tant que source et organe de plaisir, est inscription de notre langage et inversement que notre langage signifie et s'enracine dans l'expérience érogène de notre corps. Il faut donc « lire » ou déchiffrer le corps comme un livre, un code et en même temps, lire et écouter le langage dans ses inscriptions corporelles. Pour reprendre la terminologie de Leclaire, il y a *« une lettre du corps »* et *« un corps de la lettre »*. Cette théorie est, selon nous, malgré certaines ambiguïtés de son argumentation, d'une très grande richesse qu'il convient d'exploiter non seulement dans la technique psychanalytique elle-même, mais dans toute approche du corps et du langage, l'un et l'autre étant désormais inséparables. Nous en trouvons, d'ailleurs, une certaine illustration, bien qu'avec un éclairage distinct, dans l'étude qu'a fait Didier Anzieu « Le corps et le code dans les contes de J.L. Borges » [47]. Il montre, en effet, comment, selon ce conteur argentin, le code linguistique, principe et modèle de tous les codes, est l'exploration symbolique du corps de la mère, dont il émerge et avec laquelle il fait lui-même corps. » Borges, écrit Anzieu, est le conteur de l'aube du langage. Il nous fait partager l'émerveillement joyeux de l'enfant qui découvre que son corps coïncide avec un code et qu'il peut jouer avec ce code tout comme sa mère et lui ont jusqu'ici joué avec le corps de l'autre » [48].

44. Cf. *op. cité*, p. 74.
45. Cf. *idem*, p. 76.
46. Cf. *idem*, p. 183.
47. Cf. in « Lieux du corps », *op. cité déjà*, p. 177-210.
48. Cf. *idem*, p. 204.

Notre relation maternelle à notre propre corps

Et, en effet, si notre corps est un code que notre langage masque et révèle à la fois, il faut rappeler, comme le montraient plus haut nos deux exemples, que ce corps ou ce langage se constitue dans la relation du corps de l'enfant avec celui de sa mère ou plus exactement dans leur appel réciproque au plaisir, la recherche pour combler les écarts inhérents à toute zone érogène de leur corps respectif. Le nourrisson, par ses vagissements, *est* en ce sens une demande permanente d'amour, en tant que désir de jouissance par la mère. Et, comme l'a justement noté J.C. Lavie [49], « c'est là même où sa mère répondra qu'il s'incarnera comme demande. C'est ce que sa mère reconnaîtra comme exigence valable qui restera pour chacun son mode d'être aimé le plus *intraitable.* » Autrement dit, la manière dont la mère valorisera et satisfera telle demande de l'enfant et, par conséquent, la sienne propre (la satisfaction de l'enfant la satisfaisant elle-même), fixera ce mode particulier de demande dans le corps enfantin, l'inscrira dans telle zone érogène, tel mouvement ou tel signal d'appel.

Or « le paradoxe veut, dit J.C. Lavie, que, chez son nourrisson, la souffrance soit pour la mère un signal des plus forts, promouvant à tout jamais cette souffrance comme sceau de validité de la demande d'amour. Ce n'est pas le nourrisson qui invente de souffrir pour être aimé, mais sa mère qui l'aime bien plus quand il souffre. » Ainsi s'explique l'attention excessive de celle-ci aux maladies, aux signes de détresse de son enfant, mais aussi du même coup le fait que, pour nous, l'amour d'autrui se traduira par l'attention qu'il prête à nos maladies. Bien plus, nous croirons aimer nous-mêmes notre propre corps en ayant pour lui cette attention. « Nous sommes voués à être la « bonne mère » de notre corps » [50], d'autant plus que nous lui sommes indissolublement liés : Nous le percevrons donc avant tout quand il souffre : notre mère qui fonde déjà notre relation libidinale à notre corps, notre manière de l'aimer par la façon dont elle l'aime elle-même, fonde aussi notre perception de ce corps, notre manière de le percevoir.

En somme, dans chaque perception de notre corps, nous retrouvons la présence singulière de notre mère. D'où le comportement étrange et ambigu que chacun de nous entretient avec son propre corps. L'intérêt que nous lui manifestons est toujours une façon déguisée d'être « indemnisé en retour », une demande de réciprocité. De même, les jugements péjoratifs ou laudatifs que nous portons sur lui, sont l'expression masquée de notre demande d'amour insatisfaite (« je suis laid », « je suis grosse »... etc) ou satisfaite (« je suis fort », « j'ai de jolis yeux »... etc). Par conséquent, « dans la relation à notre corps, c'est moins notre corps qui importe que la relation qu'il nous

49. Cf. in « Lieux du corps », « Notre Corps ou le présent d'une illusion », p. 32.
50. Cf. *idem*, p. 33.

permet de réaliser avec notre mère » [51]. Le craindre comme l'organisation aveugle de contraintes menaçantes, présentes ou à venir, redouter ses réactions ou mettre son espoir en lui (espoir qu'il veuille bien aller mieux, par exemple), c'est toujours craindre, redouter ou espérer en la réponse maternelle. Dans nos conduites quotidiennes, nous croyons être présent en notre corps, dialoguer avec lui par la conscience que nous en avons. En réalité, « notre corps est le présent d'une illusion : d'une illusion de dialogue » [52]. Le vrai dialogue est le dialogue archaïque avec la mère qui, à travers le corps désirant et investi par la réponse qu'elle lui a donnée, se poursuit indéfiniment, donnant du même coup la clé des ressorts les plus subtils, les rouages de plus en plus fins de notre langage enraciné dans cette relation libidinale première.

Tel est du moins l'enseignement que nous donne, selon J.C. Lavie, la psychanalyse. Comme on le voit, elle nous révèle non seulement la réalité fantasmatique de notre corps, mais sa structure linguistique et sa relation libidinale indissoluble avec le corps maternel, ce qui, notons-le, corrobore et fonde l'hypothèse d'Ajuriaguerra du dialogue tonique privilégié avec la mère. Tout en fondant cette hypothèse, l'approche psychanalytique néanmoins renouvelle, bouleverse et déplace totalement la vision sur le corps qu'elle véhicule, puisque désormais elle nous convie à chercher la présence authentique du corps non dans l'expérience psychologique ou phénoménologique du vécu de la conscience, mais dans le langage qui exprime les fantasmes des relations libidinales originaires de notre situation œdipienne et, au premier chef, avec le corps maternel. Au lieu de *construire une explication du corps,* il faut donc, semble-t-il, maintenant, pour le psychanalyste, « *laisser parler le poème du corps.* C'est dans cette parole que se fait et se défait le corps, qu'il s'exproprie d'un vécu pour s'entendre en échos dans les fragments du rêve... l'homme qui rêve, pensait Roheim, rentre dans son propre corps, mais il a déjà perdu le sens de la limite et son corps est tout en même temps le sien et celui d'un autre, un corps et autre chose qu'un corps » [53].

Or précisément ce fantasme du corps exproprié et objectivé et aliéné, exprime ce fait général que, de par sa nature libidinale de désir de jouissance et, par conséquent, de désir du désir de l'autre, notre corps est un constant appel et une constante référence au corps d'autrui et d'abord à son regard qui me valorise comme objet digne d'être aimé, bref me juge. Le regard et le jugement d'autrui nous dérobent ainsi notre corps et nous le façonnent à son désir : regard et jugement de notre mère d'abord, comme nous l'avons vu, mais aussi de notre père, modèle de puissance phallique, incarnation de la Loi et finale-

51. Cf. *idem*, p. 34.
52. Cf. *idem*, p. 35.
53. Cf. P. Fedida, *art. cité, p. 119*. C'est nous ici qui soulignons.

ment, regard et jugement de la société tout entière dans laquelle on vit et qui, en entretenant et développant notre vie, plie, soumet notre corps à ses propres exigences, à ses propres fantasmes, c'est-à-dire ses mythes ; d'où des conflits inévitables dans la mesure où ces mythes limitent et bien plus, défigurent et aliènent nos propres désirs. C'est cet inmpact du regard et du jugement social sur notre corps et des conflits qu'ils soulèvent en nous, que nous allons étudier maintenant.

Chapitre 8

L'approche psychosociologique : le corps regardé et jugé

Nous savons déjà, par l'analyse du « stade du miroir », le rôle primordial que joue chez l'individu, adulte aussi bien qu'enfant, la captation visuelle par l'image de son corps et par là, la recherche narcissique d'une identification avec les autres. Leurs yeux ne sont-ils pas, pour chacun d'entre nous, autant de miroirs pour refléter notre corps ? Mais tous ces « miroirs » sont infidèles et troublent l'image que nous souhaitions y rencontrer. C'est pourquoi ils nous embarrassent et ce d'autant plus que nous n'avons pas réussi à nous dégager des mirages de notre Moi imaginaire et à accéder au statut de sujet authentique reconnu comme tel par le désir de l'autre.

On comprend dès lors la situation ambiguë et paradoxale du psychanalyste à l'égard de son patient au cours de la séance de cure : il doit le délivrer de ses mirages et, pour cela, les lui laisser projeter librement dans le récit de ses rêves et ses associations, en somme dans sa parole afin qu'il les y découvre ; mais en même temps et pour la même raison, il doit empêcher que cette aliénation par l'image *visuelle,* cette capture de l'imaginaire ne se poursuive sur son corps même à lui de psychanalyste dont le regard est à la fois appelé et redouté par le patient. Par conséquent, le psychanalyste devra seulement *écouter* et écouter sans pouvoir être vu. D'où cette place en retrait qui le rend invisible au patient allongé [1], dont les fantasmes narcissiques se déploieront d'autant plus librement et seront plus purs, qu'ils viseront le corps imaginaire des parents. La présence invisible et silencieuse du psychanalyste invite ainsi l'analysé à transformer ou convertir ce corps imaginaire et le fantasme de son propre corps en un corps *parlé,* donc *entendu :* « Le corps présent aux fantasmes, écrit Fedida, vient remplir les mots. » Il est donc bien vrai de dire avec cet auteur que « le passage

1. Cf. J. Lacan, *Ecrits,* p. 346.

à une clinique psychanalytique désigne une transformation par l'*écoute* du rapport au visible » [2].

En écoutant son patient, le psychanalyste peut, semble-t-il, s'abstraire de son propre corps et ne pas se sentir immédiatement engagé dans l'expérience fantasmatique de l'analysé dans la mesure où la parole doit seulement être *entendue* (au double sens du mot : reçue par l'oreille et comprise). Autrement dit, en opérant dans le seul « champ de la parole » jaillie de l'inconscient du patient, l'analyste assure cette « neutralité bienveillante », dont la règle lui a été imposée par son projet même de restituer le sujet à lui-même. Pour rester « neutre », il doit, en effet, non seulement s'abstenir de tout jugement et de toute curiosité intempestive, mais éviter que son regard n'infléchisse et ne fixe son « attention flottante » sur des images visuelles susceptibles de l'engager lui-même dans les illusions de son propre narcissisme. Néanmoins on peut se demander, d'une part, dans quelle mesure un tel ostracisme est possible, d'autre part, et surtout si l'écoute, l'oreille seule sans le regard peut permettre l'accès à l'être corporel intégral du patient, autrement dit nous donner la clé de son corps vécu totalement inconsciemment et consciemment. Or il est bien évident que, comme le note M. Masud R. Khan, « tout analyste regarde ses patients » [3] et qu'il le veuille ou non, ce regard imprime en lui une image dont il peut difficilement s'abstraire. De même, l'analysé, même s'il n'a pas en face de lui le corps du psychanalyste, le projette fictivement comme fond sur lequel il revit le drame des fantasmes originaires de son enfance. Le regard invisible de l'analyste lui reste donc présent, tout comme, parallèlement, le corps de l'analysé, regardé même fugacement ou d'une façon temporaire par l'analyste, soustend constamment le récit, la parole dans laquelle il s'extériorise symboliquement. Mais il faut, semble-t-il, aller plus loin et dire que sans ce regard, l'écoute parfois serait trompeuse ou stérile. C'est du moins ce qu'essaie de prouver le psychanalyste anglais M. Masud R. Khan dans son article dont le titre, emprunté à un vers de Shakespeare, est le résumé significatif : « L'œil entend ».

Une dissociation entre le corps regardé et le corps parlé

Dans cet article, il tente de montrer, en effet, que la compréhension et l'expérience vécu par l'analyste du drame du patient peuvent « se trouver enrichies en *regardant* le sujet en tant que corps » [4]. Pour cela, il nous expose ses observations sur un cas clinique assez étrange de dissociation, qu'il eut à traiter en psychothérapie [5]. Il s'agit d'une

2. Cf. *art. cité*, p. 114.
3. Cf. M. Masud R. Khan, « L'œil entend », in « Lieux du corps », p. 63.
4. Cf. *art. cité*, p. 63.
5. Il remarque lui-même à ce propos la différence entre une psychanalyse proprement dite et une psychothérapie : il s'agit essentiellement d'une différence de demande

jeune femme de 19 ans, « ravissante, grande, mince », mannequin de profession et suivant des cours de dessin et de peinture. Fille unique, issue d'un milieu aisé, elle perdit son père qu'elle aimait beaucoup, à l'âge de douze ans, alors que ce dernier venait de divorcer et s'était séparé depuis sept ans déjà de sa mère. Celle-ci se remaria peu après, mais mourut à son tour lorsque la patiente avait seize ans. Son beau-père, pour la consoler, l'emmena dans un long voyage au cours duquel il devint son amant et le resta depuis lors. Bien plus, il l'installa dans un appartement confortable et la fit débuter comme mannequin. « Il la laissait entièrement libre et ils étaient bons amis. Elle travaillait beaucoup et eut de nombreuses aventures toujours avec des hommes qu'elle connaissait de fraîche date. Il lui était presque impossible de résister aux hommes qui étaient gentils avec elle et qui la désiraient. Elle appréciait leur compagnie et leurs prévenances, mais ne portait que peu d'intérêt aux relations sexuelles » [6].

Cette patiente se comportait donc officiellement, selon son expression, « comme une putain », alors que dans sa vie intime elle avait gardé des goûts et un style de jeune fille réservée, digne, équilibrée. En d'autres termes, elle « était très différente dans sa façon de se présenter aux autres en tant qu'objet de ce qu'elle était en tant que sujet pour elle-même » [7]. Cette impression se précisa le jour où la jeune femme fit le récit d'une curieuse coutume des chefs d'une peuplade indienne, les Pathans : ceux-ci, lorsque tous leurs enfants étaient mariés, adoptaient un jeune garçon qu'ils exhibaient comme un ange. Ce récit induit, chez l'analyste, la pensée que le corps de sa patiente subit, en quelque sorte, un clivage sexuel semblable à celui qui avait été observé, mais en sens inverse, par Winnicott, à savoir : « sa présence corporelle était faite de deux personnes distinctes : une fille et un garçon. En tant qu'*objet*, elle se présentait à elle-même et aux autres comme une fille ; mais en tant que *sujet*, elle était un garçon. » Et, ajoute M. Masud R. Khan, « elle était venue pour me permettre de constater cette dualité de l'expérience vécue de son corps, de la reconnaître et de la lui dire » [8] ; ce qu'il fit précisément, provoquant ainsi chez elle non de l'étonnement, mais de la réflexion. Or cette réflexion l'éclaira sur le sens d'un ancien rêve dans lequel elle était habillée en homme, mais ne trouvait personne pour danser avec elle. Dès lors, elle prit conscience que tant que ce clivage existerait en elle, « son potentiel féminin serait disponible pour être exploité

et corrélativement de technique de relation. En fait, le sujet de psychothérapie ne se sent pas malade et désire simplement qu'on lui facilite la vie en l'éclairant sur un conflit bien défini dont il acquiert ainsi la maîtrise. C'est pourquoi dans ce cas, le thérapeute peut intervenir plus librement, ce qui le rend suspect de manipulation ; accusation que M. Masud R. Khan, notons-le, se contente seulement de nier sans autres preuves. Cf. *art. cité*, p. 54.

6. Cf. *idem*, p. 55.
7. Cf. *idem*, p. 57.
8. Cf. *idem*, p. 58.

seulement par les hommes, mais pas par elle-même ». D'où sa décision de changer de vie et la stabilisation de sa vie sexuelle avec le choix d'un homme qu'elle doit épouser.

Nous ne discuterons pas ici la valeur intrinsèque et l'efficience de cette psychothérapie, qui ne manquera pas de susciter des doutes et, selon nous, de légitimes réticences. Par contre, l'observation faite par M. Masud R. Khan nous paraît d'une grande portée pour comprendre l'ambivalence du corps. En fait, pour être plus précis, on peut en dégager deux enseignements selon qu'on se place au point de vue de l'analyste qui *regarde* ou de l'analysé qui est *regardé* : en effet, selon le premier point de vue qui est évidemment plus particulièrement souligné par l'auteur, il ressort qu'un analyste ne saurait « entendre » au double sens du mot, comme nous le disions plus haut, le langage d'un corps sans regarder ce corps qui parle. « J'avais, dit M. Masud R. Khan, entendu avec mes yeux. » Lorsqu'un jour, par expérience, il ferma les yeux et s'en tint au seul témoignage de ses oreilles, il ne lui parvint que le récit impassible et pervers d'« une putain stupide et docile » ; mais dès qu'il les rouvrit, la vision du corps et de l'expression de la jeune femme lui fit entendre la parole d'un être, certes beau, apparemment innocent et joyeux, mais aussi seul et paradoxalement double : féminin dans ses formes, masculin dans son expression. Et cette vision était d'autant plus convaincante que cette présence corporelle, selon l'aveu de l'analyste, n'éveillait en lui aucune réaction érotique.

Autrement dit, non seulement le regard sur le corps lui donne une signification nouvelle, mais cette signification elle-même ne peut être disjointe de celle qui naît de la parole qui émane librement de ce corps et qui, comme l'a vu Leclaire, exprime la lettre de son désir. Le regard s'intègre ainsi dans la dialectique complexe et indéfinie entre les corps humains pour constituer, au-delà de leur parole, leur langage véritable et *intégral*. Bref, il nous faut ici compléter le point de vue développé dans le chapitre précédent et dire qu'il s'accomplit entre l'écoute du corps et le regard sur ce même corps, les sons et les formes, avec leurs *significations* et *expressions* respectives, un jeu subtil par lequel elles se modifient les unes les autres : chacun peut ainsi embellir le corps d'une femme par le son de sa voix ou inversement magnifier cette voix par la beauté de son corps. Bien plus, chacun peut donner à ce corps l'intelligence de sa parole en le rendant plus signifiant, plus riche de significations, tout comme inversement il peut découvrir en cette parole l'attrait, la séduction, la valeur érotique de son aspect corporel. C'est ainsi que s'explique, selon nous, l'illusion de la possibilité d'une « sémiotique » du corps « naturel », c'est-à-dire d'une théorie du corps comme système de signes « naturels » [9]. En définitive,

9. Je fais allusion ici à l'étude de la revue *Langages* de juin 1968, n° 10 (Didier-Larousse), consacrée aux « Pratiques et langages gestuels », et plus particulièrement à l'article de A.J. Greimas : « Conditions d'une sémiotique du monde naturel ». Je développerai la critique de cet article dans un des chapitres de ma thèse sur « l'expressivité du corps humain ».

par cette conjonction du regard et de l'écoute, l'expressivité et la signification du corps regardé s'enrichit de la signifiance et de l'expressivité de sa parole et inversement ; et cet enrichissement est d'autant plus grand et, par là, leurs mutations réciproques que la culture favorise et entretient davantage cette rencontre de la vision et de l'audition [10].

Si, par contre, on se place maintenant au point de vue de l'analysé, c'est-à-dire du corps regardé, on peut s'interroger sur ce que peut signifier ce clivage, chez la jeune femme, entre son corps vécu comme masculin et regardé comme féminin. « Dire que cette jeune femme s'éprouvait subjectivement dans son corps comme garçon, écrit Masud R. Khan, ne signifie pas pour autant qu'elle était un garçon dans son fantasme. Un tel fantasme aurait pu, par exemple, avoir été agi (acted out) par elle dans une relation homosexuelle. Mais dans son expérience vécue elle était un garçon. Elle avait une façon de la vivre, tant dans ses activités professionnelles que dans ses études. Mais elle ne pouvait la reconnaître en elle-même. C'est ce qui caractérise « la dissociation ». Il y a, en effet, dissociation et non conflit dans la mesure où, d'une part, le sujet n'aperçoit pas lui-même ces deux aspects, ces deux faces de sa présence corporelle et, par conséquent, n'a pas à effectuer le choix ; et d'autre part, il n'actualise pas, il ne traduit pas dans ses actes la contradiction entre ces deux faces. Ici la jeune femme est totalement engagée dans *chacun* seulement de ces aspects et, quand la dualité de ces aspects lui sera révélée par autrui, elle ne pourra que se la *représenter*. Contrairement à l'agir qui cherche seulement « un *complice* pour permettre la décharge et la gratification », « la représentation, remarque M. Masud R. Khan, exige la présence d'un *témoin* qui la percevrait et en informerait le sujet » [11].

Comme on peut le constater, le corps de cette femme a quelque chose de paradoxal : alors qu'il a toutes les grâces apparentes d'un corps féminin, il est *vu* et *jugé* comme un corps masculin ; alors qu'il se raconte avec l'autonomie et l'initiative tranquille d'un corps masculin dans sa vie quotidienne, il est *entendu* comme sexualité passive et docile d'une prostituée. Or si déconcertant qu'il puisse paraître, ce paradoxe ne fait, selon nous, que traduire le statut de la réalité du corps de chacun relativement à autrui sous une forme extrême, critique et plus spectaculaire. Si, en effet, nous savions déjà par notre chapitre précédent, d'une part, que le corps est un fantasme projeté et investi dans l'imaginaire par nos désirs, et, d'autre part, que ces fantasmes ne correspondent pas à l'expérience vécue de notre Moi, à « l'image de notre corps », qui n'en est que l'élaboration secondaire, nous apprenons maintenant que cette élaboration n'est *reconnue*

10. On voit ici le développement qui peut être donné à ce thème dans une analyse poussée des conséquences d'une civilisation de l'audio-visuel. M. Mac Luhan (cf. la *Galaxie Gutenberg*, Mame, 1967). l'a, certes, abordé, mais, selon nous, maladroitement et sans grands résultats.

11. Cf. *idem*, p. 67. C'est nous ici qui soulignons.

et *assumée* par nous que par notre perception du regard et du jugement d'autrui. En d'autres termes, notre corps n'acquiert une réalité pleine et entière pour nous que lorsque notre acceptation du regard et du jugement d'autrui permet de construire une image de notre corps en accord avec la configuration fantasmatique dessinée par nos désirs. Ici la jeune femme se projetait *imaginairement* dans le fantasme d'un corps féminin, mais agissait avec l'image *occultée* d'un corps masculin : c'est le témoignage du regard du psychanalyste instruit par l'écoute silencieuse du langage de la patiente qui lui *dévoile, éclaire* en elle cette image et du même coup lui permet de l'assumer dans *l'unité* d'un comportement.

Certes, cette réconciliation n'est pas aisée et on peut supposer, à lire l'épilogue nuancé du cas exposé par M. Masud R. Khan, que la psychothérapie n'a pas porté tous les fruits escomptés [12] : la jeune femme a depuis plus de deux ans « une première relation stable avec un homme », mais « elle ne peut toutefois pas se décider à l'épouser. *Dans l'ensemble,* ajoute avec prudence l'analyste, elle est *plus* entière dans son corps en tant que personne, et sa vie est à la fois pleine et active [13] ». Malgré ces réserves, il ressort de l'étude de ce cas, que le regard et le jugement d'autrui, loin d'être étrangers à notre réalité corporelle, contribuent nécessairement à la façonner comme nôtre, c'est-à-dire une et personnelle.

Notre corps est-il aliéné par le regard d'autrui ?

Mais ce faisant, ce regard ne l'objective-t-elle pas et ainsi ne lui prête-t-elle pas une personnalité autre, un être factice, en un mot ne l'aliène-t-elle pas ? C'est ce soupçon et bien plus, cette accusation que, comme chacun sait, formule Sartre dans *L'Etre et le néant* et qu'il a illustrée dans son théâtre, plus particulièrement dans *Huis clos.* Je ne reprendrai pas ici le débat galvaudé et stérile de la trop célèbre proposition : « l'enfer, c'est les autres », que les commentateurs ont falsifiée à plaisir. Ceux-ci ont trop souvent négligé, en effet, de relire ou même lire l'analyse sartrienne de *L'Etre et le néant,* et plus précisément sa troisième partie consacrée au « Pour-autrui ». Notons, par ailleurs, que Sartre a depuis considérablement approfondi et même corrigé sa conception des relations intersubjectives : il suffit, pour s'en convaincre, de se reporter à *La critique de la raison dialectique,* dans laquelle précisément il souligne le caractère dialectique et « pratique » (au sens de la praxis marxiste, c'est-à-dire au sens d'une action historique, économique et sociale) des rapports humains [14]. Il montre, en effet, que

12. Ce qu'on pouvait deviner, étant donné l'insuffisance de l'analyse proprement dite des conflits inconscients de la première enfance.
13. Cf. *art. cité,* p. 59. C'est nous ici qui soulignons.
14. Cf. J.-P. Sartre, *Critique de la raison dialectique,* Gallimard, 1960.

tout rapport des hommes entre eux « est nécessairement ternaire » dans la mesure où l'action de chaque individu sur un autre (et réciproquement) avec leur motivation et sentiments respectifs, a besoin pour être *réelle,* d'être *totalisée et matérialisée* par *l'action* d'un *tiers.* Par exemple, l'amour vécu entre deux individus n'a jamais pour eux et en eux la garantie certaine de son existence réelle, mais seulement pour un tiers proche qui l'appréhende dans la *totalité matérielle et active de la relation* et non dans les seules illusions ou projections imaginaires de chacun. C'est ce que Sartre appelle « la réciprocité médiée » (sous-entendu par un tiers).

On comprend dès lors que lui-même renie la conception trop idéaliste de la relation avec autrui qu'il présentait dans *L'Etre et le néant* et, d'une façon générale, qu'il refuse désormais l'opposition entre objectif et subjectif. Dans une récente interview [15], ne déclarait-il pas : « aujourd'hui, de toute manière, les notions de « subjectivité » et d'« objectivité » me paraissent totalement inutiles. Il peut sans doute m'arriver d'utiliser le terme « objectivité », mais seulement pour souligner que tout est objectif. L'individu intériorise ses déterminations sociales : il intériorise les rapports de production, la famille de son enfance, le passé historique, les institutions contemporaines, puis il re-extériorise tout cela dans des actes et des choix qui nous renvoient nécessairement à tout ce qui a été intériorisé ». Il n'y avait rien de tout cela dans *L'Etre et le néant.* Il en résulte, par conséquent, et c'est ce qui nous importe ici, que l'opposition du corps-pour-moi, corps-sujet de mon existence en situation et du corps pour-autrui, comme corps-objet, corps aliéné par le regard d'autrui, éprouvé comme fuite du corps que j'existe, est remis en question, tout comme *a fortiori* le mécanisme psychologique qui gouverne le drame de *Huis clos.*

Or cette remise en question par Sartre lui-même s'imposait d'autant plus que rien ne justifiait vraiment l'idée d'une objectivation et d'une aliénation *fatale,* inévitable de mon corps par le regard d'autrui. En fait, la réalité du corps ne se réduit pas à cette dualité simpliste d'une face objet et d'une face sujet. Comme l'a bien vu J. Vuillemin [16], mon regard n'est jamais purement scrutateur ou observateur de l'autre : il est aussi et en même temps *expression* de mon existence personnelle, de mon expérience affective du moment : « tel reflet du regard, c'est la tendresse, la passion, la douceur ; tel autre, c'est la fidélité, le respect, la joie ». Autrement dit, tout regard humain est ambigu : il est à la fois perception et expression, ce qui rend son interprétation difficile et source de malentendus. Par conséquent, mon regard n'objective et n'aliène le corps d'autrui que lorsqu'il perd toute expression, devient inexpressif de moi-même, se transforme en juge impartial ; mais alors « ce n'est plus moi qui regarde ; *on* regarde par

15. Cf. *Le Nouvel Observateur,* « Sartre par Sartre », lundi 26 janvier 1970.
16. Cf. J. Vuillemin, *L'Etre et le travail,* P.U.F., 1949, p. 44.

moi »[17]. Le regard d'autrui ne transforme mon corps en objet et réciproquement que si, dit Merleau-Ponty, « nous nous faisons l'un et l'autre regard inhumain, si chacun sent ses actions, non pas reprises et comprises, mais observées comme celles d'un insecte. C'est, par exemple, ce qui arrive quand je subis le regard d'un inconnu »[18] dans un train ou une salle d'attente. « Mais même alors, ajoute Merleau-Ponty, l'objectivation de chacun par le regard de l'autre n'est ressentie comme pénible que parce qu'elle prend la place d'une communication possible. Le regard d'un chien ne me gêne guère ».

Il semble bien que Sartre, en définitive, n'ait pas aperçu la spécificité de la dimension *expressive* du corps. Le corps ne se confond pas plus avec moi, comme sujet personnel, qu'il ne se confond avec une chose, comme objet neutre pour un regard. En réalité, l'expression de mon corps fait qu'il est toujours plus qu'une chose et en même temps qu'il est moins que moi, dans la mesure où toute expression cache, masque en révélant. Nous savons déjà grâce à Freud que toute manifestation corporelle est simultanément traduction d'un conflit et défense contre ce conflit (voir le cas plus haut d'Elisabeth von R...). Tout symptôme corporel, dit Freud, est « surdéterminé ». Par ailleurs, mon sourire, en tant qu'expression, ne renvoie pas seulement à *ma* propre intention et attitude affective, mais, d'une part, à l'expression actuelle perçue de la physionomie de mon interlocuteur, d'autre part et simultanément, à l'expression éventuelle que j'attends, j'escompte ou souhaite provoquer et à laquelle je réponds par avance. C'est ainsi que Robinson Crusoé, selon Michel Tournier dans son beau roman *Vendredi ou les limbes du Pacifique,* ne peut plus sourire faute de percevoir et susciter un seul visage souriant en face de lui. L'expression corporelle *m*'exprime certes, mais dans la mesure seulement où elle naît de l'écho provoqué et appelé dans et sur le corps d'autrui[19].

Le timide et son corps

Il faut donc corriger l'analyse, présentée par Sartre, du corps vécu par le timide comme regardé par autrui et en tant que tel aliéné. Pour Sartre, en effet, le timide « a une conscience vive et constante de son corps tel qu'il est non pour lui, mais pour l'autre », et pour expliquer son état, ce timide dit improprement qu'il « se sent rougir ou transpirer », ou bien encore qu'il est « embarrassé par son propre

17. Cf. *op. cité,* p. 45. C'est nous ici qui soulignons.
18. Cf. *La phénoménologie de la perception,* Gallimard, 1949, 9e éd., p. 414.
19. Vous retrouverez cette critique, d'une part, chez Claude Bruaire (cf. *Philosophie du corps,* Seuil, 1968, p. 114-124) qui, par ailleurs, souligne le postulat métaphysique d'inspiration cartésienne de la thèse sartrienne : d'autre part, chez Gilles Deleuze (cf. *Différence et répétition,* P.U.F., 1968, p. 334-335 ; et, *La logique du sens,* éd. de Minuit, 1969, p. 356-357 et p. 360) qui précisément exploite les judicieuses notations du romancier Michel Tournier.

corps ». Ces expressions sont impropres, parce que non seulement il ne s'agit pas de *son* propre corps, mais de son corps *pour l'autre,* mais aussi et surtout que ce corps pour l'autre lui échappe toujours, qu'il ne peut le maîtriser, lui donner le modelé et l'attitude qui conviennent et que c'est précisément cette inaccessibilité du corps qui le rend gênant. « C'est pourquoi, écrit Sartre, l'effort du timide, après qu'il aura reconnu la vanité de ces tentatives, sera pour supprimer son corps-pour-l'autre. Lorsqu'il souhaite « n'avoir plus de corps », être « invisible »... etc., ce n'est pas son corps-pour-lui qu'il veut anéantir, mais cette insaisissible dimension du corps-aliéné »[20].

S'il veut, d'ailleurs, l'anéantir, c'est qu'il accorde à ce corps aliéné, à ce corps-pour-l'autre autant de réalité qu'à son corps-pour-lui, à son corps vécu subjectivement. Bien plus, il pense que ce sont les mêmes, avec cette seule différence qu'en offrant ce corps subjectif au regard d'autrui, celui-ci le lui dérobe. Le timide croit qu'autrui le *voit tel qu'il est.* Il se résigne donc à se voir par les yeux des autres, ce qui signifie qu'il tente d'apprendre ce qu'il est par ce qu'ils en diront, autrement dit par les révélations du *langage.* C'est le langage qui découvre au timide la structure de son corps-pour-autrui, ce qui implique réciproquement qu'autrui découvre la structure de son corps par le langage du timide qui le regarde. Mais pour que la connaissance qu'autrui a du corps du timide et qu'il lui communique par le langage, puisse donner à son corps vécu subjectivement le sentiment qu'il lui échappe, qu'il le fuit, il faut que cette connaissance porte sur un corps-objet dont le timide a néanmoins une *idée,* qu'il puisse, par conséquent, découvrir par la *réflexion.* En bref, selon Sartre, le timide constitue, par la conscience reflexive, un quasi corps-objet pour autrui, « un corps psychique », qu'il a l'illusion de croire découvert par le langage d'autrui, alors que celui-ci ne lui donne que des significations.

Toute cette analyse si subtile et pertinente qu'elle puisse paraître, demeure néanmoins, selon nous, insuffisante dans la mesure où elle n'explique pas la dépendance du timide à l'égard du regard d'autrui, ce qui est la racine même de la timidité. Certes, le timide croit que l'autre voit son corps tel qu'il est et inversement qu'il vit lui-même son propre corps tel qu'il est vu et tel que ce regard est traduit par le langage d'autrui. Mais précisément pour qu'il ait été amené à cette croyance, à cette illusion d'être dépossédé de son corps par les yeux et la parole de l'autre, il faut qu'ait été faussé *préalablement* le rapport de son corps avec celui d'autrui ; faussé par simplification ou plus exactement perversion de son mode d'être habituel dans la mesure où il a dépouillé le regard d'autrui de sa dimension expressive en l'effaçant dans sa seule dimension perceptive, elle-même réduite au contenu signifié du langage. Le timide n'aperçoit pas l'expression personnelle du regard de l'autre, mais les seules significations qui reflètent, croit-il,

20. Cf. *L'Etre et le Néant,* Gallimard, 1963, p. 421.

l'image perçue de son propre corps. Et si cette expression lui devient invisible, lui échappe, c'est que son propre corps a perdu sa spontanéité expressive en rompant le lien qui le rattachait aux corps des autres, le réduisant à la communication, à l'échange de significations conceptuelles : le timide a, en quelque sorte, coupé le cordon ombilical originel qui relie, comme on l'a vu plus haut avec Merleau-Ponty [21], les corps entre eux, cette « chair » qui est faite des appels et des résonances *expressives,* pour se nouer sur lui-même dans un corps *signifié,* rendu apparemment objet par le mirage de la fixité des *mots,* un *corps-langage* au sens restreint.

Or cette rupture, la psychanalyse nous l'explique en nous en dévoilant les sources inconscientes, les conflits pulsionnels qui la suscitent. On sait à ce propos la méfiance tenace qu'éprouve Sartre à l'égard de l'explication freudienne en général, qu'il juge « ambiguë », « syncrétique » et « molle », par opposition aux structures rationnelles et dialectiques de la pensée marxiste [22]. Méfiance qui est, sans doute, encore un résidu indirect de l'héritage de ce « rationalisme cartésien » dont il reconnaît avoir été marqué et dont il ne peut se défaire. Il n'en demeure pas moins qu'elle l'empêche, selon nous, de comprendre et de rendre exactement compte de l'expérience du corps regardé et *a fortiori* de ses troubles comme, par exemple, l'érythrophobie (ou peur de rougir) qu'il cite lui-même en l'attribuant seulement à « la saisie métaphysique et horrifiée de l'existence de mon corps pour l'autre » [23]. Il est vraisemblable que Sartre lui-même, si réticent qu'il soit encore à l'égard de la psychanalyse, juge aujourd'hui une telle explication insuffisante, pour ne pas dire superficielle et stérile ; surtout s'il la confronte à l'analyse détaillée d'un cas d'erythrophobie faite par Schilder dans *L'image du corps* [24] et que nous allons résumer brièvement maintenant.

La peur de rougir comme « névrose sociale » ou le corps traqué

Il s'agit d'un homme de 33 ans, qui rougit et transpire dès qu'il se trouve en présence des gens ; ou bien dès qu'il évoque seulement par la pensée l'éventualité redoutée de rougir et de transpirer, ce qui, d'ailleurs, le remplit de panique. Autrement dit, pour reprendre une expression célèbre d'Alain, il a peur de sa peur. « Cette peur, dit Schilder, compromet ses rapports sociaux et lui fait redouter de rencontrer qui que ce soit ». En fait, ce trouble remonte à sa petite enfance et s'accompagne de nombreux autres symptômes qui tous ont trait à ses rapports corporels avec autrui. C'est, en effet, dès l'âge de

21. Cf. chap. 5 ci-dessus.
22. Cf. *art. cité* du *Nouvel Observateur,* p. 42.
23. Cf. *l'Etre et le Néant,* p. 420.
24. Cf. *op. cité,* p. 243-250.

13 ans quand ses poils commenceront à pousser et qu'il découvrira la masturbation, qu'il manifestera ses premières gênes : « il s'imagine alors que c'est la masturbation qui fait pousser les poils et que, par conséquent, les gens n'ont qu'à le regarder pour savoir qu'il se masturbe. Il a peur aussi, ajoute Schilder, que ses érections se voient ». En d'autres termes, il y a une fantasmatisation du corps qui opère la confusion des structures corporelles par leur réduction à une forme et une fonction communes qui en deviennent signe : ici la forme phallique et sa turgescence sont signifiées par la forme et la poussée des poils. En les identifiant imaginairement, il les offre au regard, dévoilant ainsi ses actes jugés « coupables » par la société. La peur de rougir et de transpirer suppose donc non seulement la subversion fantasmatique du corps, mais sa soumission au jugement social, à des valeurs culturelles imposées, intériorisées par le Surmoi et sources de culpabilité et de honte.

Mais cette peur s'associe aussi, chez le malade, à d'autres symptômes très révélateurs : d'une part, la peur de faire mal, de blesser ou tuer ses proches ou voisins ; d'autre part, la peur d'être femme ou jugé comme telle, en raison de sa propension à rougir et transpirer, ce qui, notons-le, s'accorde avec son développement sexuel tardif, et son manque d'initiative sexuelle proprement dit. Or ces symptômes prennent tout leur sens et même éclairent le symptôme de l'erythrophobie, si on les met en rapport avec l'attitude du malade à l'égard de son père. Cette attitude, Schilder l'a pressentie et devinée le jour où il comprit que le malade l'avait choisi comme analyste, parce qu'il avait « la voix haut perchée » et, par conséquent, aux yeux du malade, une nature plus féminine que son analyste précédent d'apparence trop virile. Il était évident, en effet, que son père avait représenté à ses yeux un idéal masculin traumatisant : il avait été irascible, distant, dur, terrorisant son fils par des reproches et surtout par son regard coléreux et impitoyable. Mais, par cet ascendant même qui le rendait odieux, il suscitait inconsciemment et simultanément chez ce fils une admiration sans bornes, justifiée, notons-le, par sa brillante carrière professionnelle.

Cette attitude de soumission, faite de crainte et d'admiration, le malade cherchant à se faire aimer de son père plutôt qu'à lui résister, le renforça dans son soupçon, si pénible qu'il lui paraisse, d'avoir une nature féminine et passive ; et ce d'autant plus que ses deux frères avaient eux, un comportement filial plus hostile et autonome, D'autre part, sa féminité se traduisait par sa propension à s'identifier aux femmes, qui provenait, en réalité, de fortes tendances anales héritées de sa plus tendre enfance. Ainsi le plaisir qu'il prit à jouer avec son anus, celui de ses frères, de ses camarades, de sa femme ; ou encore le désir de les voir en train de déféquer, ce qui entraîne, par retour, sa propre peur d'être vu en train de déféquer. Ces tendances anales régressives, signes de féminité, recoupent ainsi ce symptôme *essentiel,* central : la peur d'être regardé et même de regarder dans la mesure où son désir de regarder se mêle toujours de crainte : « ses yeux lui font mal, pleurent dès qu'il regarde une lumière un peu vive et il a une sensation bizarre entre les deux yeux ». Cette importance du regard pour le malade résulte, comme on l'a suggéré plus haut, de la peur de son père, d'être vu et regardé par lui. « Il ressort très clairement dans l'analyse que cette peur est une peur d'être castré par le père, de devenir féminin du fait de la colère du père. Mais il n'y a pas seulement cette peur, il y a aussi le souhait primaire d'être passif, d'être un objet d'amour passif pour le père », dont le comportement sévère est signe, pour le malade, de virilité et est désiré inconsciemment comme tel en même temps que craint. D'où le renforcement des tendances anales, de l'érotisation de la zone anale, marque de passivité, par l'identification inconsciente avec le corps maternel. On voit ici les effets de la persistance de stade du miroir avec le désir aliénant d'identification imaginaire et, notons-le, l'agressivité qui s'y attache ; ce qui explique les impulsions agressives ressenties par le malade contre ses proches, images inconscientes de son père détesté et révéré ; et inversement sa peur d'être agressé par les autres, par vengeance, donc par retour (miroir) de sa propre agressivité projetée imaginairement sur eux.

En définitive, ce cas d'erythrophobie nous permet de dégager quatre enseignements majeurs sur le corps :

— Le rôle éminent du regard dans les relations intercorporelles, comme héritage de la structure narcissique et imaginaire du stade du miroir. Il y a un « chiasme » (ou croissement symétrique), comme l'a vu Merleau-Ponty, entre *mon* regard sur le corps d'*autrui* et *son* regard sur *mon* corps. Or ce chiasme devient aliénant et source d'une « névrose sociale », selon l'expression de Schilder, dans la mesure seulement où la relation œdipienne originaire a été mal résolue ou plus exactement inversée, conférant au regard paternel une puissance castratrice irrésistible et ambivalente, redoutée et désirée. Ainsi le regard se charge non seulement d'une valeur symbolique, mais devient l'ouverture béante de mon corps exposé dans tous ses désirs et, d'une manière générale, dans tout son vécu.

— On comprend dès lors la place primordiale, mieux, centrale du visage, en lequel se concentre le regard, partie la plus visible et la plus expressive du corps ; d'où la rougeur, signe de la masturbation ainsi révélée à autrui et bien plus, *substitut* de l'érection qui indique du même coup le désir attaché au regard.

— Corrélativement se confirme la labilité du corps érogène puisque le désir sexuel déplace la turgescence et l'érection du pénis sur la rougeur du visage, celle-ci devenant signe de celles-là. Autrement dit, comme l'a bien vue Leclaire, la perversion de la relation avec le regard d'autrui transforme les corps expressifs en des « machines à *signifier* », des machines déréglées, d'ailleurs, qui tournent dans une ronde folle de signes sans trouver de référent absolu ; le corps perd ainsi sa réalité pour se dissoudre dans une fantasmagorie sans fin qui n'a plus de vérité.

— Mais précisément une telle dissolution a pour condition, comme nous venons de le dire, la perversion de la relation du malade avec autrui dans la mesure où le regard de celui-ci détient la clé du comportement de celui-là. La rougeur, comme substitut de masturbation et érection, a donc une signification *sociale* ; « quand notre patient rougit, écrit Schilder, c'est comme s'il disait : " tu vois, j'ai une érection, défécation, sois excité avec moi et viens plus près de moi ". » C'est une méthode pour se rapprocher davantage des gens qu'il ne saurait le faire autrement. Par ce détour, il intensifie le lien social et diminue la distance entre lui et les autres. Mais en même temps cette satisfaction illicite et déguisée n'est pas admise, tolérée par le Surmoi. D'où le mécanisme de défense : la peur des gens, de soi-même et de sa propre peur...

Les malheurs du corps jugé : le corps angoissé par sa propre forme

Une telle phobie créée par le regard d'autrui peut, d'ailleurs, revêtir d'autres aspects et concerner non la seule rougeur (et la transpiration conjointe), c'est-à-dire le changement de physionomie du visage, mais la totalité de la *forme* même du corps. C'est ce que les psychiatres appellent d'un nom savant et inélégant : la dysmorphophobie. Le dysmorphophobe est un individu normalement constitué qui *croit* être affecté de déformations physiques, qui croit son corps difforme. Cette obsession de la difformité du corps peut porter soit sur sa grosseur ou maigreur, soit sur sa taille, soit sur l'aspect disgracieux du visage, soit enfin sur les caractères sexuels (poils, scrotum, testicules, verge). Elle se rencontre surtout chez les adolescents et, parmi eux, les délinquants juvéniles.

Pour l'illustrer, je citerai ces aveux d'un jeune homme de 16 ans à son médecin : « Je suis fixé, dit-il, sur une anomalie, du moins que je crois existante. C'est peut-être ridicule, mais je m'en fais une maladie : mon ventre. Qui pourrait comprendre ce qui se passe en moi lorsque je le *regarde* ? C'est une véritable obsession, je le *vois* gros, gras, difforme. L'est-il en réalité, c'est ce que je redoute ; rien que le fait de *l'observer* me donne des craintes ; je le *compare* avec celui des autres. Je m'en diminue. Je m'en fais un complexe. Je n'ose pas le *faire voir*. Je le cache. Dès que je me déshabille, c'est avec hâte que je mets ma veste de pyjama. Je le rentre. Je ne peux le *considérer* en public et plus exactement avec mes camarades, j'en ai la crainte. J'ai peur qu'on le *remarque*. Dès qu'un seul reproche est fait, me voilà terrassé, comme abattu, comme si on venait de m'insulter... J'essaie de me dominer, de me raisonner, de me dire : « je suis comme les autres », et pourtant je ne quitte pas du *regard* les autres de peur qu'ils m'observent » [25].

Apparemment nous sommes ici en face d'une obsession du regard d'autrui et du regard tout court sur le corps, semblable à celle que nous venons d'étudier. Les seules différences évidentes résident dans le fait, d'une part, qu'elle concerne la morphologie corporelle plutôt que le seul visage et sa rougeur fréquente ; et, d'autre part, qu'il s'agit d'un corps d'adolescent et non d'adulte. Mais précisément ces différences en cachent d'autres plus importantes, selon nous, dans la mesure où elles vont nous révéler en particulier une dimension nouvelle du corps, celle d'objet de *jugement* social, de *valeur* sociale. C'est ce que nous allons essayer de montrer maintenant.

Tout d'abord, il est bien évident que si la dysmorphophobie se rencontre surtout chez les adolescents, c'est, au premier chef, en raison des changements profonds qui affectent et même perturbent leur corps au moment de la puberté. Changements anatomiques (taille, formes... etc.), physiologiques (rupture de l'équilibre hormonal par le développement des hormones sexuelles) et psychologiques (développement rapide des pulsions génitales) qui peuvent paraître anarchiques et inquiétants à l'adolescent qui en ignore les lois et qui aura, par conséquent, de la peine à les intégrer, les comprendre et les accepter. Bref, il se jugera « anormal ». Bien plus, ces changements peuvent être soit accélérés, soit ralentis, c'est-à-dire manifester une puberté précoce ou retardée : l'effet psychologique anxiogène en est dans ce cas renforcé, tout comme il l'est *a fortiori* lorsque le jeune adolescent est affecté d'une infirmité ou d'une disgrâce réelle. Encore convient-il de préciser que les modifications corporelles qui causent le plus d'anxiété, sont celles qui affectent la manifestation de la virilité chez les garçons (ou de la féminité chez les filles). Ainsi pour les garçons, un retard de la pilosité, de la mue, un bassin trop large, une taille trop petite... etc. les amènent à redouter de n'être pas « des hommes ». Nous retrouvons donc la même crainte qui s'était manifestée chez l'erythrophobe. Et cela ne doit pas nous surprendre, car elle a la même source conflictuelle que chez ce dernier. Le psychanalyste découvre aussi, en effet, chez ces adolescents, des tendances homosexuelles latentes et plus précisément une persistance du narcissisme infantile et de la crainte de la castration ravivée par la crainte masturbatoire. En fait, la peur de n'être pas viril résulte de « la difficulté, sinon l'impossibilité, de s'identifier à un père tant soit peu valable ».

Mais à cela s'ajoute un caractère spécifique de la dysmorphophobie qui dérive plus directement du statut particulier de l'adolescence, comme phase de changements profonds, à savoir celui de

25. Cf S. Tomkiewicz et J. Finder, « Problèmes de l'image du corps (dysmorphophobie) en foyer de semi-liberté », in *Bulletin de psychologie*, t. 24, 5-6, 1970-71, p. 263-264. C'est nous ici qui soulignons. Notre exposé sur la dysmorphophobie est souvent redevable des judicieuses observations faites par ces deux auteurs.

l'acceptation même de ces changements, donc de tout le comportement de l'adolescent par les autres et d'abord par sa famille. « Un adolescent mal accepté par les parents, finit par ne pas s'accepter » (et ne pas accepter les autres, d'où la délinquance). « La dysmorphophobie n'est qu'une forme particulière de la non-acceptation de soi-même » : celle de son corps. Or la non-acceptation, le refus même de la puberté du fils dans le milieu familial est surtout le fait de la mère qui presque toujours inconsciemment redoute de voir son enfant devenir adulte et se détacher définitivement d'elle. Cette crainte d'une nouvelle rupture du cordon ombilical est d'autant plus forte qu'elle se grossit souvent soit d'une déception dans les relations conjugales (sexuelles et affectives), soit du refoulement de pulsions incestueuses à l'égard du jeune fils. D'où parfois un comportement maternel névrotique qui se reflète dans l'angoisse du fils.

Or la crainte de la mère et son refus de la puberté de son fils se traduit tantôt ouvertement par des jugements cruels et des comparaisons désobligeantes sur le corps de celui-ci : « qu'il était beau avant ! comme il est devenu vilain avec ses longues jambes et ses boutons sur la figure », ou bien encore par une dépréciation systématique des efforts de l'adolescent pour se rassurer : « ne te regarde pas dans la glace, il n'y a rien à voir... ne te crois pas mieux que tu es ! tu n'es pas si beau ! » et évidemment l'inévitable critique de la coquetterie ou de la fantaisie vestimentaire jugée « au-dessus de son âge ». Tantôt le refus se manifeste plus sournoisement par ces soucis maternels sur le prétendu retard de la virilité du fils qu'on traîne d'un médecin à l'autre : « pauvre petit, il a l'air d'une fillette ! que va-t-il devenir ? ». Au milieu de ces lamentations éclate parfois un terrible aveu : « pourvu qu'il ne devienne pas comme son père ! », dans lequel s'exprime toute l'insatisfaction de la femme et la projection incestueuse sur le fils. On comprend dès lors que celui-ci ne s'accepte pas lui-même et refuse son corps dont l'image est si surchargée familialement.

On comprend aussi que cette attitude critique de la mère suscite chez le fils une méfiance généralisée à l'égard des autres dont le regard est encore plus redouté. Il déteste son corps parce qu'il a peur que les autres ne le *jugent* difforme. Or les circonstances souvent favorisent et alimentent cette crainte dans la mesure où les camarades, les proches, les voisins... etc. ne se privent pas de quolibets, de remarques maladroites, de silences embarrassés. De plus et surtout, la société contribue à la renforcer par ses tabous sur le corps, l'absence d'information et la diffusion, par contre, de modèles culturels de *corps idéal* par la mode, les coutumes et les moyens de communication de masse (presse, radio, télévision, cinéma), bref, par la publicité et la propagande. C'est ainsi que s'infiltre, s'insinue insidieusement dans la conscience du jeune Français moyen l'image du corps féminin idéal d'une Brigitte Bardot ou du corps masculin tout aussi idéal d'un Belmondo ou d'un Delon. Ici le corps n'est donc plus seulement la proie d'un regard paternel castrateur, comme l'erythrophobe [26], mais l'objet d'un *jugement social* qui lui impose, par toutes sortes de ruses, ses propres normes de développement (en Occident, le privilège des femmes minces ; ou chez les Musulmans, des femmes grasses), d'entretien (par les pratiques hygiéniques et culinaires) et de présentation (par les soins esthétiques, le maquillage).

Le désir de voir et d'être vu

Or, notons-le, ce jugement social et le simple regard sur le corps n'est pas nécessairement inhibiteur et source de craintes imaginaires : il peut aussi être sollicité, appelé et même, chez certains sujets, être désiré violemment et constamment comme cause de plaisir érogène. C'est le cas pathologique symétrique et inverse des phobies étudiées jusque là : celui des « exhibitionnistes », qui éprouvent du plaisir à découvrir leur corps et plus précisément leurs parties sexuelles à une personne de l'autre sexe. Il s'agit, en fait, comme l'a vu Freud, d'une fixation régressive à un stade précoce de sexualité infantile, où le petit enfant, ignorant toute pudeur, « montre ...un plaisir non équivoque à découvrir son corps en attirant l'attention sur ses parties génitales » [27]. Mais précisément cette tendance infantile à l'exhibitionnisme (dont on comprend aisément les ressorts profonds à l'aide des remarques judicieuses de Lacan sur le processus narcissique de l'identification) est la contre-partie d'une tendance tout aussi profonde, la pulsion de voir qui suscite dans les comportements régressifs adultes, le voyeurisme, c'est-à-dire la curiosité pour les parties génitales d'autrui. En réalité, d'une manière générale, le désir d'être vu, d'être regardé, comme l'a noté Schilder, est aussi primitif que le désir de voir. « Il y a une communauté profonde entre l'image du corps de l'un et l'image du corps de tous les autres... nous désirons connaître notre image du corps et que les autres la connaissent » [28].

Ainsi indépendamment des formes pathologiques de perversion sexuelle qu'ils peuvent prendre dans l'exhibitionnisme et le voyeurisme (dont l'étude à eux seuls mériterait tout un ouvrage), les désirs de faire voir notre corps et de voir celui d'autrui peuvent inspirer nombre de nos comportements quotidiens les plus banals : ce sont eux qui dictent inconsciemment, par exemple, notre choix de vêtements, de maquillages (pour la femme) et parallèlement celui de nos spectacles, des magazines, des fêtes ou jeux auxquels on participe. Bien plus, de tels désirs peuvent motiver au moins partiellement, mais toujours aussi

26. Bien que dans ce cas aussi le sujet soit indirectement victime des normes culturelles de la virilité et de la féminité, à savoir : l'homme ne doit pas rougir, ne doit pas subir, doit avoir l'initiative, etc... la femme est passive, soumise, émotive... etc... Normes qui depuis heureusement ont été sérieusement mises en question par les nombreux ouvrages parus ces dernières années sur la condition féminine.

27. Cf. S. Freud, *Trois Essais sur la théorie de la sexualité*, « Idées », Gallimard, 1968, p. 88.

28. Cf. *L'image du corps*, op. cité, p. 233.

inconsciemment, le choix d'un métier. C'est le cas, par exemple, de l'acteur ou du comédien qui expose avec complaisance son corps dans le jeu d'un personnage dramatique ou comique ou *a fortiori* dans un mime ou un travail de pure expression corporelle [29] ; ou inversement du photographe, du cinéaste absorbé par l'image du corps des autres ou bien encore, avec une intentionnalité différente et plus réflexive, du médecin privilégiant l'abord anatomique et physiologiste de son malade, du psychologue clinicien intéressé par le jeu expressif du corps de son client. Il y aurait là, selon nous, matière à une enquête approfondie de psychologie sociale et même plus précisément de « Sociopsychanalyse » au sens employé par le docteur G. Mendel dans ses études sur *La révolte contre le père, La crise des générations* ou *Pour décoloniser l'enfant* [30].

Mais il est bien évident que, comme nous l'avons remarqué plus haut, le désir ou la crainte pour le corps d'être regardé ou le désir et la crainte de voir le corps d'autrui, sont relatifs à des jugements sociaux, qui sont, d'ailleurs, eux-mêmes variables avec l'époque historique et la spécificité de la culture auxquelles ils appartiennent. Le vêtement, en ce sens, constitue un symbole fort significatif de cette réalité sociale : « le vêtement, selon qu'il cache le corps ou qu'il attire l'attention sur lui, écrit le sociologue hollandais A. Oldendorff [31], permet de déceler jusqu'à un certain point l'attitude adoptée envers la corporalité ». Le vêtement, en même temps que protection contre le froid et les intempéries, est, en effet, paradoxalement ce qui dissimule et attire, écran de l'intimité et ornement de séduction du corps : aussi, d'une part, révèle-t-il la valorisation respective des organes ou des parties de ce corps, celles devant rester secrètes parce qu'intimes et ornées parce que laides ; celles devant être purement et simplement exposées parce que belles : chacun sait que la femme musulmane peut dévoiler son corps mais non son visage ; que la femme esquimau se montre volontiers nue, mais dissimule ses orteils. A Venise, au temps de la Renaissance, les vêtements féminins laissaient le buste nu. D'autre part, et ceci est devenu constatation banale, la mode féminine se sert de ce qu'elle recouvre pour attirer le regard sur la zone corporelle couverte. Le vêtement a une valeur érotique : il séduit en cachant. C'est ce qui nous porte « à croire, avec Oldendorff, que la façon dont la femme ressent la corporalité sociale est différente de celle de l'homme » [32]. Et ce d'autant plus que la mode féminine, par les formes vestimentaires fantaisistes et changeantes qu'elle offre au regard, façonne littéralement et sur mesure un nouveau corps pour être vu,

29. Ceci est manifeste dans l'interprétation du *Prince Constant* par le Laboratoire de formation de l'acteur de Jerzy Grotowsky.

30. Toutes publiées chez Payot, P.B. nº 197 (1968-1972), nº 180 (1969) et nº 188 (1971).

31. Cf. *Corps, Sexualité et Culture*, Bloud et Gay, 1969, p. 29.

32. Cf. *idem*, p. 46. Je vous renvoie ici aux savoureuses réflexions de Desmond Morris, *Le singe nu* (Grasset, 1967), chap. 2 sur l'usage érotique du vêtement féminin.

réalisant ainsi inconsciemment, selon Lacan, l'agressivité originelle de l'image du corps morcelé [33]. Il est, d'ailleurs, significatif qu'aujourd'hui, en Occident, la mode féminine, avec tout son pouvoir créateur de formes corporelles se confonde peu à peu avec la mode masculine ou la suscite comme sa propre ombre ou son complément, ce qui en dit fort long sur la remise en cause radicale de la différenciation sexuelle des corps par notre société ; qui, par ailleurs, notons-le, a tant de difficultés (et pour cause ! ! !) à ébranler le joug du pouvoir institutionnel, social et économique du sexe mâle.

Ainsi, comme nous le voyons, la valorisation sociale du corps, pour le regard, se manifeste dans sa morphologie apparente dessinée par le vêtement. Mais elle se manifeste aussi et même davantage dans la manière dont la culture s'empare de l'expression corporelle pour en faire son propre langage. Si, comme nous l'avons vu, l'expression de l'individu est modifiée par la valeur que lui donnent le regard et le jugement d'autrui, *a fortiori* l'est-elle lorsque cette expression est ritualisée par les normes conventionnelles d'une société qui lui confère une *signification déterminée.* Ainsi, « en Chine, comme au Japon, le sourire est l'expression conventionnelle d'une personne qui fait part à un supérieur d'un malheur qui lui est arrivé. Elle sourit pour atténuer l'importance de son infortune afin que l'autre personne n'en soit pas affectée » [34]. Une mère chinoise se frotte la joue du doigt pour manifester sa honte ; les Maoris ont un signe d'amitié fait en pliant l'index de la main droite et en portant le bout de la seconde phalange à l'extrémité du nez [35]. Cette ritualisation s'opère également, à un second degré, en quelque sorte, au niveau artistique, puisque, par exemple, selon des conventions explicites et connues de tout initié, au théâtre chinois, « se tenir sur un seul pied signifie la surprise et s'éventer le visage avec sa manche signifie la colère » [36]. Il est, dès lors, tentant de postuler que toute manifestation corporelle, comme toute forme corporelle, est un langage inscrit de même par la Nature en nous pour communiquer avec autrui, lui signifier notre psychisme. Certains ont succombé aisément à cette tentation sans même prendre la peine de déterminer dans quelle mesure un tel langage était possible et plus exactement dans quelle mesure l'expression pouvait se convertir en langage [37]. Mais laissons-là ces errements et retenons seulement que la société par son regard et les valeurs qu'elle projette, façonne notre forme comme notre expression corporelles. Il reste à nous demander maintenant si elle ne pénètre pas au-delà et n'investit pas la totalité de notre corps, lui conférant ainsi une structure sociale et l'élevant au rang de mythe culturel.

33. Cf. *op. cité* plus haut dans notre chap. VII, p. 91.
34. Cf. O. Klineberg, *Psychologie sociale*, P.U.F., 1957, t. 1, p. 219.
35. Cf. *idem*, p. 206.
36. Cf. *idem*, p. 220.
37. C'est un des procès que je compte instruire dans ma thèse sur l'expressivité corporelle.

Chapitre 9

L'approche sociologique : le corps comme structure sociale et mythe

Nous sommes d'autant plus en droit de poser cette question de la socialité de notre corps que toute notre éducation est dans une certaine mesure le façonnement, la formation ou plus exactement la mise en forme de notre corps, selon les exigences normatives de la Société dans laquelle nous vivons. Nous venons déjà de voir, en effet, que le jugement social et, par conséquent, les valeurs qu'il véhicule, non seulement conditionnent notre comportement par la censure intérieure qu'elles y exercent et la culpabilité qu'elles y suscitent (et conjointement les idéaux sublimés qu'elles y projettent et promeuvent), mais aussi structurent indirectement notre corps même dans la mesure où elles gouvernent sa croissance (normes de poids ou de taille, par exemple), sa conservation (pratiques hygiéniques et culinaires), sa présentation (soins esthétiques, soucis vestimentaires), et son expression affective (signes émotionnels).

« Les techniques du corps »

Mais il faut maintenant aller plus loin et dire que cette structuration sociale du corps, d'une part, concerne aussi toute notre activité la plus immédiate et apparemment la plus « naturelle », nos postures, nos attitudes, nos mouvements les plus spontanés et, d'autre part, résulte non seulement de l'éducation proprement dite, mais de la simple imitation ou de l'adaptation. Telle est, du moins, la thèse intéressante qui a été proposée il y a déjà 38 ans par le célèbre sociologue français Marcel Mauss dans sa communication et son article sur « Les techniques du corps » [1], où il esquissait en même temps sur ce thème et

1. Communication présentée à la Société de psychologie le 17 mai 1934 et publié dans le *Journal de psychologie*, t. 32, no 3-4, 15 mars-15 avril 1936 et dans *Sociologie et Anthropologie*, P.U.F., 1966, 3e éd., 6e partie.

pour ses successeurs un vaste et ambitieux programme de recherches qui jusqu'à ce jour n'a malheureusement pas été réalisé, ni même, selon nous, *sérieusement* ébauché. Sous ce terme de « techniques du corps », Mauss désigne « les façons dont les hommes, société par société, d'une façon traditionnelle, savent se servir de leur corps » [2]. Autrement dit, avant toute technique proprement dite comme « acte traditionnel et efficace » visant la transformation du milieu à l'aide d'un instrument (marteau, bêche, lime... etc.), il y a l'ensemble des techniques qui usent du corps, comme « le premier et le plus naturel instrument de l'homme » [3] dans les attitudes et les mouvements vitaux les plus quotidiens comme l'attitude de repos ou les mouvements de la marche, de la course, de la nage... etc.

Or précisément ces « techniques » corporelles peuvent être façonnées par la Société soit par l'éducation, au sens restreint, c'est-à-dire d'une transmission consciente, concertée, organisée ou programmée par un adulte ou un groupe d'adultes à l'enfant, soit par l'imitation spontanée d'actes d'adultes aimés, respectés, admirés ou craints qui sont eux-mêmes les produits du moule social. Ainsi il est bien évident que c'est à l'éducation proprement dite dispensée par l'école ou le moniteur sportif que l'on doit notre manière de nager ou de plonger. « Autrefois, écrit Mauss (en 1934), on nous apprenait à plonger après avoir nagé. Et quand on nous apprenait à plonger, on nous apprenait à fermer les yeux, puis à les ouvrir dans l'eau. Aujourd'hui la techniques est inverse. On commence tout l'apprentissage en habituant l'enfant à se tenir dans l'eau les yeux ouverts ». De plus, le crawl tend à remplacer la brasse et « on a perdu l'usage d'avaler de l'eau et de la cracher ». Dans le domaine sportif, on pourrait citer bien d'autres exemples tout aussi évidents choisis dans d'autres disciplines sportives mettant en jeu des mouvements prétendus naturels : le saut en longueur, en hauteur, le lancer, le grimper... etc.

Mais en dehors même des techniques rigoureusement sportives, il y a un exemple beaucoup plus probant : c'est celui de la marche banale et quotidienne. Mauss cite le cas frappant des femmes Maori qui marchent avec un balancement détaché et cependant articulé des hanches qui nous semble disgracieux, mais qui est extrêmement admiré par les Maori. Or ce blancement, « l'onioi » dans le langage indigène (« Gait », disent les Anglais) est appris par les filles auprès de leur mère qui les soumet à une sorte de dressage. La société Maori laisse ainsi volontairement son empreinte jusque dans la démarche de ses femmes. Mais nous savons aussi qu'une empreinte semblable est transmise, bien qu'involontairement, par toutes les ethnies à ses membres. Chacun d'entre nous, en effet, a eu l'occasion de remarquer la différence de marche entre un Anglais, un Allemand, un Américain, un Italien ou

2. Cf. *idem*, p. 365.
3. Cf. *idem*, p. 372.

un Portugais, *a fortiori* un Asiatique comme un Chinois ou un Indien. Dans chacune, nous retrouvons ou un certain rythme, ou une certaine longueur de pas, ou une certaine action du genou, ou un balancement, ou une position du pied, ou une relative incoordination (marche « dégingandée ») ou un buste penché en avant, etc. Différences qui, d'ailleurs, se stéréotypent en se ritualisant dans la marche militaire.

Mais la manière de marcher n'est pas fixe et définitive pour une même société : elle peut changer et évoluer en fonction du mode de vie (fréquence et modes de transport, modes vestimentaires, port ou non de types de chaussure, etc.) et des modèles culturels. C'est ainsi que la marche féminine évolue sensiblement en fonction de celle des vedettes de cinéma du moment ou des mannequins de mode ou des modèles féminins revendiqués : vers 1930, les femmes françaises avaient adopté la démarche hollywoodienne très balancée des stars américaines ; actuellement les jeunes filles tendent ou bien à marcher selon le stéréotype de la mode, le ventre en avant, le buste en arrière, légèrement voûté, ou bien à adopter inconsciemment le pas affirmé et viril (ou plutôt qu'elles croient tel) d'un garçon pour mieux affirmer leur égalité, et que leur permettent les chaussures sans talons. Bref, tous nos mouvements fondamentaux, acquis précocement au cours de l'enfance, ce que les philosophes scolastiques appellent « habitus » (distincts des « habitudes » qui sont des habitus fixés dans des gestes particuliers et personnels), ont une nature sociale dans la mesure où ils sont structurés et transformés par la Société avec ses coutumes, ses modes, son éducation, ses modèles culturels, en somme ses valeurs propres.

Pour mieux les étudier, Mauss propose deux types de classification : une qu'on pourrait appeler synchronique ou horizontale en tant qu'elle différencie les techniques corporelles envisagées au même moment ; une autre qu'on pourrait dire diachronique ou verticale, puisqu'elle distingue des techniques corporelles à des moments ou stades différents de la vie humaine. La première s'opère selon quatre critères :

— Le critère de la différence sexuelle, à savoir les techniques du corps se divisent en techniques masculines et féminines, selon les modèles masculin et féminin définis par une société, traduits par les mœurs, mais aussi conditionnés par les structures biologiques : la façon de serrer le poing le pouce en dedans ou le lancer mou de la femme a pendant longtemps été considéré comme « naturel », alors qu'il s'avère de plus en plus comme relatif à un style d'éducation.

— Le critère de la différence entre les âges ou aussi les degrés de civilisation : les techniques corporelles adultes conservent plus ou moins celles qui se rencontrent chez les enfants, tout comme celles des civilisés abandonnent plus ou moins celles des âges dits primitifs de l'humanité. Ainsi, par exemple, la position accroupie fréquente chez les enfants et les peuples dits primitifs est conservée dans le comportement adulte des Australiens qui, pour se reposer, s'assoient sur leurs talons, alors qu'elle est abandonnée chez les Français. Les jambes arquées ne sont pas un signe d'arriération, mais d'un modèle d'attitude valorisée par la société.

— Le critère de rendement, c'est-à-dire les techniques se diversifient selon la manière dont elles permettent une plus ou moins grande adaptation : ainsi on a pu constater la plus grande efficacité de la course à petites et basses foulées pour les longues distances, technique de course que l'on rencontre dans certaines tribus africaines.

— Le critère du mode de « transmission de la forme des techniques » corporelles, c'est-à-dire, au fond, des pratiques d'éducation physique et de dressage. Ainsi nul n'ignore que certaines sociétés privilégient ou la droite ou la gauche (uniformément ou pour certaines parties du corps). Or elles imposent cette latéralité privilégiée par certains rites culturels ou traditions ; par exemple, comme l'a montré R. Hertz, un disciple de Mauss [4], certains Indiens Nord-Américains doivent prier les puissances célestes du côté droit, présenter l'oblation de la main droite, exécuter le tour rituel de la gauche vers la droite. Par ailleurs, chaque société a connu une grande variété de pratiques d'éducation physique [5], qui reflètent les transformations de la culture.

La seconde classification est apparemment systématique et plus complète. Elle suit les différents stades de la vie d'un individu : naissance, enfance, adolescence, état adulte. Les techniques corporelles de la naissance sont les différentes manières d'accoucher (debout, couchée, à quatre pattes), de la saisie de l'enfant, de la ligature, des soins postnataux. Les techniques de l'enfance comprennent toutes les techniques de nutrition, de portage, d'élevage, de sevrage, d'apprentissage de la marche, etc. Celles de l'adolescence avec les techniques corporelles résultant de l'initiation : dans nos sociétés actuelles, les manières et les postures acquises et conservées sont celles qui nous ont été inculquées par l'apprentissage scolaire, celui du métier et, pour le garçon, l'obligation militaire. Par contre, dans les sociétés plus archaïques, l'initiation de l'adolescent prend des formes rituelles plus complexes qui consacrent sa métamorphose corporelle et son « passage » au monde adulte : en plus de la circoncision qui est fréquente, il est soumis à des épreuves cruelles de coups, brûlures, morsures, mutilations dont son corps gardera la trace, tout comme il conservera l'habitude des actes magiques qui lui sont révélés. Quant aux techniques de l'âge adulte, elles peuvent se classer selon les deux moments essentiels de la journée : le sommeil et la veille. Tout le monde sait que chaque société a sa propre façon de dormir : debout, assis, couché. Ou bien sur un lit, un hamac, une natte ou sur le sol ; avec ou sans oreiller ; en

4. Cf. R. Hertz, « La prééminence de la main droite. Etude sur la polarité religieuse », in *Mélanges de sociologie religieuse et folklore*, Alcan, 1928, p. 99-129.
5. Cf. J. Ullmann, *De la gymnastique aux sports modernes*, P.U.F., 1965.

boule, allongé, sur le côté, sur le ventre ; couvert ou non couvert, etc.

Les techniques de veille elles, comprennent, en fait, plusieurs catégories de techniques fonctionnellement différentes : celles de repos, d'activité, de soins hygiéniques, de consommation, de copulation sexuelle et de soins thérapeutiques. Ainsi, pour se reposer, certaines sociétés comme les nôtres s'asseoient (il y aurait une étude à faire sur les répercussions de la chaise et du fauteuil et leur évolution) ; mais d'autres, comme les nomades sahariens, s'accroupissent ou, comme certaines peuplades du Tchad, se mettent en échassiers ; quant à l'activité, il faudrait analyser les différentes manières sociales de marcher, courir, danser, sauter, grimper, descendre, nager, pousser, tirer, etc. Les soins hygiéniques présentent aussi la diversité des techniques de lavage, savonnage, frottage, nettoyage de la bouche (cracher ou non, brossage dentaire, etc.), postures pour déféquer ou pour uriner. La variété des manières de manger ou boire est également bien connue (usage des doigts, baguettes, fourchettes, etc.), tout comme celle des positions sexuelles, considérablement divulguée au cours des dernières années. C'est ainsi que la position dite du « missionnaire » est caractéristique des pays occidentaux, tandis que les femmes des populations indigènes du Pacifique ne pratiquent l'amour qu'avec les jambes suspendues par les genoux aux coudes de l'homme. Enfin les techniques de soins thérapeutiques offrent toute la gamme fantaisiste et déconcertante des pratiques de sorcellerie, de magie, de rebouteux, de médecine qui, à elles seules, ont fait l'objet de centaines d'ouvrages.

Comme on le voit, cette classification comme la définition même de la « technique du corps » repose sur le postulat que toutes les attitudes et actions corporelles sont utilitaires et instrumentales, le corps étant « l'instrument premier et " naturel " de cette efficacité ». Mais précisément tout ce que nous avons vu dans nos chapitres précédents, nous a montré qu'il n'acquiert jamais dans l'expérience cette autonomie, cette distance et cette fonctionnalité instrumentale ou inversement que notre Moi n'a jamais cette maîtrise, cette transcendance et cette finalité d'utilisateur ; autrement dit que notre vécu offre une unité plus complexe, plus changeante, plus ambiguë dont le corps n'émerge, ne s'abstrait qu'à l'aide de la parole ou du langage qui le signifie. C'est pourquoi tout en conservant le sens fondamental du projet de Mauss de démontrer la structure sociale de notre corporéité, il nous paraît nécessaire de refuser cette désignation équivoque et impropre de « techniques du corps » pour la remplacer par une terminologie plus adéquate à l'aspect linguistique de celui-ci.

Kinésique et Proxémique

C'est, semble-t-il, une tentative de ce genre que nous retrouvons dans certains travaux de recherche américains, en particulier de

R.M. Birdwhistell et A.S. Hayes. R.M. Birdwhistell [6] a l'idée, en effet, d'interpréter tous les faits gestuels à l'aide de la linguistique ; ces faits étant des mouvements, des préparations ou des résultats de mouvements, il appelle son étude *« la Kinésique »* (kinésis, en grec, signifie mouvement). Or de même qu'une langue peut être envisagée dans ses petites unités (lettres, syllabes, mots) ou microlinguistique ; ou ses grandes combinaisons (les phrases ou combinaisons de phrases, c'est-à-dire la syntaxe) ou macrolinguistique ; ou enfin dans les facteurs associés qui les modifient ou paralinguistique, de même, les modes de comportement moteur de notre corps font l'objet d'une microkinésique (étude des unités de mouvements ou « kinèmes »), d'une macrokinésique (étude des associations de kinèmes ou « kinémorphèmes »), d'une parakinésique (étude des qualificateurs et des modificateurs de mouvements comme respectivement, par exemple, l'intensité, la durée, l'étendue et les interactions avec autrui). A.S. Hayes [7] précisément applique cette hypothèse à l'Anthropologie culturelle en soulignant que chaque ethnie a un système kinésique propre et qu'il convient, par conséquent, de réaliser chez l'élève qui apprend une langue étrangère une enculturation globale comprenant un apprentissage kinésique. Une telle approche de la socialité corporelle mériterait une longue analyse et une sérieuse discussion que nous n'avons pas la place de faire ici. Mais si discutable qu'elle soit, en particulier, par sa réduction de la motricité à la linguistique, elle ne nous en présente pas moins une optique intéressante propre à renouveler notre jugement du mode d'imprégnation sociale de notre corps.

Elle nous paraît, en tout cas, s'accorder et confirmer les observations et les réflexions de E.T. Hall que nous avons déjà eu l'occasion de signaler [8]. Comme on le sait, Hall, s'appuyant sur le fait reconnu que tous les animaux ont un territoire ou espace propre à leur structure spécifique et au mode de vie (solitaire, grégaire ou social) qu'elle permet, remarque que les hommes également ont un espace approprié qui, cette fois, se diversifie par les variétés de l'organisation culturelle de chaque société. Autrement dit, s'il y a une délimitation et une utilisation de l'espace ou *« proxémie »* infraculturelle (animale), il y a aussi chez l'homme une proxémie culturelle. C'est ainsi qu'il distingue chez tout homme un espace à organisation fixe, celui déterminé par le mode social de satisfaction des besoins matériels (manger, boire, dormir), l'espace à organisation semi-fixe, celui qui détermine le cloisonnement ou le regroupement des individus (salles d'attente, terrasses de café, mobilité des sièges dans une pièce, etc.) et un espace

6. Cf. *Introduction to Kinesics*, University of Louisville Press, 1952. Cf. aussi Revue *Langages*, juin 1968.

7. Cf. « Paralinguistics and Kinesics : Pedagogical Perspectives », in *Approachs to semiotics : Cultural Anthropology, Education, Linguistics, Psychiatry, Psychology*, Mouton, La Haye, 1964.

8. Cf. ci-dessus, chap. V, p. 51, note 1.

« informel » qui comprend les distances que nous vivons inconsciemment avec autrui : « *distance intime* » définie par la perception de la chaleur, de l'odeur et de la respiration du corps de l'autre (celle de l'acte sexuel et de la lutte) ; « *la distance personnelle* » qui désigne la distance fixe séparant des individus sans contact, sorte de « bulle » qu'un corps crée inconsciemment pour s'isoler des autres ; « la *distance sociale* » proprement dite marque la limite du pouvoir sur autrui, c'est-à-dire définit la limite à partir de laquelle autrui ne se sent plus concerné par notre présence (les appels dans la rue, la distance dans un salon ou un bureau) ; « la *distance publique* », qui est hors du cercle où l'individu est directement concerné (distance bien connue des acteurs et des hommes politiques). Ces quatre distances qui constituent le niveau culturel de la dimension proxémique, « la dimension cachée » de chaque société, varient donc selon les modalités culturelles de chacune d'entre elles : le contact sexuel, la sphère personnelle ou privée, la distance des échanges verbaux et du respect hiérarchique sont différents chez un Français et un Japonais, ou chez un Japonais et un Arabe.

La construction de nos villes, de nos villages, de nos maisons, bref notre urbanisme est l'expression concrète de cette loi proxémique qui peut, d'ailleurs, avoir des applications thérapeutiques immédiates. Le docteur P. Sivadon a fait construire l'Institut psychiatrique Marcel-Rivière à La Verrière (78) en appliquant la théorie proxémique au problème de thérapie psychiatrique, à savoir la nécessité de favoriser les divers modes de communication interhumaine ; d'où une architecture avec des structures permettant quatre types de proxémies : la rencontre avec soi-même (isolement), avec les petits groupes (3 à 12), avec les grands groupes (30 à 120), avec la foule (au-delà de 200) [9]. Cet exemple montre comment une société peut modifier et contrôler elle-même sa proxémie inconsciente pour remédier à ses maux, donc améliorer la dynamique de ses relations en vue d'une plus grande harmonie ou cohésion en même temps que d'un certain type de bonheur individuel. En d'autres termes, il nous illustre une action proxémique au second degré de la société sur elle-même, ce qui *a fortiori* indique son pouvoir sur les individus et plus exactement sur leur corps lui-même, dont le réseau de relations spatiales qui, telle une toile d'araignée l'enracinent et le situent dans le milieu, a directement ou non une signification culturelle.

Le symbolisme social de notre corps

Mais il faut, semble-t-il, aller plus loin et dire que la société est présente non seulement dans nos relations spatiales, notre proxémie, mais aussi dans la structure et les fonctions mêmes de notre corps

9. Pour plus de détails, cf. P. Sivadon et F. Gantheret, *La Rééducation corporelle des fonctions mentales*, E.S.F., 1969, 2e éd., 1re partie, chap. 4, p. 51-64.

comme organisme vivant. Si paradoxale qu'elle puisse paraître, cette thèse est, en effet, selon nous, valablement démontrée par les analyses et les observations de l'anthropologue britannique Mary Douglas dans son étude sur les rituels de pollution et les tabous des sociétés dites primitives [10]. « Il est impossible, écrit-elle, d'interrpéter correctement les rites qui font appel aux excréments, au lait maternel, à la salive, etc. si l'on ignore que *le corps est un symbole de la société,* et que le corps humain reproduit à une petite échelle les pouvoirs et les dangers qu'on attribue à la structure sociale » [11]. Les excréments, l'urine, le sperme, le lait maternel, la salive, les larmes et les déchets corporels (peau, ongles, cheveux coupés, sueur) ont un point commun : ils dépassent les limites du corps du fait même de leur excrétion. Aussi peut-on *a priori* supposer qu'ils sont considérés comme « impurs » et dangereux dans la mesure où ils sont réintroduits d'une manière ou d'une autre dans le corps, celui-ci symbolisant l'intégrité du système social, du « corps social ».

Cette hypothèse est confirmée, par exemple, par les rites des Coorg, une des castes du système hindou : ils « considèrent le corps comme une ville assiégée ; toutes les entrées et sorties en sont surveillées car on craint les espions et les traîtres. Ce qui est sorti du corps ne doit jamais y rentrer et doit être évité à tout prix. Toute chose qui, une fois sortie, se trouve réintroduite est polluée au plus haut point ». Les Coorg ont, d'ailleurs, un mythe qui illustre parfaitement ce mode de pensée : c'est l'histoire d'une déesse, toujours plus forte et plus astucieuse que ses deux frères. Pour obtenir la préséance, les deux frères décident de vaincre leur sœur par la ruse. Ils lui font cracher le bétel qu'elle mâchonne pour voir s'il est plus rouge que le leur. Mais malheureusement pour elle, elle le remet dans sa bouche, bien qu'il ait déjà été souillé par sa salive. Elle le comprend et réalise sa défaite qu'elle accepte en se lamentant. Et cette erreur annule ses victoires précédentes : ses frères exercèrent désormais sur elle légitimement une domination éternelle [12].

Autrement dit, le modèle des entrées et des sorties du corps humain symbolise la peur d'un groupe à l'égard d'une société plus vaste et, en tant que telle, menaçante. « En général, écrit Mary Douglas, quand les rites traduisent une anxiété à l'égard des orifices corporels, la contrepartie sociologique de cette anxiété est le souci de défendre l'unité politique et culturelle d'un groupe minoritaire ». Si les Israélites se montrèrent si soucieux de l'intégrité, de l'unité et de la pureté du corps humain (voir les innombrables prescriptions contre les souillures corporelles dans la Bible et surtout dans le Deutéronome et le Lévitique), c'est qu'ils furent minoritaires et l'objet de vives pres-

10. Cf. M. Douglas, *De la Souillure, — Essai sur la notion de pollution et de tabou,* trad. A. Guérin, Maspéro, 1971.
11. Cf. *idem,* p. 131.
12. Cf. *idem,* p. 138-139.

sions : leurs soucis corporels reflètent « les craintes qu'ils éprouvaient à l'endroit des limites de leur corps politique ». Cette interprétation est corroborée par de nombreuses autres observations qu'il serait trop long de citer ici. Retenons simplement ce fait capital que le corps humain est, pour chaque société, le symbole de sa propre structure : agir sur lui par les rites, c'est toujours un moyen, en quelque sorte magique, d'agir sur elle. Comme le dit Mary Douglas, « les rites agissent sur le corps politique par le moyen terme symbolique du corps physique » [13].

Le symbolisme corporel de la société

En ce sens, l'anthropologue anglaise inverse, prend exactement le contrepied de l'interprétation du symbolisme corporel déjà proposée par certains psychanalystes qui, eux, au contraire, voient dans les rites sociaux l'expression symbolique de l'expérience individuelle et plus précisément sexuelle du corps. Autrement dit, pour ces auteurs, s'il y a symbolisme corporel, il a un fondement psychologique, non sociologique. C'est la thèse de Bruno Bettelheim [14] et dans une certaine mesure de N.O. Brown [15]. Ainsi Bettelheim affirme que les rites destinés à faire couler le sang des organes génitaux de l'homme (circoncision, initiation) expriment l'envie masculine de posséder les processus féminins de reproduction. Mais il ne s'agit-là, en fait, selon Mary Douglas, que d'une interprétation inadéquate parce qu'elle n'est que descriptive. « Ce que l'on sculpte, en l'occurrence, dans la chair humaine, écrit-elle, c'est une image de la société. Quant aux tribus qu'il (Bettelheim) mentionne (les Murngin et les Arunta), elles sont divisées en moitiés et en sections, ce qui semblerait suggérer plus vraisemblablement que leurs rites publics ont pour objet de créer un symbole de la symétrie des deux moitiés de la société » [16].

Cette théorie de Bettelheim est, d'ailleurs, tributaire de la distinction faite par G. Roheim [17] entre la culture « primitive » et la nôtre : le primitif chercherait à satisfaire ses désirs par l'automanipulation, l'action sur son corps, bref le rite ; l'homme moderne cherche, lui, à satisfaire ses désirs par l'action sur l'environnement, c'est-à-dire la technique. Or, selon Bettelheim, le primitif a une personnalité immature ou névrotique. Ses rites sont donc son moyen de résoudre ses difficultés psychologiques, ses mécanismes de défense. Mary Douglas a peu de peine à réfuter ce raisonnement fondé sur une conception erronée de l'individu primitif qui, comme on l'a souligné depuis, n'est

13. Cf. *idem*, p. 143.
14. Cf. *Les blessures symboliques*, Gallimard, 1971.
15. *Life against Death*, Middletown, 1959 et *Le Corps d'Amour*, Denoël, 1968.
16. Cf. *op. cité*, p. 132.
17. Cf. *Australian Totemism*, Londres, 1925.

ni un enfant attardé, ni un psychopathe. Plus exactement, ces identifications impliquent le postulat de la valeur intrinsèque et permanente de *notre* concept d'adulte normal, qui est loin d'être justifié.

Bien que tributaire aussi de cette distinction entre primitif et civilisé, la théorie de N.O. Brown revêt une signification quelque peu différente. Plutôt que d'envisager le primitif comme personnalité individuelle, il le considère comme le représentant de la culture dans sa totalité et c'est cette culture même qu'il compare à un enfant ou un adulte retardé. Ainsi, pour Brown, si les sociétés primitives ont recours, pour satisfaire leurs désirs, à la magie corporelle, c'est parce qu'elles ont atteint un stade d'évolution culturelle comparable à celui de l'érotisme anal de l'enfant, qui fuit devant le réel, craint la castration et a peur de la mort. Les rituels publics de magie noire qui utilisent les déchets corporels (rognures d'ongles, excréments, etc.) seraient semblables aux jeux des enfants avec leurs excréments. Mais là encore cette thèse est démentie par les faits, car contrairement aux enfants, les primitifs ne considèrent pas les excréments comme une source de gratification, ni comme des instruments de désir. Ils évitent plutôt, dit Mary Douglas, « d'avoir recours au pouvoir émanant des parties marginales du corps » [18]. N.O. Brown est ici abusé, d'une part, par les témoignages fournis par les *victimes* de la magie noire qui se montrent obsédées par cet emploi de leurs déchets corporels ; d'autre part, par son propre *préjugé* qui l'amène à valoriser toutes les allusions à l'analité comme moyen d'évasion du réel, alors qu'en réalité, tous les rites de magie corporelle des primitifs traduisent une lutte contre des menaces véritables et une lutte par des pouvoirs qu'ils attribuent à la structure sociale symbolisée par le corps. Autrement dit, si N.O. Brown a bien aperçu l'existence d'un symbolisme corporel, il n'en a pas compris *toute* la signification, ni expliqué la diversification.

Brown, en effet, a sans aucun doute aperçu que la réalité de notre corps débordait ses propres limites organiques ; que la nature, les autres êtres vivants, les objets mêmes, bref la totalité du cosmos le symbolisaient et le symbolisaient comme corps sexuel, c'est-à-dire corps gouverné par les fantasmes sexuels de notre imagination. « Le corps qui est la mesure de toutes choses, écrit-il, est le corps sexuel » [19]. Il y a, selon lui, un symbolisme sexuel universel, « un pansexualisme » dans la mesure où l'univers est « un Corps unique », comme le dit le poète Novalis ; « Corps d'amour » dans la mesure où l'imagination dans le désir façonne le corps : « Le corps éternel de l'homme, dit Brown, est l'imagination » [20]. Par conséquent, toute réalité peut être lue à partir du corps : ainsi, par exemple, la monarchie comme corps politique est le symbole du pouvoir de la génitalité sur nos autres

18. Cf. *idem*, p. 134.
19. Cf. *Le Corps d'Amour*, p. 306.
20. Cf. *idem*, p. 162 et p. 179.

pulsions corporelles. *A fortiori* toutes les formes culturelles, comme celles de l'architecture de nos maisons, renvoie à notre nostalgie du ventre maternel, etc. Prendre conscience de ce symbolisme par « le sens érotique de la réalité », c'est retrouver l'unité originelle perdue par la séparation des personnalités, des « Moi », autant de masques qui dissimulent le lien entre tous les êtres. « Recouvrer le monde du symbolisme, dit encore Brown, c'est recouvrer le corps humain »[21] authentique, total, plein. Par et dans cette vision cosmique et symbolique du corps, Brown croit réconcilier et harmoniser Freud, Marx et le Pape Jean XXIII (et évidemment saint Jean lui-même) qui tous trois prétendent unifier l'humanité, le premier par l'universalité de la libido, le second l'universalité du travail, le troisième celle de l'Amour (idée d'un « Corps mystique »)[22]. N.O. Brown pousse ainsi à son paroxysme la tendance à l'interprétation du corps que nous avions déjà rencontrée chez Freud et que G. Groddeck a, d'une façon originale et déconcertante, systématisée dans sa thérapeutique analytique centrée sur les symboles sexuels[23].

Le corps, ouverture et carrefour du champ symbolique

Mais précisément ce paroxysme imaginaire de la vision symbolique du corps libidinal l'a empêché de comprendre et d'expliquer comment chaque société opérait une sélection dans le fonds commun et universel des symboles. Pourquoi, par exemple, dans certaines sociétés, la pollution menstruelle est un danger et dans d'autres non ? Pourquoi les excréments, chez certaines, sont matières dangereuses et dans d'autres, matière... à plaisanterie ? Pourquoi en Inde, les aliments cuits et la salive sont aisément pollués, alors que les Boschiman, en Angola, entreposent les graines de melon dans leur bouche avant de les griller et de les manger ? En fait, comme l'écrit Mary Douglas, « chaque culture a ses risques et ses problèmes spécifiques. Elle attribue un pouvoir à telle ou telle marge du corps, selon la situation dont le corps est le miroir... Pour comprendre la pollution corporelle, il nous faut essayer de remonter des dangers reconnus dans telle ou telle société, et voir à quels thèmes corporels chacun d'eux correspond »[24]. C'est pourquoi « les sociologues », selon cet auteur, doivent opposer au jusqu'au-boutisme des psychologues (comme Brown) leur jusqu'au-boutisme propre. S'il est vrai, conclue-t-elle, que tout symbolise le corps, il est tout aussi vrai (sinon davantage, et pour la même raison) que le corps symbolise tout ».

21. Cf. *idem*, p. 325.
22. Cf. *idem*, p. 106.
23. Cf. G. Groddeck, *La Maladie, l'Art et le Symbole*, Gallimard, 1969. « L'homme, écrit cet auteur, est vécu par le symbole » (p. 65).
24. Cf. *op. cité*, p. 137.

Nous sommes donc, en définitive, confrontés à *un double symbolisme corporel,* centripète ou psychologique et plus exactement psych-analytique parce que tourné vers l'expérience libidinale du corps humain ; centrifuge ou sociologique parce que renvoyant à la situation sociale qui lui donne sa signification. En d'autres termes, on peut lire le symbolisme du corps en deux sens, soit vers l'universalité de la libido, soit vers la particularité de la culture. Or loin de s'opposer, ces deux sens, ces deux vecteurs du symbolisme de notre corps se complètent et nous livrent du même coup la clé de sa réalité ultime qui précisément et paradoxalement est de n'en avoir pas. Notre corps, en effet, ne se confond ni avec sa réalité biologique, en tant qu'organisme vivant, ni avec sa réalité imaginaire, en tant que fantasme, ni avec sa réalité sociale en tant que configuration et pratique culturelles. Il est, en quelque sorte plus et moins que les trois à la fois, dans la mesure où il est processus de constitution, de formation symbolique, c'est-à-dire fournissant à la fois à la société un moyen de se représenter, de se comprendre et d'agir sur elle-même et à l'individu un moyen de dépasser la simple vie organique par l'objet fantasmé de son désir. C'est ce qu'a bien vu F. Gantheret, en soulignant que le fantasme est ouverture du champ symbolique, en tant que *métaphore* de la réalité socio-politique et de la réalité biologique [25]. En termes plus simples, cela revient à dire que l'image, au sens large que nous pouvons avoir de notre corps ne peut être ni le décalque de notre structure anatomique et physiologique, ni le reflet des habitudes que la société a montées en nous, mais ce que projette notre désir jailli, certes, de la vie, de la sexualité, mais aussi limité et défini par les significations et les valeurs sociales imposées par les Institutions. On peut dire en ce sens que *le corps est le symbole dont use une société pour parler de ses fantasmes.*

Le corps est le symbolisme originel qui fait d'un être vivant la violence de ses pulsions un homme qui parle et peut parler du monde et de lui-même. « L'homme parle, dit Lacan, mais c'est parce que le symbole l'a fait homme » [26]. Ainsi se confirme et se complète du même coup l'idée émise par Merleau-Ponty [27] selon laquelle notre corps est « la symbolique générale du monde », dans la mesure où non seulement, comme le pensait ce philosophe, il récapitule en toutes ses parties les significations des choses et des êtres qu'il perçoit et sur lesquels il agit, mais bien plus parce qu'il est à l'origine de tous les autres symboles, leur référent permanent, *le symbole de tous les symboles existants ou possibles.* C'est pourquoi on ne peut en parler et l'atteindre qu'à travers la diversité des discours symboliques formulés par chaque culture aux différents moments de l'histoire humaine, bref, à travers les innombrables mythes qu'elles ont forgés pour exprimer leurs fantasmes.

25. Cf. « Lieux du Corps », *art. cité,* p. 143.
26. Cf. *Ecrits,* p. 276.
27. Cf. ci-dessus, p. 52.

La réalité du corps est l'horizon inaccessible et illusoire des mythes qui en parlent et prétendent en donner la vérité.

Les mythes du corps

Ces mythes du corps revêtent, d'ailleurs, autant de formes que les idéaux et les fins que peuvent se choisir les diverses cultures. Il y a, certes, d'abord, des mythes théologiques du corps dans la mesure où le corps permet à la religion de définir son pouvoir sur la mort, soit en le réduisant à une illusion, un écran ou une enveloppe passagère et inessentielle comme dans les religions hindouistes, soit au contraire en renfermant en lui un germe d'éternité. L'Incarnation et la Résurrection du Christ est le mythe de la victoire du corps sur la mort et de la promesse d'un corps glorieux, incorruptible qui ressuscitera à la fin des temps [28]. Mais il y a aussi les mythes du corps que constituent les différentes médecines ou pratiques et systèmes médicaux au cours des âges. C'est ainsi que Michel Foucault a merveilleusement analysé « l'archéologie du regard médical », c'est-à-dire comment le médecin a progressivement fait droit à l'observation du corps malade, qui est l'essence de la clinique [29]. A sa suite et d'une façon plus circonscrite, J.P. Peter montre dans un article original [30] « la géologie des systèmes du corps » ou la série des représentations du corps impliquées par la description, l'explication et le traitement des maladies à la fin du 18e siècle entre 1770 et 1800. Le discours médical du 18e siècle apparaît, en effet, comme « un discours composite sur le corps et qui dessine en quelque sorte un corps monstrueux » [31] dans la mesure où précisément il mêle plusieurs représentations hétérogènes héritées des doctrines précédentes.

Ainsi on y retrouve, d'abord, l'image d'un corps, selon la médecine hippocratique, c'est-à-dire comme microcosme composé de quatre matières fondamentales (terre, eau, feu, air) porteuses de quatre qualités premières (sec, froid, chaud, humide) dont les combinaisons forment les tempéraments, chacun étant caractérisé par la prédominance d'une humeur (sang, pituite ou phlegme, bile, atrabile) ; par ailleurs, la matière corporelle elle-même est passive, gouvernée par trois sortes d'« esprits » (naturels, vitaux animaux) qui transmettent des « vertus ». Puis à cette image hippocratique du corps, on adjoint la représentation cartésienne d'un corps-machine, machine, d'une part,

28. Cf. G. Rosolato, « Recension du corps », in « Lieux du corps », p. 27. La réflexion de Bruaire sur le corps dont nous parlions au début (p. 2), est, en fait, une tentative pour rationaliser et privilégier le corps montré dans le christianisme, c'est-à-dire chercher les implications et les conséquences philosophiques de la Résurrection de la chair.

29. Cf. *Naissance de la clinique*, P.U.F., 1963, 1re éd., 2e éd., 1972.

30. Cf. « Le corps du délit », in « Lieux du corps », p. 71-108.

31. Cf. *idem*, p. 81.

hydraulique, dont le cœur est le moteur ; d'autre part, pneumatique, parce que « les esprits animaux » se distribuent, sous l'impulsion du soufflet pulmonaire, au-delà du clapet pinéal, dans les tuyaux du cerveau et des nerfs ; enfin statique, avec ses leviers, câbles et appuis. La représentation médicale de cette machinerie corporelle est, d'ailleurs, compliquée par la découverte de l'iatrochimie du 17ᵉ siècle : le corps devient une cornue où la chaleur animale fait bouillir les mauvaises liqueurs ; cornue contrôlée, dit Stahl au début du 18ᵉ siècle, par l'âme, ce qui suscite une réaction contraire des médecins influencés par Leibniz : le corps n'est qu'un système de forces, disent-ils, organisé « démocratiquement comme une fédération » organique de la vie partagée et non monarchiquement sous le pouvoir d'une âme (notez ici l'influence du modèle socio-politique des institutions du moment). C'est là l'image du corps de l'Ecole médicale de Montpellier à laquelle ont succédé encore bien d'autres modèles, qu'il serait trop long ici d'exposer. Qu'on sache seulement que notre modèle médical actuel, si perfectionné qu'il puisse paraître, est en perpétuelle mutation en fonction des découvertes sur le fonctionnement *cellulaire,* la cellule devenant le *microcosme de notre corps,* après que le corps ait été le microcosme de l'univers. Néanmoins ce modèle *occidental* du corps reste tributaire de l'explication mécaniste et causale de Descartes, ce qui l'oppose au modèle corporel de la médecine *orientale* et particulièrement chinoise, comme l'acupuncture qui postule, elle, un modèle énergétique et qualitatif du corps : le corps est alors un réseau de lieux ou points spécifiques reliés par les méridiens (les « king ») parcourus par une énergie vitale qui s'y distribue selon la loi d'équilibre du « Tao », du « Yin » et « Yang » [32]. Or la médecine contemporaine use concurremment de l'un et de l'autre modèle, comme elle use aussi des modes d'explication homéopathique, électrique, chimique... etc. Autrement dit, le langage médical sur le corps mêle plusieurs discours qui renvoient à autant de mythes corporels.

Mais la médecine, pas plus que la religion, n'a le privilège de produire de tels mythes. Il y a aussi ceux qui sont élaborés par les philosophies, dont, comme nous venons de le voir, la médecine reste en partie tributaire. Ainsi au corps-machine de Descartes ou au corps-système dynamique de Leibniz, on peut, par exemple, ajouter la mythologie du corps-instrument d'action, soit sous sa forme spiritualiste, en tant que mis au service de la conscience du sujet, comme dans la philosophie de Maine de Biran ; soit sous sa forme matérialiste, en tant que mû par la dialectique du besoin et du travail comme chez Marx [33]. Cette mythologie de l'action a trouvé aussi dans le sport, sous la forme organisée que lui ont donnée les sociétés industrielles contemporaines, une expression nouvelle en même temps que trompeuse dans la mesure où, comme on l'a dit au début, en prétendant

32. Cf. J. Lavier, *L'acupuncture,* Tchou, 1962.
33. Cf. C. Bruaire, *op. cité,* chap. 3, « L'Agir et sa mythologie », p. 141-164.

libérer le corps par le mouvement, souvent le sport l'aliène ou du moins le manipule idéologiquement. Le corps sportif est la dernière forme des mythologies corporelles, celle du « corps sain, beau et fort », produit par la civilisation des loisirs (avec son cortège d'images publicitaires) qui prétend ainsi réaliser à sa façon les rêves des anciens d'harmonie totale de l'homme, du « mens sana in corpore sano »...

Mythes religieux, médicaux, philosophiques et idéologiques, autant de mythes qui hantent plus ou moins consciemment notre pensée et qui dessinent en chacun d'entre nous une image du corps que nos fantasmes personnels et la culture que nous vivons, modifient, enrichissent ou appauvrissent à leur gré. Aussi l'homme contemporain projette et cherche en son corps non seulement les paradis perdus de son enfance, mais les mirages suscités par les innombrables mutations de sa culture sans cesser d'espérer pouvoir un jour s'en rendre maître et connaître ses illusoires secrets.

CONCLUSION

Au terme de notre recherche, nous voyons donc que la réalité corporelle, bien vivante et concrète appréhendée quotidiennement dans l'expérience immédiate de nos sensations, affections et actions personnelles, se dilue et s'extravase, en quelque sorte, dans des mythologies dont la signification appartient à la culture qui nous a nourris. Du même coup se trouve remis en question notre corps non seulement comme noyau vital, immédiat, permanent et inaliénable de toute certitude, mais aussi comme bastion inexpugnable de notre personnalité. Le corps que nous vivons n'est jamais vraiment et totalement nôtre, pas plus que la manière même dont nous le vivons. L'expérience corporelle de chacun est pénétrée de part en part par autrui et la Société, comme source, organe et support de toute culture. En quelque façon et paradoxalement ; c'est toujours plus ou moins cette société qui se regarde, s'éprouve et agit sur elle-même par le moyen du corps vivant que je lui offre et dont elle permet la naissance, la croissance, l'éducation, la conservation et l'épanouissement.

Nous l'avons vérifié progressivement et d'une façon de plus en plus sûre et incontestable aux différents stades de notre recherche correspondant aux différents modes d'approche de la réalité corporelle : d'abord, au niveau de la simple approche neurologique qui nous a montré que les troubles ou formes pathologiques qui affectaient notre conscience sensible ou pratique du corps ne pouvaient s'expliquer et *a fortiori* se soigner que par la postulation d'un schéma malléable produit et sans cesse remanié par l'expérience de notre milieu, notre relation au monde et aux autres ; relation multiple de sensation et d'action, certes, mais aussi de désir et, par conséquent, d'identification avec et de projection sur autrui, comme l'indique la structure libidinale et sociale de l'image du corps de Schilder.

Or cette relation, nous l'avons approfondie et précisée davantage dans un second temps avec l'approche psychobiologique ou psychogénétique de Wallon, l'approche existentielle de Merleau-Ponty et la synthèse théorique et pratique d'Ajuriaguerra. Wallon nous a révélé que l'enfant ne découvre son corps que par sa relation avec autrui et cet autrui primordial qui est sa propre image dans le miroir. Corrélativement il nous a prouvé que cette découverte résultait de la fusion affective et même physiologique avec sa mère, puis avec ses proches ; fusion émotionnelle qui s'inscrit dans la texture tonique de sa musculature. Autrement dit que le corps n'était pas simplement « en relation », mais relation lui-même dans sa structure psycho-biologique. Merleau-Ponty nous l'a confirmé, mais selon une optique phénoménologique qui met l'accent sur le pouvoir signifiant du corps et en dégageant l'intrication de toutes nos sensations avec autrui, bref en montrant que notre corporéité est intercorporéité. Nous avons vu comment Ajuriaguerra a su conjuguer heureusement ces deux optiques pour mettre en valeur la socialité affective de notre tonicité et pour en tirer une pratique efficace de relaxation.

Mais précisément jusqu'à maintenant chez tous ces auteurs, dans toutes ces approches, le corps, bien que relation, gardait néanmoins une réalité ontologique, un poids existentiel, personnel et rassurant. Nous avons avec la psychanalyse, dans un troisième temps, perdu cette illusion que Schilder nous avait, d'ailleurs, déjà fait deviner. Le corps est, en effet, dès lors envisagé dans les fluctuations anarchiques et les fantasmes imaginaires du désir : il se morcelle, se déforme, se désorganise en fonction, certes, de la satisfaction de ses différentes pulsions sexuelles, mais aussi de la violence destructrice de sa pulsion de mort. Loin d'être l'origine et le contrôleur de ses pulsions, le Moi en est l'effet ; le corps perd sa prérogative d'organe de notre volonté pour devenir théâtre de nos conflits avec le couple patental d'abord, l'Œdipe, mais aussi et en fonction de ce complexe nucléaire, avec tous les autres auxquels je m'identifie et en même temps m'aliène, comme l'enfant s'aliène dans sa propre image reconnue dans le miroir. Théâtre, le corps l'est d'autant plus qu'il est signifiant de son désir dans chacune de ses zones érogènes qui renvoient à et appellent celles d'autrui ; de ce fait, il devient langage avec tout son jeu subtil de combinaisons métaphoriques et métonymiques.

Or ce langage renvoie au désir d'autrui, tel que nous croyons le deviner dans son regard. D'où la menace d'aliénation que peut constituer ce regard sur notre corps. C'est ce que nous avons étudié avec les différentes phobies et perversions, ce qui nous a confirmé l'impact du jugement social sur notre manière d'appréhender et même de présenter notre corps. Or cet impact s'est manifesté, grâce à l'éclairage sociologique, beaucoup plus important qu'on ne pouvait encore le soupçonner jusqu'ici, puisque tout le comportement que nous croyions « naturel » de notre corps, se révèle non seulement façonné par la société, mais prendre son sens comme symbole de la Société. Dès lors, la totalité de notre être corporel devient un symbolisme à double face, celui de notre libido, et celui de notre culture ; double face qui se réfléchissent l'une l'autre, dans la mesure où c'est la Société qui impose la Loi à mon désir et que la société n'est appréhendée qu'à travers les résistances ou les formes qu'elle impose à ce désir. Cette Loi, ces résistances et ces formes sont fixées par les mythes qui régissent notre langage sur le corps et qui prolifèrent en fonction des transformations culturelles.

Nous comprenons ainsi qu'il est illusoire de vouloir atteindre, par un savoir ou une technique quelconque, une réalité cachée et ultime du corps, dont dépendrait notre bonheur futur ; mais qu'il est, par contre, essentiel d'*inventer et contrôler un mode de culture* qui nous présente de ce corps une image la moins aliénante possible, qui permette l'expression libre de tous les corps dans leurs désirs et leurs actions réciproques. Le corps chez l'enfant, disions-nous plus haut avec G. Deleuze, est « un habit d'Arlequin ». Je dirai maintenant, mais en un autre sens, qu'il le reste toujours quelque peu, dans la mesure où ses pièces bigarrées signifient le morcellement non plus de nos zones érogènes, mais des influences variées et parfois opposées de notre culture protéiforme. Mais encore faut-il qu'il nous laisse toute notre liberté, que les couleurs s'accordent et les coutures résistent...

REFLEXIONS NOUVELLES QUATRE ANS APRES

LE CORPS-TALISMAN OU L'ILLUSION LYRIQUE

La réédition et l'intégration de ce livre dans la Collection « Corps et Culture » m'offre l'occasion souhaitée sinon de le compléter (la production de la Collection elle-même s'en chargera), du moins de le resituer, de le préciser et d'en dégager la ligne d'évolution. Quatre ans, en effet, ont passé depuis la remise du manuscrit et nul ne contestera que ces quatre années ont vu s'accentuer et s'infléchir de multiples façons et en des sens divers, parfois même contradictoires, le poids de la thématique corporelle que je signalais déjà dans ce texte. Les ouvrages sur le corps se sont multipliés, de nombreuses revues lui ont consacré des numéros spéciaux, les journaux, la radio ou la télévision ne cessent quotidiennement de relater et d'orchestrer les pratiques nouvelles, artistiques ou non, qui fleurissent de par le monde au gré des fantaisies débridées des individus ou des groupes et des astuces rentables de commerçants avisés ou d'affairistes ingénieux. Un tel fourmillement de messages et la surenchère idéologique qu'ils véhiculent ne sauraient nous laisser indifférent ; d'autant plus, ajouteront perfidement certains, que ce livre et cette collection, malgré leurs intentions démystificatrices, ont eux-mêmes contribué « objectivement » (au sens marxiste) à les alimenter.

Face à l'éventualité d'un tel grief, au renforcement du processus ambigu d'idéologisation du corps que cette complicité objective serait censée favoriser, je voudrais tenter ici, d'une part, d'approfondir l'analyse présentée dans ce livre à la lumière de quelques grands textes publiés au cours de ces quatre années ; d'autre part, de dénoncer les erreurs d'interprétation, faux-sens et contresens provoqués par une lecture hâtive, tronquée et superficielle de mon livre ; enfin, souligner les périls d'une certaine exploitation prétendue révolutionnaire de l'arme corporelle par une simplification ou une occultation de son articulation avec le discours et, par conséquent, d'indiquer les conditions drastiques de l'art subtil du questionnement du corps, bref du « bon usage » d'une collection sur le corps.

Du point de vue purement théorique, l'analyse du corps s'est enrichie depuis 1972 de quatre contributions, à mes yeux, fondamentales (1) même si, par certains côtés, comme nous le

(1) Dont, je dois l'avouer, D. Denis et J.-M. Brohm ne me semblent pas avoir tiré tout le parti souhaitable.

verrons, elles appellent quelques réserves ou suscitent quelques hésitations. En suivant l'ordre chronologique, je citerai évidemment en premier lieu la publication de « l'Anti-œdipe » en mars 1972 : texte difficile, dense et parfois irritant, mais essentiel qui nous oblige à affiner notre approche du corps libidinal et de son mode d'articulation avec le champ social et le mythe.

L'assimilation non métaphorique du désir à la production continuelle de flux machinique fait de l'organisme une usine de machines désirantes comme « système de coupures » (détachement, prélèvement, conservation) (2) ; production néanmoins travaillée intérieurement par l'improductivité, la stérilité, la désérogénéisation de la mort qui dessine au contraire « un corps sans organes » avec « sa surface glissante, opaque et tendue » et dont le fluide amorphe indifférencié s'oppose précisément aux flux liés, connectés et recoupés des machines désirantes. Le refoulement originaire n'est au fond rien d'autre que la répulsion de celles-ci par celui-là : ce corps plein sans organes est l'anti-production couplée à la production qui soit la repousse, soit la rabat, l'attire et se l'approprie. Or ce couple antagoniste, cette production d'antiproduction n'est pas le fait d'une simple activité fantasmatique, représentative et psychique d'un inconscient-théâtre, « autre scène » où se profileraient les jeux ambigus d'ombres chinoises de nos désirs : elle constitue bien au contraire la production de la réalité sociale elle-même. « En vérité, écrivent Deleuze et Guattari, *la production sociale est uniquement la production désirante elle-même dans des conditions déterminées.* Nous disons que le champ social est immédiatement parcouru par le désir, qu'il en est le produit historiquement déterminé, et que la libido n'a besoin de nulle médiation ni sublimation, nulle opération psychique, nulle transformation, pour investir les forces productives et les rapports de production. *Il n'y a que du désir et du social, et rien d'autre.* (3) » Autrement dit, « les machines désirantes ne sont pas des machines fantasmatiques ou oniriques, qui se distingueraient des machines techniques et sociales, et viendraient les doubler. Les fantasmes sont plutôt des expressions secondes, qui dérivent de l'identité des deux sortes de machines dans un milieu donné » (4). Une seule et même production, celle du réel parcourt les machines désirantes et les machines techniques.

Deux différences de régime les affectent néanmoins : tout d'abord, les machines techniques ne fonctionnent qu'à condition de ne pas être détraquées, tandis que les machines désirantes au contraire ne cessent de se détraquer en marchant, ne marchent que détraquées. Seconde différence : si les machines désirantes produisent par elles-mêmes de l'antiproduction, les machines techniques la

(2) G. Deleuze et F. Guattari : *L'Anti-œdipe*, éd. Minuit, 1972, pp. 43-44.
(3) Idem, p. 36.
(4) Idem, p. 38.

reçoivent par des conditions extrinsèques à leur processus ; ce qui prouve bien qu'elles ne sont pas, contrairement à l'opinion commune, une catégorie économique, mais un simple « indice d'une forme générale de production sociale » (5) : ainsi tout comme la machine manuelle désigne la production sociale primitive, la machine industrielle est l'emblème de la production de la société capitaliste. Mais, à la vérité, répétons-le, « il n'y a qu'une production qui est celle du réel » (6) et cette production peut simplement s'exprimer de deux façons différentes : soit, du point de vue de l'homme naturel, en montrant comment toute production sociale découle de la production désirante dans certaines conditions ; soit, du point de vue historique, en rappelant que « la production désirante est d'abord sociale et ne tend à se libérer qu'à la fin ». La machine sociale ou socius a, en effet, pour fonction primordiale de « coder les flux de désir, les inscrire, les enregistrer, faire qu'aucun flux ne coule qui ne soit tamponné, canalisé, réglé » (7).

Ceci apparaît plus particulièrement d'abord dans la horde primitive qui fait du corps le corps de la Terre, le territorialise ; corps que le Despote, dans la production sociale de la machine asiatique, surcode dans la mesure où privilégiant exclusivement les catégories de nouvelle alliance et de filiation directe, le socius despotique substitue son corps plein à celui de la Terre : « au lieu de la machine territoriale, s'instaure « la mégamachine » d'Etat, pyramide fonctionnelle qui a le Despote au sommet, moteur immobile, l'appareil bureaucratique comme surface latérale et organe de transmission, les villageois à la base et comme pièces travailleuses » (8). Or, à partir de ce grand mouvement de déterritorialisation produit par le surcodage de l'Etat despotique, le capitalisme prend naissance par l'intervention d'un décodage généralisé des flux qui précisément, par la conjonction de tous les flux décodés, constitue cette machine vorace et démente gouvernée non plus par la jouissance ou l'excès de consommation d'une classe, mais par le seul impératif du « produire pour produire ». Le désir lui-même devient ainsi instinct de mort : « opération de répression-refoulement plus forte que toute autre (...), l'antiproduction s'est répandue à travers toute la production au lieu de rester localisée dans le système, dégageant un fantastique instinct de mort qui imprègne et écrase maintenant le désir » (9). En somme, selon Deleuze et Guattari, « la théorie générale de la société est une théorie généralisée des flux ; c'est en fonction de celle-ci qu'on doit estimer le rapport de la production sociale et de la production désirante, les variations de ce

(5) Idem, p. 39.
(6) Idem, p. 40.
(7) Ibidem.
(8) Idem, p. 230.
(9) Idem, p. 312.

rapport dans chaque cas, les limites de ce rapport dans le système capitaliste » (10). Envisagée dans cette perspective, « la production sociale est la production désirante elle-même » dans les conditions fixées par « les formes de grégarité comme socius ou corps plein, sous lesquelles les formations moléculaires constituent des ensembles molaires » (11), autrement dit lorsque, à l'instar des phénomènes physiques (12), les multiplicités composées par les objets partiels et les flux (le micro-inconscient) se subordonnent aux structures de grands ensembles que représentent, d'une part, les personnes comme « groupe-sujet », d'autre part les « groupes assujettis » (la famille, l'école, l'Etat, etc.) (13).

C'est pourquoi Deleuze et Guattari distinguent dans les investissements sociaux deux niveaux d'investissement libidinal : l'un inconscient du désir de la grégarité moléculaire du groupe-sujet, l'autre préconscient et molaire de classe ou d'intérêt. Ainsi s'explique que « ce qui est réactionnaire ou révolutionnaire dans l'investissement préconscient d'intérêt ne coïncide pas nécessairement avec ce qui l'est dans l'investissement libidinal inconscient. Un investissement préconscient révolutionnaire porte sur de nouveaux buts, de nouvelles synthèses sociales, un nouveau pouvoir. Mais il se peut qu'une partie au moins de la libido inconsciente continue d'investir l'ancien corps, l'ancienne forme de puissance, ses codes et ses flux » (14). On sait, par exemple, comment la machine socialiste conserve un capitalisme monopoliste d'Etat et de marché. Mais même lorsqu'apparemment il y a correspondance, il n'est pas sûr que l'investissement libidinal inconscient soit révolutionnaire : pour qu'il en soit ainsi, il faut non seulement la promotion d'un autre socius comme nouvelle forme de puissance ou de souveraineté, mais dans ce socius même un régime de la production désirante comme puissance renversée sur le corps sans organes. Bref, l'investissement libidinal révolutionnaire, celui du groupe-sujet et non assujetti, est celui qui « fait pénétrer le désir dans le champ social, et subordonne le socius ou la forme de puissance à la production désirante ; producteur de désir et désir qui produit, il invente des formations toujours mortelles qui conjurent en lui l'effusion d'un instinct de mort » (15). Dès lors, l'articulation du corps libidinal et du corps social relèvent d'une économie libidinale et non de l'idéologie puisque c'est non la représentation, mais le désir qui est constitutif du champ social et qui en forme l'infrastructure (16). La schizoanalyse deleuzoguattarienne oppose à la représentation ou au théâtre familialiste et personnologique de la

(10) Ibidem.
(11) Idem, p. 411.
(12) Idem, p. 336.
(13) Idem, p. 333.
(14) Idem, p. 415.
(15) Idem, p. 417.
(16) Idem, p. 412 et p. 416.

psychanalyse freudienne la force matérielle, machinique, physique du désir-production (17), autrement dit « un inconscient non figuratif et non symbolique » (18).

Il est évident en ce sens que la thèse de l'Anti-œdipe non seulement prétend résoudre le problème que nous avions soulevé dans notre dernier chapitre, mais dépasse et corrige la solution que nous y avions esquissée : loin de corroborer, en effet, notre hypothèse d'« un double symbolisme corporel » ou d'un corps, « ouverture et carrefour du champ symbolique », Deleuze et Guattari affirment avec force que le désir et le social ne sont pas des entités abstraites séparées à articuler par la médiation de symboles, mais constituent bel et bien un seul et même processus *matériel* de production machinique. Le corps n'est plus « le symbole dont use une société pour parler de ses fantasmes », mais la disposition moléculaire et molaire déterminée par les investissements sociaux inconscients et préconscients de la multiplicité positive de la production des machines désirantes. En fait, la seule réalité corporelle est celle de la dispersion anarchique et moléculaire des objets partiels, répudiation radicale de l'organisation molaire de l'organisme et dont le corps plein sans organes est la synthèse passive et indirecte de connexion (19). Nos deux auteurs paraissent donc récuser implicitement l'importance que nous accordions aux mythes et à leur signification idéologique : ceux-ci et celles-ci ne sont, à leurs yeux, que l'héritage du nivellement psychanalytique de la production par la représentation et d'abord par la croyance, cette illusion congénitale de la conscience. Il est impossible, selon eux, de déduire la vie réelle, proprement matérielle du désir à partir d'une telle illusion : « il n'y a pas de vie possible dans le mythe, répètent-ils à la suite de Henry Miller. Il n'y a que le mythe qui puisse vivre dans le mythe. Cette faculté de donner naissance au mythe nous vient de la conscience, la conscience qui se développe sans cesse » (20) et qui sécrète cet inconscient fantasmatique, représentatif, symbolique dont la schizoanalyse veut effectuer le « curetage » (21).

Mais ce serait une erreur grossière que de s'en tenir à cette seule formulation globale du réquisitoire anti-œdipien : en lisant plus attentivement le texte de Deleuze-Guattari, on constate bien vite que la dichotomie et l'opposition quasi manichéenne de la production et de la représentation, de l'économie et de l'idéologie ne constituent en aucune façon une disjonction exclusive. Si la production désirante tend à s'écraser ou se niveler dans la représentation théâtrale, la croyance mythique, l'organisation symbolique, il est tout aussi vrai, pour ces deux auteurs, que cette production ne peut jamais être saisie

(17) Idem, p. 352.
(18) Idem, p. 421.
(19) Idem, pp. 389-390.
(20) Idem, p. 355.
(21) Idem, p. 356 et p. 371.

ou appréhendée en elle-même, mais est seulement et nécessairement « induite à partir de la représentation (...) découverte le long de ses lignes de fuite (...). Les machines désirantes se dessinent et pointent sur une tangente de déterritorialisation qui traverse les milieux représentatifs, et qui longe le corps sans organes (22). Autrement dit, il y a bien, certes, une perversion du désir dans le théâtre mythologique œdipien, mais cette perversion est quasi fatale : « pas de déterritorialisation des flux de désir schizophrénique qui ne s'accompagne de re-territorialisations globales ou locales, lesquelles reforment toujours des plages de représentation (...). Nos amours sont des complexes de déterritorialisation et de re-territorialisation » (23). Le vrai tort de la psychanalyse n'est plus ainsi que de privilégier le seul terme de cette destinée et d'interpréter le fantasme représentatif et onirique comme la voie royale du désir, alors qu'il n'est que la manifestation d'un surmoi, « d'un moi surpuissant et sur-archaïsé ». Le psychanalyste commet la faute de se fixer « *sur les représentants imaginaires et structuraux de re-territorialisation, tandis que la schizoanalyse suit les indices machiniques de déterritorialisation* » (24).

On peut ainsi se demander si schizoanalyse et psychanalyse ne doivent pas être resituées toutes deux par rapport à la totalité du processus du désir qui, bien que révolutionnaire par essence (et non par intention) (25), conduit inéluctablement à ces « territorialités et re-territorialisations représentatives par lesquelles un sujet passe dans son histoire individuelle » (26). Autrement dit, loin de théoriser le désir comme exclusion du « manque, de la loi et du signifiant » ou, d'une manière générale, de l'univers représentatif, symbolique et mythique, ne conviendrait-il pas mieux de dégager les implications et les conséquences du fait qu'il ne peut apparaître qu'à partir et sur le fond de cet univers ? Plus exactement, ne serait-il pas plus éclairant de mettre à jour les mécanismes inhérents aux machines désirantes qui les conduisent inévitablement à se détraquer, qui métamorphosent leur an-archie en pouvoir, leur positivité en négativité, leur intensité en signifiance ? En fait, la réalité elle-même des machines désirantes envisagées comme telles, dans leurs flux inorganisés, moléculaires et sauvages, est la fiction imposée invinciblement par le processus de leur mise en jeu, de leur in-formation représentative, théâtrale, symbolique. Deleuze et Guattari ne le reconnaissent-ils pas implicitement en disant que « l'inconscient est rousseauiste, étant l'homme-nature » (27) ? L'œdipianisation ne se contente pas, selon nous, de « convertir » cet inconscient en une autre scène où se jouent

(22) Idem, p. 375.
(23) Idem, p. 377.
(24) Idem, p. 378.
(25) Idem, p. 138.
(26) Idem, p. 379.
(27) Idem, p. 133.

croyances et mythes familiaux ; elle suscite aussi son contraire, son image inversée, celle précisémant de cette économie libidinale des flux machiniques d'intensités positives. Bref, la réfraction symbolique est, à nos yeux, inévitable parce que constitutive du trajet irrésistible et discontinu du désir auquel elle peut seule conférer un droit de cité. Si « la déterritorialisation comme processus et inséparable des stases qui l'interrompent » (28), c'est qu'il y a une connivence secrète et implacable entre la production désirante et la perversion représentative. Connivence qui n'est pas le simple mirage provoqué par la toute puissance « d'un symbole despotique qui les (les signes du désir) totalise au nom de sa propre absence ou de son propre retrait » (29), mais par la négativité constitutive du processus de production lui-même comme rejet, c'est-à-dire comme rupture permanente suivie de stases toujours nouvelles qui explique précisément la nécessité de sa mutation en signe et l'émergence du langage. En somme, le positivisme machinique de l'Anti-œdipe nous paraît offrir une théorie simplificatrice de la négativité du désir en la réduisant à un manque comme vœu d'une totalité et du même coup en identifiant la théâtralité à la nostalgie d'une absence, donc à une frustration (30).

Lorsque, après Lacan, Deleuze et Guattari reconnaissent que le code de l'inconscient « ressemble moins à un langage qu'à un jargon, formation ouverte et polyvoque » (31), ils admettent par là même que les disjonctions constitutives de ce jargon manifestent une négativité dont le langage ne présentera que l'image apparente et banale de l'exclusion et par là du manque. Aussi bien loin d'amender ou démentir le point de vue exposé dans les chapitres précédents, le procès intenté par l'Anti-œdipe nous paraît, en définitive, et a contrario le corroborer : lorsque nous désignons le corps comme « ouverture et carrefour du champ symbolique » et soulignons sa mythologisation, donc son idéologisation inéluctable, nous ne faisons qu'indiquer la nécessité dialectique insurmontable du processus matériel du flux des intensités pulsionnelles dont la discontinuité scission-stase, déterritorialisation-reterritorialisation, production-représentation, débouche inévitablement dans le jeu discursif du langage et plus exactement dans une pluralité indéfinie de discours interférant sans cesse les uns avec les autres. Bref, le corps humain ne s'identifie ni au mouvement brownien moléculaire, anarchique et aléatoire d'intensités du corps plein sans organes, ni aux représentations organisées, molaires et personnelles qu'en donne le savoir sécurisant d'une société, mais au processus permanent de mutation

(28) Idem, p. 379.

(29) Idem, p. 369.

(30) Pour une plus ample démonstration, nous renvoyons le lecteur à notre thèse qui sera publiée prochainement sous le titre : *L'expressivité du corps. Recherche sur les fondements de la théâtralité*, en particulier au chapitre 6.

(31) Op. cit., p. 46.

des unes dans les autres et, par conséquent, dans la production irrésistible et rusée d'illusions.

Cette manière d'appréhender le corps trouve, d'ailleurs, à nos yeux, une confirmation plus directe et plus solide encore dans l'analyse que présente Julia Kristeva du procès du Sujet, c'est-à-dire de la production de la signifiance à partir de la négativité du rejet du désir. Elle montre, en effet, fort bien comment toute pulsion est un processus matériel et énergétique de rejet à la fois de division et de position, bref de conflits indéfiniment renouvelés « dont les heurts successifs produisent la fonction signifiante par un moment de *saut* et de *rupture,* de *séparation* et *d'absence* » (32). De cette production, J. Kristeva nous donne, d'ailleurs, une explication détaillée : « les pulsions réitérées, écrit-elle, les chocs des décharges énergétiques créent une excitation qui, restant insatisfaite, revient jusqu'à produire, par un saut qualitatif, un contrecoup qui la retarde, l'absorbe momentanément et la pose : le *rejet* réitéré produit ainsi sa *position* ; s'il est séparation, doublement, scission, éclatement, il est en même temps et après accumulation, arrêt, marque, stase. La positivisation du rejet est inhérente à sa trajectoire : le rejet engramme, il marque Un pour le rejeter de nouveau, pour le séparer en deux. L'engramme comme voie de devenir signifiant est l'autodéfense du rejet, son immobilisation relative permettant la relance de la pulsion : le re-jet » (33).

Ainsi la représentation n'est plus une fonction et un événement extrinsèque, due à la seule perversion œdipianisante, mais un artefact inhérent au processus matériel du désir : il y a en quelque sorte en son sein l'émergence d'une hétérogénéité symbolique. « Sa tendance à la mort se trouve ajournée par cet hétérogène symbolique, car, comme pour empêcher sa destruction », précise J. Kristeva, le corps *re-marque* et, par un saut, *représente* le rejet *in absentia* : en signe (34) ». Autrement dit, si le corps devient signifiant et représente, ce n'est pas par le nivellement ou le rabattement pervers du flux des intensités libidinales, mais par leur jeu même, celui de la négativité et de la positivité conjointes du processus producteur du rejet, comme on le voit dans le jeu du Fort-Da analysé plus haut : la manipulation de la bobine, la gestualité qui la gouverne ne signifient le rapport des flux pulsionnels du corps de l'enfant avec ceux du corps maternel que parce que ces flux pulsionnels, dans leur matérialité même, impliquent la coupure du détachement, de la séparation et la position d'un objet, d'une marque appelée elle-même à être brisée. « La marque est donc, dit Kristeva, sur la voie du devenir-signe puisqu'elle préfigure sa constance et son unité » (35).

(32) J. Kristeva : *La révolution du langage poétique,* Seuil, 1974, p. 152.
(33) Idem, p. 155.
(34) Ibidem.
(35) Idem, pp. 155-156.

L'opposition entre corps pulsionnel et corps signifiant n'est pas exclusive, mais actualisation de celle qui meut la pulsion elle-même et qui se continuera dans la scansion production-destruction du signe lui-même. L'articulation du corps et du langage, de la pulsion et du sens est ainsi le lieu d'une « logique de renouvellement » matériel ou énergétique et non d'une falsification ou d'un travestissement mystificateur. L'aperception d'une telle logique n'est pas, comme le diront certains, l'illusion d'une fantasmatisation hégélienne et donc idéaliste de la matérialité corporelle, mais la prise en compte, la reconnaissance lucide du double fait radical que, d'une part, toute intelligibilité de la réalité pulsionnelle ou libidinale s'inscrit déjà, que nous le voulions ou non, dans le mécanisme d'appréhension binaire et non disjonctive de la fonction signifiante (36) ; d'autre part, et réciproquement que tout usage de cette fonction signifiante et du langage en particulier implique la mise en œuvre des processus énergétiques du rejet de la production désirante. Ces processus et le mécanisme de la fonction signifiante ne sont que deux niveaux qualitativement différents du devenir de la réalité matérielle : le niveau symbolique où règne l'ordre du signe, se produit « par l'accumulation réitérée des rejets (frayages-stases-frayages) successifs » (37) du niveau pulsionnel que Kristeva nomme sémiotique pour mieux indiquer qu'il porte en lui le mécanisme de génération matérielle du signe et corrélativement du sujet. L'hétérogénéité entre ces deux niveaux réside précisément dans la liaison, l'enchaînement apparent de la scission du rejet pulsionnel dans le système instauré par le signe qui unifie et cristallise la production des machines désirantes dans ou sur un moi, un corps personnel permanent et codé, lieu de cette « signalétique de l'échange » (38) exigée par le fonctionnement d'une société essentiellement commandée par la circulation de la marchandise. Il est bien vrai, en effet, que cette mutation, au niveau symbolique du procès énergétique du corps « est nécessairement engendrée en *dernière instance* par l'appareil social et par la pratique sociale où le sujet est amené à fonctionner » (39). C'est évidemment d'abord dans et par la structure familiale que, comme l'ont déjà souligné Deleuze et Guattari, s'opère cette neutralisation de la négativité différenciatrice du rejet dans la positivité ordonnée et identifiante du signe. « C'est en elle, dit Kristeva, que les relations de rejet deviennent des relations intersubjectives ou des relations de désir » (40), c'est-à-dire en

(36) J. Kristeva : *Semeiotiké. Recherches pour une semanalyse,* Seuil, 1969, pp. 84-85.

(37) *La Révolution du langage poétique,* p. 156.

(38) P. Fédida : « D'une métapsychologie du somatique » in *Bulletin de Psychologie* XXVII, 311, 1973-74, n° 11-12, p. 652.

(39) *La révolution du langage poétique,* p. 156.

(40) Idem, p. 157.

référence à un manque. Bref, le signe transforme l'économie libidinale du corps en une « économie homologique » du comportement psychosocial.

Il y a, en effet, comme l'a démontré J. Baudrillard, « une économie politique du signe dont le corps sexué, pulsionnel est un des champs de manœuvre privilégiés. Même si cette démonstration use d'une terminologie et d'une argumentation distinctes (41) et manifeste une visée idéologique originale (disons utopiste et nihiliste et non plus marxiste et/ou freudienne), elle vient s'insérer dans l'ensemble du procès intenté par les auteurs précédents à l'impérialisme du signe et surtout aux modalités selon lesquelles il investit le corps libidinal. En dénonçant la logique d'équivalence, c'est-à-dire de la marchandise et de la valeur au cœur même du signe et de son fonctionnement, J. Baudrillard souligne comment cette logique réduit l'ambivalence du désir ou de la libido à l'équation fixe de la consommation sexuelle : le corps est codé et fétichisé par cette loi de l'échange ; il perd sa virtualité de jeu et son ambivalence radicale pour s'exhiber comme marchandise et valeur d'échange dans le marché érotique de notre société . le corps nu de la stripteaseuse s'offre alors comme l'illustration et l'archétype du corps marqué pour la captation érotique des regards (42). Comme l'écrit Baudrillard, « l'érotique est ainsi la réinscription de l'érogène en un système homogène de signes (gestuel, mouvement, emblèmes, « blason du corps ») » ; mieux, le corps comme sexe est « un charnier de signes », tout comme inversement « le signe est un sexe décharné » (43) dans la mesure même où il présuppose la réduction de la différenciation et de l'ambivalence pulsionnelle à la forme abstraite et positive de l'identité de deux entités séparées signifiant (Sa) et signifié (Sé) ou, si l'on veut, celle de la perversité érogène à la fétichisation de l'instance phallique représentée par la barre censurante du rapport de ces deux entités (Sa/Sé).

(41) Il convient de noter en particulier l'emploi très spécifique, inhabituel et en tout cas très décalé par rapport à celui fait par J. Kristeva, du concept de « symbolique » : chez celle-ci, il marque le niveau et l'empreinte du signe ; chez Baudrillard, il est « un au-delà du signe » (cf. *Pour une critique de l'économie politique du signe,* Gallimard 1972, p. 194), sa déconstruction dans la mesure où il est la rupture de la loi ou du code d'équivalence, impliquant une modalité d'échange non plus subordonnée à la logique du manque et de la valeur, mais de la jouissance du don et de la destruction (cf. op. cit. pp. 263-268 et évidemment le dernier ouvrage de cet auteur : *L'échange symbolique et la mort* Gallimard 1976). « Le symbolique, dit encore Baudrillard, c'est toujours l'abolition d'une séparation » (celle abstraite entre signifiant et signifié) (cf. Au-delà de l'inconscient : le symbolique in *Critique* février 1975, n° 333, p. 203). Bref, le symbolique correspond, chez Baudrillard, à la seule dimension unitaire sous-jacente à l'équation du signe, mais qui déconstruit cette équation en exterminant la réalité même des termes qu'elle prétend unir.

(42) « Le corps ou le charnier de signes » in *Topique, 9-10 : Sens du corps* pp. 75-107.

(43) Idem, p. 75.

Investi totalement consciemment et inconsciemment par cette loi du signe qui nous donne le désir et même la passion du code, c'est-à-dire ne nous fait aimer et d'abord percevoir que ce qui se soumet à l'impératif de l'échange, de la valeur et, par conséquent, de la séparabilité et de l'équivalence, nous n'appréhendons notre corps qu'à travers des modèles qui tous reproduisent ou impliquent la structure binaire d'identité signifiante, nous imposent cette grille conceptuelle et fantasmatique de disjonction et d'équation, de « découpabilité » et d'égalité. Or la mise en jeu, le fonctionnement de cette grille présuppose l'existence de la réalité d'un référent auquel la structure serait censée renvoyer et qu'elle prétendrait en même temps restituer, reconstruire par sa visée elle-même et donc d'une certaine façon annuler. « Le signe, remarque Baudrillard, est hanté en quelque sorte par la *motivation totale.* Ainsi vise-t-il le réel comme son au-delà et son abolition. Mais il ne peut « sauter par dessus son ombre » : ce réel, c'est lui-même qui le produit et le reproduit, et ce n'est jamais son au-delà, ce n'est que son *horizon.* La réalité est le phantasme par lequel le signe se préserve indéfiniment de la déconstruction symbolique qui le hante » (44). C'est pourquoi les modèles du corps renvoient tous à la fiction ou au simulacre d'une réalité comme « idéal type négatif » (45) : « pour la médecine, le corps de référence, c'est le cadavre », comme forme anatomique et limite des efforts de la préservation de la vie ; pour la religion, c'est l'animal comme nature gouvernée par « les instincts et appétits de la chair » ; pour l'économie politique, c'est le robot ou la machine comme force de travail, « extrapolation de la productivité rationnelle absolue, asexuée » (46) ; a fortiori enfin pour l'économie politique du signe, telle qu'elle apparaît dans le fonctionnement de notre « société de consommation » (47), c'est le mannequin, « comme lieu de production de la valeur/signe » elle-même. Autrement dit, le corps ne se contente plus d'être un type de modèle de signification (cadavre, animal, machine), mais ce qui produit et promeut le signe comme valeur en faisant de la sexualité elle-même un modèle. Au fond, selon Baudrillard, l'apologie du corps libéré est le résultat (intervenu depuis la révolution industrielle) d'une « généralisation progressive de l'économie politique ou encore (de) l'approfondissement de la loi de valeur » (48) : s'identifiant à la sexualité comme valeur d'usage et valeur d'échange et corrélativement comme fonction générale d'équivalence, le corps devient l'objet d'une économie politique qui en définit les mécanismes et la stratégie. Glorifier le corps placé sous le seul signe d'Eros, c'est, en ce sens, d'une part, positiviser, réifier et

(44) *Pour une critique de l'économie politique du signe,* p. 189 note 1.
(45) Art. cit. in *Topique,* p. 97.
(46) Idem, p. 96.
(47) J. Baudrillard : *La société de consommation* Gallimard. Idées 1974, 1re édition Denoël, 1970.
(48) Art. cit. in *Topique,* p. 97.

égaliser la négativité, la virtualité et l'ambivalence du désir et de l'Inconscient lui-même envisagé comme contenu signifié (49) ; d'autre part, et corollairement, émanciper, libérer ce désir ou ce contenu inconscient auquel un refoulement pluriséculaire a conféré une valeur transgressive : ainsi paradoxalement le matérialisme libidinal n'acquiert aujourd'hui une légitimité apparente que grâce à l'idéalisme qui l'a réprimé comme menace de subversion et dont il constitue la solution de rechange d'autant plus évidente qu'il reste inscrit dans le même système formel de conceptualisation et d'axiologisation (50). Il n'y a eu, somme toute, que simple jeu de balance entre deux usages d'un seul et même modèle logique et ethique.

Aussi Baudrillard récuse-t-il avec vigueur le projet conçu par Deleuze, Guattari et Lyotard, d'une économie libidinale (51) qui n'est à ses yeux, que l'application des postulats en soi fallacieux d'une économie politique à la sexualité, après celle déjà faite au langage dans le cadre d'une économie linguistique. Toutes ces opérations procèdent d'un même leurre, plus exactement d'un même mirage, selon Baudrillard, celui de la production dont l'impérialisme est tel qu'il commande même l'assimilation de la pulsion de mort à une « antiproduction » et celle du jeu à un non-travail, « prolongement » esthétique de la nécessité économique (52). Mirage, en effet, de l'économique autonomisé et comme tel idéologisé (53) qui impose, « à la manière d'un boomerang », la catégorie de production ou de travail et sa nécessité à ceux-mêmes qui, comme Marx, prétendent faire la critique de son dysfonctionnement capitaliste (54). Ce qui discrédite la production, c'est qu'elle se fonde toujours sur le postulat d'un reste et, par là, de la valeur. En ce sens, elle n'existe que comme frein, obstacle, refus de la « dépense en pure perte » (55) du don destructeur dont le poétique (« qui ne veut rien dire, et ne dit rien ») (56) est, aux yeux de Baudrillard, l'archétype. « Passer au-delà de l'économie (politique ou libidinale) — et si changer la vie a un sens, ce ne peut être que celui-là — c'est exterminer ce reste dans tous les domaines — ce dont le poétique est le modèle, par son opération sans équivalence, sans accumulation, sans résidu » (57).

Contrairement à Lyotard ou même à Kristeva, l'essence du poétique, selon Baudrillard, n'est pas plus dans sa matérialité

(49) Art. cit. in *Topique*, pp. 100-102.
(50) Idem. p. 101 note 1.
(51) J.-F. Lyotard : *Economie libidinale*, éd. Minuit, 1975.
(52) J. Baudrillard : *Le miroir de la production* Casterman poche n° 27, 1973, pp. 28-29.
(53) Idem, p. 127.
(54) Idem, pp. 38-39.
(55) Idem, p. 32.
(56) Art. cit. in *Critique* n° 333, p. 202.
(57) Idem, p. 204.

pulsionnelle, dans la circulation des flux énergétiques des intensités qui font la chair des mots, le corps du langage, que dans les simples jeux rhétoriques du sens : elle est dans la *négation* même des choses comme des mots. « Le poétique est précisément la volatilisation du statut *respectif* de la chose et du discours. C'est-à-dire qu'il vise l'extermination du langage comme discours, mais comme matérialité aussi-non pas en refoulant cette matérialité comme le discours, mais en la prenant en compte jusqu'à l'anéantir » (58). Cette théorisation est donc, en définitive un appel qui se veut utopique à une déconstruction et même à une destruction radicale du fantasme économique qui, par l'entremise du signe, investit et façonne, malgré nous, notre aperception conjointe du corps et du langage et même de l'ensemble du réel. Appel paradoxal à une perte (59), au vide de la signification, au non-lieu, à la non-valeur, bref, à cette négativité pure et nue que « la pensée occidentale, dit Baudrillard, ne supporte, pas, n'a jamais supporté(e) » (60).

Dans cette perspective, le corps ne désigne plus que ce qui nie ou subvertit tous les modèles, tous les codes, tous les idéaux types, tous « les phantasmes directeurs » qui prétendent l'enfermer, le régir, le signifier ; son être est, pourrait-on dire, dans cette seule virtualité permanente et radicale d'anéantissement de tout système : « *il ne saurait y avoir système* du corps comme anti-objet » (61). En somme, d'une certaine façon, Baudrillard nous convie à l'extrême radicalisation de la critique déjà amorcée chez Deleuze et Guattari des modèles psychanalytique et marxiste du corps dans la mesure où loin de les utiliser l'un contre l'autre pour mieux les conforter l'un et l'autre dans un jeu dialectique subtil (la matérialité et la territorialisation des machines désirantes contre l'idéalité signifiante et mythique des fantasmes, la production contre la représentation ; et inversement l'essence révolutionnaire du désir inconscient contre le caractère répressif des conflits ou des luttes d'intérêts matériels, etc.) il prétend « précipiter leur crise respective » (62), les exterminer l'une et l'autre en dénonçant l'idéologie commune de leur démarche, celle de l'économie ou de la production : le schizoanalyste ne se proclame-t-il pas lui-même « mécanicien » et la schizoanalyse ne se dit-elle pas « purement fonctionnelle » ? (63).

Mais ce faisant, Baudrillard ne risque-t-il pas d'être la victime de sa propre radicalité puisque par ce hara-kiri généralisé du corps et du

(58) Idem, p. 213.

(59) « Le sujet, écrit Baudrillard, n'a pas à redevenir un homme total, il n'a pas à se retrouver, il a aujourd'hui à se perdre (...). L'utopie veut la parole contre le pouvoir (...). Elle ne veut que la parole, et pour s'y perdre » cf. *Le miroir de la production*, pp. 144-145.

(60) Art. cit. in *Critique* n° 333, p. 211.

(61) Art. cit. in *Topique* 9-10, p. 97.

(62) Art. cit. in *Critique* n° 333, p. 216.

(63) *L'Anti-œdipe*, p. 385.

discours, de la production matérielle et signifiante, il s'expose à se voir reprocher d'être lui-même le jouet du même mirage qui, tout comme il impose le fantasme de la réalité d'un référent, fait croire ici à celui de la réalité de la négativité destructive comme « au-delà de l'inconscient » ? Autrement dit, aspirer à un retour au jeu sauvage d'un échange symbolique où le corps ne serait plus marqué, découpé et ordonné par la loi de l'équivalence, la linéarité et la discursivité indéfinie du signe et en général de la valeur, mais connaîtrait la jouissance de l'ambivalence, de « la dispersion anagrammatique », de la résorption sans résidu ou de la perte, n'est-ce pas succomber au vertige du fantasme illusoire de l'horizon suscité, projeté par la continuation clandestine de l'opération du modèle signifiant ? Fantasme certes du négatif, mais en tout point semblable à celui qui anime la conception de la positivité d'un Inconscient identifié au flux de la production de machines désirantes, bref, d'une économie libidinale dénoncée par Baudrillard chez Lyotard. En somme, pourquoi la ruse de la stratégie du signe qui opère par le modèle économique, ne continuerait-elle pas à exercer son action subtile et clandestine en jouant du mirage de la propre déconstruction de ce modèle ? Baudrillard reste prisonnier, selon nous, de l'unilatéralité et du caractère paradoxalement systématique de son procès anti-système : il investit dans le négatif de l'auto-destruction du corps et du discours, de la matière et du sens, tout comme Deleuze, Guattari et Lyotard dans le positif de la libre production matérielle des flux machiniques.

Fasciné et emporté par l'analyse de la froide et implacable logique de la loi de l'économie du signe, Baudrillard nous paraît, en ce sens, avoir méconnu, ignoré ou sousestimé la complexité et l'équivocité des conditions de l'exercice du pouvoir d'une telle loi. En la dénonçant d'une manière quelque peu manichéenne, comme le maléfice ou le poison inéluctable de notre société de consommation et, d'une manière générale, du règne de l'économique, il ne semble pas avoir vu que ce modèle n'obéit pas à une finalité univoque et simple de renforcement idéologique d'un pouvoir, mais à un jeu plus subtil et sophistiqué d'une finalité équivoque à effets contradictoires à la fois positif et négatif, de consolidation et de déconstruction : il y a une ambivalence du pouvoir du signe et finalement du pouvoir tout court. Autrement dit, Baudrillard, cédant lui-même inconsciemment à la séduction du prestige de l'attrait de la positivité de la fonction signifiante qu'il stigmatise, a le tort de prêter *un* sens, c'est-à-dire de finaliser ou téléogiser *unilatéralement* l'économie du signe et l'économie en général. Condamner l'économie comme opération fondée sur le reste, par là-même productrice et reproductrice de valeur, et au contraire exalter, célébrer le poétique comme « opération sans équivalence, sans accumulation, sans résidu » (64),

(64) Art. cit. in *Critique* n° 333, p. 204.

c'est : 1) négliger la négativité inhérente à toute production, sa contrepartie de perte : toute production n'est-elle pas mue par la hantise de son anéantissement et constituée par une série indéfinie de destructions ? 2) oublier inversement que la négativité du poétique est conjointement l'attestation d'une suffisance de son pouvoir formel et positif de désagrégation des codes. Aussi problématiser le corps dans l'univocité logique et axiologique de cette critique de l'économie, à la manière de Baudrillard, nous paraît appeler un complément d'analyse et du même coup une rectification théorique afin de restituer la véritable ambiguïté de toute économie politique du corps.

Or ce complément et cette rectification nous sont offerts dans une certaine mesure par Michel Foucault dans son dernier livre : *Surveiller et punir.* Il y remarque, en effet, avec finesse que si toute économie politique est bien avant tout économie politique du corps ou si réciproquement tout corps ne peut être défini que par la manière dont sa force productive est investie par le rapport de pouvoir et de domination, cette économie politique du corps, cet investissement corporel qui compose en quelque sorte « une microphysique du pouvoir » (65) n'est pas un mécanisme simple et univoque d'« intégration à la loi de la valeur et de l'équivalence générale » (66), mais bien au contraire une stratégie complexe et ambiguë. IL n'y a pas de rationalité permanente et uniforme du pouvoir qui serait celle de l'hégémonie du code en tant que tel, mais des mesures apparemment non finalisées, aléatoires et ambivalentes dont les effets s'organisent peu à peu comme la figure, « l'épure d'une méthode générale » (67). Autrement dit, tout dispositif est dépourvu de sens par lui-même, mais s'inscrit comme « précaution » de détail, relativement contingente et incertaine dans un processus qui n'acquiert la cohérence d'une tactique que par la pratique cristallisante d'un fonctionnement. Ainsi les techniques disciplinaires n'agissent pas par la seule vertu réductrice du monopole du code qui les régit et qu'elles impliquent, mais comme autant de ruses rétroactives : « ruses, moins de la grande raison qui travaille jusque dans son sommeil et donne du sens à l'insignifiant, que de l'attentive « malveillance » qui fait son grain de tout. La discipline, précise Foucault, est une anatomie de détail » (68). Les transformations politiques en général et d'abord celles du corps ne subissent pas la nécessité d'une téléologie réductionniste à la loi de l'équivalence, mais répondent au jeu aléatoire de conflits ponctuels ou conjoncturels dont la configuration ou le profil, en se dégageant peu à peu, définit l'application d'une tactique future. « Les forces qui sont en jeu dans l'histoire, écrit Foucault, n'obéissent ni à une destination, ni à une

(65) *Surveiller et punir* Gallimard, 1975, pp. 30-31.
(66) J. Baudrillard : art. cit. in *Topique* 9-10, p. 99.
(67) *Surveiller et punir,* p. 140.
(68) Idem, p. 141.

mécanique, mais bien au hasard de la lutte. Elles ne se manifestent pas comme les formes successives d'une intention primordiale ; elles ne prennent pas non plus l'allure d'un résultat. Elles apparaissent toujours dans l'aléa singulier de l'événement » (69).

Aussi toute pratique corporelle ou toute production socio-économique en général est-elle équivoque : à la fois manifestation et infirmation d'un pouvoir, profit et perte, bref, comme le condense excellemment François Ewald dans son commentaire du dernier livre de Foucault, « tout dispositif de pouvoir contient indissociablement la possibilité de son retournement » (70). C'est ce qu'illustrent non seulement les supplices et les techniques disciplinaires analysés par Foucault, mais toute la généalogie des pratiques éducatives et de leurs discours, comme nous aurons l'occasion de le montrer dans un prochain ouvrage. Dès lors, s'il est vrai de dire que le pouvoir doit être décrit non plus comme simple répression, mais aussi comme production, recherche d'effets ou de plus-value par investissement et assujettissement de nos besoins et de nos satisfactions par pénétration et appropriation de notre corps au point d'en être l'animation (au sens étymologique), il faut ajouter que cette production enveloppe toujours sa propre destruction ou que ce pouvoir est lourd d'impouvoir. Concrètement cela signifie que la docilité du corps produite par la machinerie disciplinaire mise en place depuis le XVIIIe siècle et si bien décrite par Foucault, n'est pas le fait d'une manipulation (71) globale, directe, évidente, discontinue et extérieure par un pouvoir étatique, objectif, personnalisé et centralisé, mais d'une technologie subtile, immanente, anonyme, complexe, continue et concertée par un réseau de micro-pouvoirs locaux et régionaux qui à la fois en renforce et/ou multiplie l'efficacité et en accentue la fragilité et l'équivocité. Si, comme l'écrit Foucault, la discipline est non seulement cellulaire (par le jeu de la répartition spatiale), organique (par le codage des activités), génétique (par le cumul du temps), mais combinatoire (par la composition des forces), autrement dit ne se contente pas de construire des *tableaux*, de prescrire des *manœuvres*, d'imposer des *exercices*, mais d'aménager des *tactiques* (72), cela implique que notre corps n'est jamais un simple rouage inamovible et neutre du corps politique, mais un champ articulé et ambivalent (« habit d'Arlequin » disions-nous déjà métaphorique-

(69) M. Foucault in *Hommage à Jean Hyppolite* P.U.F., p. 161.

(70) « Anatomie et corps politiques » in *Critique* n° 343 déc. 1975, p. 1254.

(71) Terme, à mon sens, mystificateur dans la mesure où, par l'image corporelle qu'il suscite, il induit une représentation simpliste et objectivante de l'individu et du pouvoir telle que celui-là pourrait être dépossédé de toute initiative et n'être qu'un objet « aux mains » de celui-ci, bref dans la mesure où il situe toujours le pouvoir hors de nous dans un intermonde, résurgence, diront certains, du fantasme du Père, mais que Baudrillard rapporte avec plus de pertinence, selon nous, à l'angoisse du désir incestueux de la mère dont on se sentirait « la marionnette vivante » (cf. art. cit. in *Topique*, p. 95).

(72) *Surveiller et punir*, p. 169.

ment dans notre conclusion), toujours susceptible de se désarticuler, de brouiller le jeu de ses codes, bref de détraquer l'art calculé du pouvoir.

Il convient dès lors, selon nous, d'affiner et rectifier (non d'évacuer et refuser) l'analyse marxiste des rapports du corps et du pouvoir politique en complexifiant et radicalisant sa démarche problématique : au lieu de rabattre unilatéralement et hâtivement, de faire rentrer coûte que coûte la réalité corporelle dans le schéma de la lutte des classes qui serait censée la situer, la qualifier et fournir la dynamique de sa praxis comme force productive, fonctionnant, selon la loi d'airain du principe de rendement, dans des rapports de production définis par la classe dominante et garantis par l'appareil d'Etat, ne serait-il pas plus éclairant de mettre à jour les mécanismes ou dispositifs tactiques par lesquels s'est opérée cette réduction du corps au corps productif, sa soumission à cette loi du rendement ? C'est par le dévoilement de ces tactiques, de ces ruses qui ont infléchi et subordonné nos désirs au règne de l'économique, signes (au plein sens du mot) de l'idéologie de la classe dominante, que nous discernerons les possibilités de les inverser, de les déconstruire par le refus radical de la matrice de pratiques corporelles qui les ont imposées. Autrement dit, la lutte quotidienne et organisée contre la politique du corps dispensée par l'appareil d'Etat reste, à nos yeux, stérile si elle ne se double, d'une part, d'une analyse permanente et radicale de l'ambivalence des processus idéologiques d'investissement et d'assujettissement des corps, d'autre part, du dérèglement de leur fonctionnement au niveau des pratiques recommandées et des discours qui les justifient.

On réalise dès lors le contre-sens majeur, mais ô combien significatif, commis par les lecteurs qui, ne retenant et ne voulant retenir (selon le principe psychologique bien connu d'absorption de l'incertitude) que les première et deuxième parties de mon livre, celles concernant les modèles scientifiques neuro-physiologique et psychomoteur et celui phénoménologique du corps, ont réduit mon argumentation à un exposé didactique et justificatif de ces modèles. Il est utile, à ce propos, de signaler qu'un tel contresens a été le fait de certains milieux d'éducateurs, rééducateurs et thérapeutes, tous intéressés, comme on le devine, à voir valider leur prise de pouvoir sur le corps par un savoir prétendu rigoureux : ainsi l'idéologie de l'institution éducative et thérapeutique a rempli exactement sa fonction d'occultation ou de scotomisation non seulement de l'imaginaire et du pulsionnel qui hantent ce savoir, mais surtout de l'investissement sociopolitique qu'il présuppose. D'où le désarroi et l'embarras provoqués par le rappel intempestif et brutal de ses arrières-fonds, de ce non-dit du corps lors des colloques feutrés de ces milieux bien-pensants.

Inversement une certaine surestimation de la dimension sociologique du corps telle que j'ai tenté de la dégager dans la troisième partie, peut paraître tout autant suspecte : l'empressement mis par quelques interprètes à souligner et accentuer le façonnement social des comportements et des structures mêmes de notre corps n'a d'égale que la hâte à gommer la médiation inévitable du jeu complexe et ambivalent de notre histoire libidinale et de son actualisation linguistique. En d'autres termes, un sociologisme superficiel et résolu peut être le masque, le travestissement tout aussi mystificateur qu'un psychologisme primaire ou un positivisme médical borné. Les deux attitudes relèvent, en fait, d'un même souci de sécurisation, bien qu'en des sens opposés : l'une en cherchant à conforter et garantir son action directive et proprement manipulatrice ; l'autre, en se démettant, en se déchargeant a priori de toute possibilité et par là de toute vélléité d'initiative et d'engagement personnel théorique et pratique au profit d'une Société fantasmatique, totalitaire, calculatrice et vorace pour laquelle le corps individuel ne serait qu'un jouet ou une cire molle. Ainsi une même ruse idéologique fonctionne comme processus tantôt de domination ou de répression, tantôt de démobilisation ou démission.

Mais indéniablement la plus grave méprise parce que la plus insidieuse, la plus sournoise et aux conséquences les plus lourdes d'un point de vue sociopolitique, est, à mes yeux, celle qui faisant fi des mises en garde, des restrictions, de l'attitude permanente de suspicion et de réserve manifestée dans le livre à l'égard des mythologies du corps, mieux en dépit de notre dénonciation de la dynamique mythopoiétique du corps en tant que tel, n'a pas hésité à annexer, confisquer l'argumentation au profit du mythe le plus galvaudé, celui du corps libérateur et libéré. Bref, le livre a été interprété par beaucoup et évidemment à tort comme une réhabilitation du corps, alors que la visée explicite et catégorique du texte est de présenter une analyse démystifiante de ce concept comme « idéologème », selon l'expression de J. Kristeva. Or cette interprétation erronée ou même délibérément falsificatrice a revêtu deux formes tantôt connexes et complémentaires, tantôt opposées correspondant, en fait, à deux types de discours sur l'expressivité corporelle (73) : l'un que j'appelle « sémiotiste » dans la mesure où le corps est identifié au langage, comme moyen privilégié de communication, par un jeu complexe de codes sémiotiques tels que les décrit et analyse, par exemple, la kinésique évoquée plus haut. Discours qui trahit l'impérialisme du regard clinique avec son intention inquisitoriale, sa pulsion d'emprise et par là même son projet secrètement répressif. L'autre que je qualifie globalement, bien que le terme prête à confusion, d'« expressionniste », tend, au contraire à ne voir dans le corps que ce qui subvertit radicalement le langage verbal comme structure signifiante, artifice culturel, masque conventionnel et

(73) Pour plus de détails, je renvoie à ma thèse déjà citée plus haut, deuxième partie, chap. 4.

trompeur, à savoir l'apparente spontanéité de la dynamique énergétique ex-pressive de la singularité vitale du sujet. C'est cet expressionnisme prétendu sauvage qu'on rencontre, par exemple, dans certains courants issus ou se réclamant de la bio-énergie, de la Gestaltthérapie, des groupes de nude-look, etc., plus généralement du mouvement du potentiel humain.

Mais le plus souvent, par un étrange paradoxe, et comme pour mieux en souligner le privilège, ce spontanéisme antilangage est désigné lui-même comme « langage du corps » ou, si l'on veut, langage organique avant le langage verbal, indiquant par là non le pouvoir de communication d'une organisation sémiotique corporelle très élaborée, analogon du discours, mais la puissance d'expression immédiate, totale et affective du Sujet comme Moi intérieur. Autrement dit, la plupart du temps la proclamation de l'existence d'un « langage du corps » (i.e. propre et inhérent au corps) devient ironiquement la profession de foi d'une sorte de racisme antilangage. Bien plus, la collusion ou le téléscopage sémantique des deux emplois de ce concept de « langage du corps » suscite la fréquente conciliation de ces deux discours dans une rhétorique éclectique où l'on vante la complémentarité de l'expression du désir avec la communication non verbale et verbale du sens. Ainsi assiste-t-on, à l'occasion de la multiplication des débats, colloques, livres ou articles de vulgarisation sur le corps, à la conjonction bizarre de déclarations virulentes contre l'oppression systématique du corps par le langage et à des sermons pacificateurs d'un humanisme syncrétique. Déclarations et sermons qui, notons-le, s'annoncent souvent au service de la révolution, sans toujours bien préciser laquelle et qui en tout cas, ne semble jamais la même.

J'en trouve une remarquable illustration dans une interview récente d'une danseuse par un journaliste de « Libération » (3 déc. 1975). « Plus tu travailles sur le corps, énonce dogmatiquement cette artiste, plus tu fais la révolution. » Submergé par toutes les connotations répressives d'un tel impératif de « travail sur le corps », le lecteur inquiet ne peut s'empêcher d'interroger : quel travail ? et en vue de quelle révolution ? Mais il lui faut se contenter de réponses tout aussi catégoriques mais également tout aussi évasives : « un travail sur le corps en tant que moyen d'expression qui est différent du travail classique de la danse » et une révolution qui consiste à « retrouver son corps », « à retrouver la voix et le temps », à « retrouver le « corps son » avec les cris, les rires et les pleurs », bref à permettre « que le corps soit un langage qui se suffise ». Autrement dit, s'il y a révolution, elle consiste dans le seul retour à un langage du corps occulté, étouffé par une oppression des institutions (« le curé », « le technocrate », « le politicien », l'école comme « camp de concentration ») et « la fascisation » qu'elles véhiculent : celle d'« une prédominance du discours parlé » telle que les individus, en l'occurence, les adultes spectateurs « ne comprennent pas le discours du corps ». Parmi ceux-ci, figurent, selon notre danseuse, « les militants révolutionnaires » eux-mêmes « si habitués qu'ils sont de penser avec leur tête ». Dès lors, la révolution est seulement possible aux non-révolutionnaires, à ceux qui ne pensent pas, ou en tout cas à ceux qui ne pensent qu'à « bien sentir », vivre et rejoindre le libre élan de leur expression corporelle, ce langage des origines et des profondeurs étranger au langage des mots. En ce sens, les femmes, selon notre artiste, sont privilégiées dans la mesure où elles n'ont pas « les mêmes blocages » ou « ont moins ces grands schémas théoriques dans la tête » et savent « qu'on ne peut pas seulement lutter avec le verbe » ; ce verbe qui, notons-le, n'acquiert une authenticité qu'après le « gros travail technique » (évidemment non répressif !) exigé pour cette redécouverte sensible de notre corps. En somme, l'acte révolutionnaire par excellence n'existerait qu'au sein de l'expérience du travail du corps individuel (et en priorité féminin) sur lui-même, indépendamment de toute pensée et de tout engagement social spécifique, de toute analyse théorique des forces et de toute praxis politique.

Ainsi éclatent au grand jour les contradictions intrinsèques et extrinsèques d'un discours qui identifie révolution et libération du corps, celle-ci à la fois réduite à la subversion du verbe, à une opération antilangage verbal et appelée à promouvoir un verbe authentique. Un tel éclectisme, un tel amalgame idéologique n'a, en fait, rien d'étonnant : il est, d'une part, un des effets de cette ruse immanente à l'idéologème du signe qui, comme nous l'avons vu plus haut, tend à susciter l'illusion d'une réalité primordiale et autonome au-delà de lui-même ; d'autre part, une conséquence de ces longs « siècles de refoulement » qui « ont fondé le corps en valeur », ont fait du corps et du sexe » les métaphores de la négativité radicale » (74) et du même coup les moteurs possible d'une « libération » aussi bien sociale qu'individuelle et, par conséquent, d'une révolution. Toute réhabilitation du corps apparaît ainsi, en définitive, comme l'artefact de ce double jeu idéologique. Sur ce point, je rejoins totalement l'avis de Baudrillard : « prendre le parti du corps est un leurre » (75). Tout ce livre ne vise qu'à en convaincre le lecteur : le corps n'est pas plus un pur au-delà pulsionnel, le flux machinique d'un désir révolutionnaire que cet objet étiquetté, balisé, normé, exhibé en vue de l'échange par les différents modèles scientifiques. C'est un phénomène essentiellement ambivalent, à la fois « objet et anti-objet : traversant et annulant les disciplines qui prétendent l'unifier-lieu et non lieu : lieu de l'inconscient comme non-lieu du sujet, etc. (76) » ou bien encore si l'on veut, le processus dynamique permanent

(74) J. Baudrillard : Art. cit. in *Topique* 9-10, p. 100 et 101 note 1.
(75) Idem, p. 101.
(76) Ibidem.

d'engendrement réciproque de l'expérience et du mythe au sein de l'univers du discours.

Qu'on le veuille ou non, en effet, toute interrogation du corps s'opère toujours, directement ou indirectement, *à l'intérieur du discours*, tout comme ce discours lui-même ne s'élabore que *sur et par la résolution des processus matériels* de la dynamique énergétique de nos pulsions et de leur projection fantasmatique. Il ne faut jamais perdre de vue que tout questionnement sur la réalité et la valeur du corps implique la reconnaissance en même temps que d'un certain *statut corporel de ce questionnement* lui-même, *la discursivité inévitable du corps senti, conçu et interrogé*. Questionnement, par conséquent, essentiellement inconfortable et périlleux dans la mesure où il ne faut jamais céder au mirage de la transcendance quasi immatérielle et neutre de l'omnipotence d'une parole scientifique maîtrisant un *objet* corporel, ni à l'illusion tout aussi séduisante de l'immanence matérielle d'un corps pulsionnel, réfractaire ou imperméable à toute verbalisation et donc à toute objectivation.

A qui veut réfléchir sur le corps, l'inconfort même de cette situation impose une démarche en quelque sorte contrapontique, ce que j'oserais appeler une stratégie du négatif : il lui faut, en effet, jouer sur les contradictions et les ruptures en partant soit du langage dont il lui faut, pour ainsi dire, désarticuler les structures pour en ressentir la matérialité corporelle ; soit des intensités du flux pulsionnel de l'affect pour en laisser émerger la dynamique signifiante. Cette démarche trouve, par conséquent, un champ privilégié, son épicentre au lieu même où sont possibles cette désarticulation et cette émergence du langage : la voix. Lieu où s'échangent et se façonnent la corporéité signifiante et l'idéalité de la parole vive, la voix nous paraît en ce sens la préalable indispensable de toute analyse théorique conjointe, indissociable du corps et du langage. Si, comme nous le supposons, toute gestualité participe d'un phénomène de transvocalisation, toutes les pratiques et a fortiori tous les discours que nous aurons à analyser dans cette collection renverront à cette articulation fondamentale et justifieront de la même approche stratégique.

En conclusion, cette collection ne peut être à nos yeux qu'un lieu ou un champ d'interférences : la lire implique qu'on sache constamment tirer parti des entre-chocs, des ruptures non seulement des thèmes, mais aussi et surtout des éclairages et des langages. Une telle lecture conduira, selon nous, à la déconstruction de tous les dogmatismes réductionnistes et de leur lyrisme mystificateur. Ainsi pense-t-on non pas préparer une praxis politique ultérieure réservée à je ne sais quel militant docile et avisé, mais déjà *réaliser* hic et nunc celle qui validera, légitimera et éclairera toutes les autres.

Bibliographie complémentaire

Outre les ouvrages et articles cités, on peut recommander la lecture des livres suivants :

Ali (S.), *Corps réel, Corps imaginaire,* Paris, Dunod, 1977.
Anzieu (D.), *Le Moi-peau,* Paris, Dunod, 1991.
Baudrillard (J.), *De la séduction,* Paris, Galilée, 1980.
–, *Simulacres et Simulation,* Paris, Galilée, 1981.
Brohm (J.-M.), *Sociologie politique du sport,* Paris, Éd. J.-P. Delarge, 1976.
–, *Corps et Politique,* Paris, Éd. J.-P. Delarge, 1978.
Dagognet (F.), *Corps réfléchis,* Paris, Odile Jacob, 1990.
Deleuze (G.), *Logique de la sensation,* Paris, La Différence, 1981.
– et Guattari (F.), *Mille Plateaux,* Paris, Minuit, 1980.
Fedida (P.), *Corps du vide et Espace de séance,* Paris, Éd. J.-P. Delarge, 1977.
Foucault (M.), *Histoire de la sexualité,* Paris, Gallimard, 3 volumes : t. 1, *La Volonté de savoir,* 1976 ; t. 2, *L'Usage des plaisirs,* 1984 ; t. 3, *Le Souci de soi,* 1984.
Gentis (R.), *Leçons du corps,* Paris, Flammarion, 1980.
Gil (J.), *Métamorphoses du corps,* Paris, La Différence, 1985.
Le Breton (D.), *Corps et Sociétés,* Paris, Librairie des Méridiens, 1985.
–, *Anthropologie du corps et Modernité,* Paris, PUF, 1990.
Maldiney (H.), *Regard, Parole, Espace,* Paris, L'Age d'Homme, 1973.
Noël (B.), *Journal du regard,* Paris, POL, 1988.
Pouchelle (M.-C.), *Corps et Chirurgie à l'apogée du Moyen Age,* Paris, Flammarion, 1983.
Quel corps ?, n° 34-35, « Corps symboliques » (numéro spécial), Paris, mai 1988.
Straus (E.), *Du sens des sens. Contribution à l'étude des fondements de la psychologie,* traduit de l'allemand par G. Thines et J.-P. Legrand, Éd. Millon, 1989.
Valabrega (J.-P.), *Phantasme, Mythe, Corps et Sens. Une théorie psychanalytique de la connaissance,* Payot, 1980.
Varella (F.), Thompson (E.) et Rosch (E.), *L'Inscription corporelle de l'esprit. Sciences cognitives et expérience humaine,* Seuil, 1993.
Vigarello (G.), *Le Corps redressé,* Éd. J.-P. Delarge, 1978.
–, *Le Propre et le Sale,* Seuil, 1985.

Table

IMPRESSION : NORMANDIE ROTO IMPRESSION S.A.S. À LONRAI
DÉPÔT LÉGAL : NOVEMBRE 1995. N° 26155-4 (063244)
IMPRIMÉ EN FRANCE

Collection Points

SÉRIE ESSAIS

1. Histoire du surréalisme, *par Maurice Nadeau*
2. Une théorie scientifique de la culture
par Bronislaw Malinowski
3. Malraux, Camus, Sartre, Bernanos
par Emmanuel Mounier
4. L'Homme unidimensionnel, *par Herbert Marcuse* (épuisé)
5. Écrits I, *par Jacques Lacan*
6. Le Phénomène humain, *par Pierre Teilhard de Chardin*
7. Les Cols blancs, *par C. Wright Mills*
8. Littérature et Sensation. Stendhal, Flaubert
par Jean-Pierre Richard
9. La Nature dé-naturée, *par Jean Dorst*
10. Mythologies, *par Roland Barthes*
11. Le Nouveau Théâtre américain
par Franck Jotterand (épuisé)
12. Morphologie du conte, *par Vladimir Propp*
13. L'Action sociale, *par Guy Rocher*
14. L'Organisation sociale, *par Guy Rocher*
15. Le Changement social, *par Guy Rocher*
17. Essais de linguistique générale
par Roman Jakobson (épuisé)
18. La Philosophie critique de l'histoire, *par Raymond Aron*
19. Essais de sociologie, *par Marcel Mauss*
20. La Part maudite, *par Georges Bataille* (épuisé)
21. Écrits II, *par Jacques Lacan*
22. Éros et Civilisation, *par Herbert Marcuse* (épuisé)
23. Histoire du roman français depuis 1918
par Claude-Edmonde Magny
24. L'Écriture et l'Expérience des limites
par Philippe Sollers
25. La Charte d'Athènes, *par Le Corbusier*
26. Peau noire, Masques blancs, *par Frantz Fanon*
27. Anthropologie, *par Edward Sapir*
28. Le Phénomène bureaucratique, *par Michel Crozier*
29. Vers une civilisation des loisirs ?, *par Joffre Dumazedier*
30. Pour une bibliothèque scientifique
par François Russo (épuisé)
31. Lecture de Brecht, *par Bernard Dort*
32. Ville et Révolution, *par Anatole Kopp*
33. Mise en scène de Phèdre, *par Jean-Louis Barrault*
34. Les Stars, *par Edgar Morin*
35. Le Degré zéro de l'écriture
suivi de Nouveaux Essais critiques, *par Roland Barthes*
36. Libérer l'avenir, *par Ivan Illich*

37. Structure et Fonction dans la société primitive
par A. R. Radcliffe-Brown
38. Les Droits de l'écrivain, *par Alexandre Soljenitsyne*
39. Le Retour du tragique, *par Jean-Marie Domenach*
41. La Concurrence capitaliste
par Jean Cartell et Pierre-Yves Cossé (épuisé)
42. Mise en scène d'Othello, *par Constantin Stanislavski*
43. Le Hasard et la Nécessité, *par Jacques Monod*
44. Le Structuralisme en linguistique, *par Oswald Ducrot*
45. Le Structuralisme : Poétique, *par Tzvetan Todorov*
46. Le Structuralisme en anthropologie, *par Dan Sperber*
47. Le Structuralisme en psychanalyse, *par Moustapha Safouan*
48. Le Structuralisme : Philosophie, *par François Wahl*
49. Le Cas Dominique, *par Françoise Dolto*
51. Trois Essais sur le comportement animal et humain
par Konrad Lorenz
52. Le Droit à la ville, *suivi de* Espace et Politique
par Henri Lefebvre
53. Poèmes, *par Léopold Sédar Senghor*
54. Les Élégies de Duino, *suivi de* Les Sonnets à Orphée
par Rainer Maria Rilke (édition bilingue)
55. Pour la sociologie, *par Alain Touraine*
56. Traité du caractère, *par Emmanuel Mounier*
57. L'Enfant, sa « maladie » et les autres, *par Maud Mannoni*
58. Langage et Connaissance, *par Adam Schaff*
59. Une saison au Congo, *par Aimé Césaire*
61. Psychanalyser, *par Serge Leclaire*
63. Mort de la famille, *par David Cooper*
64. À quoi sert la Bourse ?, *par Jean-Claude Leconte* (épuisé)
65. La Convivialité, *par Ivan Illich*
66. L'Idéologie structuraliste, *par Henri Lefebvre*
67. La Vérité des prix, *par Hubert Lévy-Lambert* (épuisé)
68. Pour Gramsci, *par Maria-Antonietta Macciocchi*
69. Psychanalyse et Pédiatrie, *par Françoise Dolto*
70. S/Z, *par Roland Barthes*
71. Poésie et Profondeur, *par Jean-Pierre Richard*
72. Le Sauvage et l'Ordinateur, *par Jean-Marie Domenach*
73. Introduction à la littérature fantastique
par Tzvetan Todorov
74. Figures I, *par Gérard Genette*
75. Dix Grandes Notions de la sociologie, *par Jean Cazeneuve*
76. Mary Barnes, un voyage à travers la folie
par Mary Barnes et Joseph Berke
77. L'Homme et la Mort, *par Edgar Morin*
78. Poétique du récit, *par Roland Barthes,*
Wayne Booth, Wolfgang Kayser et Philippe Hamon
79. Les Libérateurs de l'amour, *par Alexandrian*
80. Le Macroscope, *par Joël de Rosnay*

81. Délivrance, *par Maurice Clavel et Philippe Sollers*
82. Système de la peinture, *par Marcelin Pleynet*
83. Pour comprendre les médias, *par M. McLuhan*
84. L'Invasion pharmaceutique
par Jean-Pierre Dupuy et Serge Karsenty
85. Huit Questions de poétique, *par Roman Jakobson*
86. Lectures du désir, *par Raymond Jean*
87. Le Traître, *par André Gorz*
88. Psychiatrie et Antipsychiatrie, *par David Cooper*
89. La Dimension cachée, *par Edward T. Hall*
90. Les Vivants et la Mort, *par Jean Ziegler*
91. L'Unité de l'homme, *par le Centre Royaumont*
1. Le primate et l'homme
par E. Morin et M. Piattelli-Palmarini
92. L'Unité de l'homme, *par le Centre Royaumont*
2. Le cerveau humain
par E. Morin et M. Piattelli-Palmarini
93. L'Unité de l'homme, *par le Centre Royaumont*
3. Pour une anthropologie fondamentale
par E. Morin et M. Piattelli-Palmarini
94. Pensées, *par Blaise Pascal*
95. L'Exil intérieur, *par Roland Jaccard*
96. Semeiotiké, recherches pour une sémanalyse
par Julia Kristeva
97. Sur Racine, *par Roland Barthes*
98. Structures syntaxiques, *par Noam Chomsky*
99. Le Psychiatre, son « fou » et la psychanalyse
par Maud Mannoni
100. L'Écriture et la Différence, *par Jacques Derrida*
101. Le Pouvoir africain, *par Jean Ziegler*
102. Une logique de la communication
par P. Watzlawick, J. Helmick Beavin, Don D. Jackson
103. Sémantique de la poésie, *par T. Todorov, W. Empson, J. Cohen, G. Hartman, F. Rigolot*
104. De la France, *par Maria-Antonietta Macciocchi*
105. Small is beautiful, *par E.F. Schumacher*
106. Figures II, *par Gérard Genette*
107. L'Œuvre ouverte, *par Umberto Eco*
108. L'Urbanisme, *par Françoise Choay*
109. Le Paradigme perdu, *par Edgar Morin*
110. Dictionnaire encyclopédique des sciences du langage
par Oswald Ducrot et Tzvetan Todorov
111. L'Évangile au risque de la psychanalyse, tome 1
par Françoise Dolto
112. Un enfant dans l'asile, *par Jean Sandretto*
113. Recherche de Proust, *ouvrage collectif*
114. La Question homosexuelle
par Marc Oraison

115. De la psychose paranoïaque dans ses rapports avec la personnalité, *par Jacques Lacan*
116. Sade, Fourier, Loyola, *par Roland Barthes*
117. Une société sans école, *par Ivan Illich*
118. Mauvaises Pensées d'un travailleur social *par Jean-Marie Geng*
119. Albert Camus, *par Herbert R. Lottman*
120. Poétique de la prose, *par Tzvetan Todorov*
121. Théorie d'ensemble, *par Tel Quel*
122. Némésis médicale, *par Ivan Illich*
123. La Méthode
 1. La nature de la nature, *par Edgar Morin*
124. Le Désir et la Perversion, *ouvrage collectif*
125. Le Langage, cet inconnu, *par Julia Kristeva*
126. On tue un enfant, *par Serge Leclaire*
127. Essais critiques, *par Roland Barthes*
128. Le Je-ne-sais-quoi et le Presque-rien
 1. La manière et l'occasion, *par Vladimir Jankélévitch*
129. L'Analyse structurale du récit, Communications 8 *ouvrage collectif*
130. Changements, Paradoxes et Psychothérapie *par P. Watzlawick, J. Weakland et R. Fisch*
131. Onze Études sur la poésie moderne *par Jean-Pierre Richard*
132. L'Enfant arriéré et sa mère, *par Maud Mannoni*
133. La Prairie perdue (Le Roman américain) *par Jacques Cabau*
134. Le Je-ne-sais-quoi et le Presque-rien
 2. La méconnaissance, *par Vladimir Jankélévitch*
135. Le Plaisir du texte, *par Roland Barthes*
136. La Nouvelle Communication, *ouvrage collectif*
137. Le Vif du sujet, *par Edgar Morin*
138. Théories du langage, Théories de l'apprentissage *par le Centre Royaumont*
139. Baudelaire, la Femme et Dieu, *par Pierre Emmanuel*
140. Autisme et Psychose de l'enfant, *par Frances Tustin*
141. Le Harem et les Cousins, *par Germaine Tillion*
142. Littérature et Réalité, *ouvrage collectif*
143. La Rumeur d'Orléans, *par Edgar Morin*
144. Partage des femmes, *par Eugénie Lemoine-Luccioni*
145. L'Évangile au risque de la psychanalyse, tome 2 *par Françoise Dolto*
146. Rhétorique générale, *par le Groupe μ*
147. Système de la Mode, *par Roland Barthes*
148. Démasquer le réel, *par Serge Leclaire*
149. Le Juif imaginaire, *par Alain Finkielkraut*
150. Travail de Flaubert, *ouvrage collectif*
151. Journal de Californie, *par Edgar Morin*

152. Pouvoirs de l'horreur, *par Julia Kristeva*
153. Introduction à la philosophie de l'histoire de Hegel
par Jean Hyppolite
154. La Foi au risque de la psychanalyse
par Françoise Dolto et Gérard Sévérin
155. Un lieu pour vivre, *par Maud Mannoni*
156. Scandale de la vérité, *suivi de* Nous autres Français
par Georges Bernanos
157. Enquête sur les idées contemporaines
par Jean-Marie Domenach
158. L'Affaire Jésus, *par Henri Guillemin*
159. Paroles d'étranger, *par Elie Wiesel*
160. Le Langage silencieux, *par Edward T. Hall*
161. La Rive gauche, *par Herbert R. Lottman*
162. La Réalité de la réalité, *par Paul Watzlawick*
163. Les Chemins de la vie, *par Joël de Rosnay*
164. Dandies, *par Roger Kempf*
165. Histoire personnelle de la France, *par François George*
166. La Puissance et la Fragilité, *par Jean Hamburger*
167. Le Traité du sablier, *par Ernst Jünger*
168. Pensée de Rousseau, *ouvrage collectif*
169. La Violence du calme, *par Viviane Forrester*
170. Pour sortir du XXe siècle, *par Edgar Morin*
171. La Communication, Hermès I, *par Michel Serres*
172. Sexualités occidentales, Communications 35
ouvrage collectif
173. Lettre aux Anglais, *par Georges Bernanos*
174. La Révolution du langage poétique, *par Julia Kristeva*
175. La Méthode
2. La vie de la vie, *par Edgar Morin*
176. Théories du symbole, *par Tzvetan Todorov*
177. Mémoires d'un névropathe, *par Daniel Paul Schreber*
178. Les Indes, *par Édouard Glissant*
179. Clefs pour l'Imaginaire ou l'Autre Scène
par Octave Mannoni
180. La Sociologie des organisations, *par Philippe Bernoux*
181. Théorie des genres, *ouvrage collectif*
182. Le Je-ne-sais-quoi et le Presque-rien
3. La volonté de vouloir, *par Vladimir Jankélévitch*
183. Le Traité du rebelle, *par Ernst Jünger*
184. Un homme en trop, *par Claude Lefort*
185. Théâtres, *par Bernard Dort*
186. Le Langage du changement, *par Paul Watzlawick*
187. Lettre ouverte à Freud, *par Lou Andreas-Salomé*
188. La Notion de littérature, *par Tzvetan Todorov*
189. Choix de poèmes, *par Jean-Claude Renard*
190. Le Langage et son double, *par Julien Green*
191. Au-delà de la culture, *par Edward T. Hall*

192. Au jeu du désir, *par Françoise Dolto*
193. Le Cerveau planétaire, *par Joël de Rosnay*
194. Suite anglaise, *par Julien Green*
195. Michelet, *par Roland Barthes*
196. Hugo, *par Henri Guillemin*
197. Zola, *par Marc Bernard*
198. Apollinaire, *par Pascal Pia*
199. Paris, *par Julien Green*
200. Voltaire, *par René Pomeau*
201. Montesquieu, *par Jean Starobinski*
202. Anthologie de la peur, *par Éric Jourdan*
203. Le Paradoxe de la morale, *par Vladimir Jankélévitch*
204. Saint-Exupéry, *par Luc Estang*
205. Leçon, *par Roland Barthes*
206. François Mauriac
1. Le sondeur d'abîmes (1885-1933), *par Jean Lacouture*
207. François Mauriac
2. Un citoyen du siècle (1933-1970), *par Jean Lacouture*
208. Proust et le Monde sensible, *par Jean-Pierre Richard*
209. Nus, Féroces et Anthropophages, *par Hans Staden*
210. Œuvre poétique, *par Léopold Sédar Senghor*
211. Les Sociologies contemporaines, *par Pierre Ansart*
212. Le Nouveau Roman, *par Jean Ricardou*
213. Le Monde d'Ulysse, *par Moses I. Finley*
214. Les Enfants d'Athéna, *par Nicole Loraux*
215. La Grèce ancienne, tome 1
par Jean-Pierre Vernant et Pierre Vidal-Naquet
216. Rhétorique de la poésie, *par le Groupe μ*
217. Le Séminaire. Livre XI, *par Jacques Lacan*
218. Don Juan ou Pavlov
par Claude Bonnange et Chantal Thomas
219. L'Aventure sémiologique, *par Roland Barthes*
220. Séminaire de psychanalyse d'enfants, tome 1
par Françoise Dolto
221. Séminaire de psychanalyse d'enfants, tome 2
par Françoise Dolto
222. Séminaire de psychanalyse d'enfants
tome 3, Inconscient et destins, *par Françoise Dolto*
223. État modeste, État moderne, *par Michel Crozier*
224. Vide et Plein, *par François Cheng*
225. Le Père : acte de naissance, *par Bernard This*
226. La Conquête de l'Amérique, *par Tzvetan Todorov*
227. Temps et Récit, tome 1, *par Paul Ricœur*
228. Temps et Récit, tome 2, *par Paul Ricœur*
229. Temps et Récit, tome 3, *par Paul Ricœur*
230. Essais sur l'individualisme, *par Louis Dumont*
231. Histoire de l'architecture et de l'urbanisme modernes
1. Idéologies et pionniers (1800-1910), *par Michel Ragon*

232. Histoire de l'architecture et de l'urbanisme modernes
2. Naissance de la cité moderne (1900-1940)
par Michel Ragon
233. Histoire de l'architecture et de l'urbanisme modernes
3. De Brasilia au post-modernisme (1940-1991)
par Michel Ragon
234. La Grèce ancienne, tome 2
par Jean-Pierre Vernant et Pierre Vidal-Naquet
235. Quand dire, c'est faire, *par J. L. Austin*
236. La Méthode
3. La Connaissance de la Connaissance, *par Edgar Morin*
237. Pour comprendre *Hamlet*, *par John Dover Wilson*
238. Une place pour le père, *par Aldo Naouri*
239. L'Obvie et l'Obtus, *par Roland Barthes*
240. Mythe et société en Grèce ancienne
par Jean-Pierre Vernant
241. L'Idéologie, *par Raymond Boudon*
242. L'Art de se persuader, *par Raymond Boudon*
243. La Crise de l'État-providence, *par Pierre Rosanvallon*
244. L'État, *par Georges Burdeau*
245. L'homme qui prenait sa femme pour un chapeau
par Oliver Sacks
246. Les Grecs ont-ils cru à leurs mythes ?, *par Paul Veyne*
247. La Danse de la vie, *par Edward T. Hall*
248. L'Acteur et le Système
par Michel Crozier et Erhard Friedberg
249. Esthétique et Poétique, *collectif*
250. Nous et les Autres, *par Tzvetan Todorov*
251. L'Image inconsciente du corps, *par Françoise Dolto*
252. Van Gogh ou l'Enterrement dans les blés
par Viviane Forrester
253. George Sand ou le Scandale de la liberté, *par Joseph Barry*
254. Critique de la communication, *par Lucien Sfez*
255. Les Partis politiques, *par Maurice Duverger*
256. La Grèce ancienne, tome 3
par Jean-Pierre Vernant et Pierre Vidal-Naquet
257. Palimpsestes, *par Gérard Genette*
258. Le Bruissement de la langue, *par Roland Barthes*
259. Relations internationales
1. Questions régionales, *par Philippe Moreau Defarges*
260. Relations internationales
2.Questions mondiales, *par Philippe Moreau Defarges*
261. Voici le temps du monde fini, *par Albert Jacquard*
262. Les Anciens Grecs, *par Moses I. Finley*
263. L'Éveil, *par Oliver Sacks*
264. La Vie politique en France, *ouvrage collectif*
265. La Dissémination, *par Jacques Derrida*
266. Un enfant psychotique, *par Anny Cordié*

267. La Culture au pluriel, *par Michel de Certeau*
268. La Logique de l'honneur, *par Philippe d'Iribarne*
269. Bloc-notes, tome 1 (1952-1957), *par François Mauriac*
270. Bloc-notes, tome 2 (1958-1960), *par François Mauriac*
271. Bloc-notes, tome 3 (1961-1964), *par François Mauriac*
272. Bloc-notes, tome 4 (1965-1967), *par François Mauriac*
273. Bloc-notes, tome 5 (1968-1970), *par François Mauriac*
274. Face au racisme
1. Les moyens d'agir
sous la direction de Pierre-André Taguieff
275. Face au racisme
2. Analyses, hypothèses, perspectives
sous la direction de Pierre-André Taguieff
276. Sociologie, *par Edgar Morin*
277. Les Sommets de l'État, *par Pierre Birnbaum*
278. Lire aux éclats, *par Marc-Alain Ouaknin*
279. L'Entreprise à l'écoute, *par Michel Crozier*
280. Le Nouveau Code pénal, *par Henri Leclerc*
281. La Prise de parole, *par Michel de Certeau*
282. Mahomet, *par Maxime Rodinson*
283. Autocritique, *par Edgar Morin*
284. Être chrétien, *par Hans Küng*
285. À quoi rêvent les années 90 ?, *par Pascale Weil*
286. La Laïcité française, *par Jean Boussinesq*
287. L'Invention du social, *par Jacques Donzelot*
288. L'Union européenne, *par Pascal Fontaine*
289. La Société contre nature, *par Serge Moscovici*
290. Les Régimes politiques occidentaux
par Jean-Louis Quermonne
291. Éducation impossible, *par Maud Mannoni*
292. Introduction à la géopolitique
par Philippe Moreau Defarges
293. Les Grandes Crises internationales et le Droit
par Gilbert Guillaume
294. Les Langues du Paradis, *par Maurice Olender*
295. Face à l'extrême, *par Tzvetan Todorov*
296. Écrits logiques et philosophiques, *par Gottlob Frege*
297. Recherches rhétoriques, Communications 16
ouvrage collectif
298. De l'interprétation, *par Paul Ricœur*
299. De la parole comme d'une molécule, *par Boris Cyrulnik*
300. Introduction à une science du langage
par Jean-Claude Milner
301. Les Juifs, la Mémoire et le Présent
par Pierre Vidal-Naquet
302. Les Assassins de la mémoire, *par Pierre Vidal-Naquet*
303. La Méthode
4. Les idées, *par Edgar Morin*

304. Pour lire Jacques Lacan, *par Philippe Julien*
305. Événements I
Psychopathologie du quotidien, *par Daniel Sibony*
306. Événements II
Psychopathologie du quotidien, *par Daniel Sibony*
307. Le Système totalitaire, *par Hannah Arendt*
308. La Sociologie des entreprises, *par Philippe Bernoux*
309. Vers une écologie de l'esprit 1.
par Gregory Bateson
310. Les Démocraties, *par Olivier Duhamel*
311. Histoire constitutionnelle de la France
par Olivier Duhamel
312. Droit constitutionnel, *par Olivier Duhamel*
313. Que veut une femme ?, *par Serge André*
314. Histoire de la révolution russe
1. La révolution de Février, *par Léon Trotsky*
315. Histoire de la révolution russe
2. La révolution d'Octobre, *par Léon Trotsky*
316. La Société bloquée, *par Michel Crozier*
317. Le Corps, *par Michel Bernard*
318. Introduction à l'étude de la parenté
par Christian Ghasarian
319. La Constitution (7e édition),
par Guy Carcassonne
320. Introduction à la politique
par Dominique Chagnollaud
321. L'Invention de l'Europe, *par Emmanuel Todd*
322. La Naissance de l'histoire (tome 1), *par François Châtelet*
323. La Naissance de l'histoire (tome 2), *par François Châtelet*
324. L'Art de bâtir les villes, *par Camillo Sitte*
325. L'Invention de la réalité
sous la direction de Paul Watzlawick
326. Le Pacte autobiographique, *par Philippe Lejeune*
327. L'Imprescriptible, *par Vladimir Jankélévitch*
328. Libertés et Droits fondamentaux
sous la direction de Mireille Delmas-Marty
et Claude Lucas de Leyssac
329. Penser au Moyen Age, *par Alain de Libera*
330. Soi-Même comme un autre, *par Paul Ricœur*
331. Raisons pratiques, *par Pierre Bourdieu*
332. L'Écriture poétique chinoise, *par François Cheng*
333. Machiavel et la Fragilité du politique
par Paul Valadier
334. Code de déontologie médicale, *par Louis René*
335. Lumière, Commencement, Liberté
par Robert Misrahi
336. Les Miettes philosophiques, *par Søren Kierkegaard*
337. Des yeux pour entendre, *par Oliver Sacks*

338. De la liberté du chrétien *et* Préfaces à la Bible
par Martin Luther (bilingue)
339. L'Être et l'Essence
par Thomas d'Aquin et Dietrich de Freiberg (bilingue)
340. Les Deux États, *par Bertrand Badie*
341. Le Pouvoir et la Règle, *par Erhard Friedberg*
342. Introduction élémentaire au droit, *par Jean-Pierre Hue*
343. La Démocratie politique, *par Philippe Braud*
344. Science politique
2.L'État, *par Philippe Braud*
345. Le Destin des immigrés, *par Emmanuel Todd*
346. La Psychologie sociale, *par Gustave-Nicolas Fischer*
347. La Métaphore vive, *par Paul Ricœur*
348. Les Trois Monothéismes, *par Daniel Sibony*
349. Éloge du quotidien. Essai sur la peinture
hollandaise du XVIIIe siècle, *par Tzvetan Todorov*
350. Le Temps du désir. Essai sur le corps et la parole
par Denis Vasse
351. La Recherche de la langue parfaite dans la culture européenne
par Umberto Eco
352. Esquisses pyrrhoniennes, *par Pierre Pellegrin*
353. De l'ontologie, *par Jeremy Bentham*
354. Théorie de la justice, *par John Rawls*
355. De la naissance des dieux à la naissance du Christ
par Eugen Drewermann
356. L'Impérialisme, *par Hannah Arendt*
357. Entre-Deux, *par Daniel Sibony*
358. Paul Ricœur, *par Olivier Mongin*
359. La Nouvelle Question sociale, *par Pierre Rosanvallon*
360. Sur l'antisémitisme, *par Hannah Arendt*
361. La Crise de l'intelligence, *par Michel Crozier*
362. L'Urbanisme face aux villes anciennes
par Gustavo Giovannoni
363. Le Pardon, *collectif dirigé par Olivier Abel*
364. La Tolérance, *collectif dirigé par Claude Sahel*
365. Introduction à la sociologie politique
par Jean Baudouin
366. Séminaire, livre I : les écrits techniques de Freud
par Jacques Lacan
367. Identité et Différence, *par John Locke*
368. Sur la nature ou sur l'étant, la langue de l'être ?
par Parménide
369. Les Carrefours du labyrinthe, I, *par Cornelius Castoriadis*
370. Les Règles de l'art, *par Pierre Bourdieu*
371. La Pragmatique aujourd'hui,
une nouvelle science de la communication
par Anne Reboul et Jacques Moeschler
372. La Poétique de Dostoïevski, *par Mikhaïl Bakhtine*

373. L'Amérique latine, *par Alain Rouquié*
374. La Fidélité, *collectif dirigé par Cécile Wajsbrot*
375. Le Courage, *collectif dirigé par Pierre Michel Klein*
376. Le Nouvel Age des inégalités
par Jean-Paul Fitoussi et Pierre Rosanvallon
377. Du texte à l'action, essais d'herméneutique II
par Paul Ricœur
378. Madame du Deffand et son monde
par Benedetta Craveri
379. Rompre les charmes, *par Serge Leclaire*
380. Éthique, *par Spinoza*
381. Introduction à une politique de l'homme,
par Edgar Morin
382. Lectures 1. Autour du politique, *par Paul Ricœur*
383. L'Institution imaginaire de la société
par Cornelius Castoriadis
384. Essai d'autocritique et autres préfaces, *par Nietzsche*
385. Le Capitalisme utopique, *par Pierre Rosanvallon*
386. Mimologiques, *par Gérard Genette*
387. La Jouissance de l'hystérique, *par Lucien Israël*
388. L'Histoire d'Homère à Augustin
préfaces et textes d'historiens antiques
réunis et commentés par François Hartog
389. Études sur le romantisme, *par Jean-Pierre Richard*
390. Le Respect, *collectif dirigé par Catherine Audard*
391. La Justice, *collectif dirigé par William Baranès*
et Marie-Anne Frison Roche
392. L'Ombilic et la Voix, *par Denis Vasse*
393. La Théorie comme fiction, *par Maud Mannoni*
394. Don Quichotte ou le roman d'un Juif masqué
par Ruth Reichelberg
395. Le Grain de la voix, *par Roland Barthes*
396. Critique et Vérité, *par Roland Barthes*
397. Nouveau Dictionnaire encyclopédique
des sciences du langage
par Oswald Ducrot et Jean-Marie Schaeffer
398. Encore, *par Jacques Lacan*
399. Domaines de l'homme, *par Cornelius Castoriadis*
400. La Force d'attraction, *par J.-B. Pontalis*
401. Lectures 2, *par Paul Ricœur*
402. Des différentes méthodes du traduire
par Friedrich D.E.Schleiermacher
403. Histoire de la philosophie au XXe siècle
par Christian Delacampagne
404. L'Harmonie des langues, *par Leibniz*
405. Esquisse d'une théorie de la pratique
par Pierre Bourdieu
406. Le XVIIe siècle des moralistes, *par Bérengère Parmentier*

407. Littérature et Engagement, de Pascal à Sartre
par Benoît Denis
408. Marx, une critique de la philosophie, *par Isabelle Garo*
409. Amour et Désespoir, *par Michel Terestchenko*
410. Les Pratiques de gestion des ressources humaines
par François Pichault et Jean Mizet
411. Précis de sémiotique générale, *par Jean-Marie Klinkenberg*
412. Écrits sur le personnalisme, *par Emmanuel Mounier*
413. Refaire la Renaissance, *par Emmanuel Mounier*
414. Droit constitutionnel, 2. Les démocraties
par Olivier Duhamel
415. Droit humanitaire, *par Mario Bettati*
416. La Violence et la Paix, *par Pierre Hassner*
417. Descartes, *par John Cottingham*
418. Kant, *par Ralph Walker*
419. Marx, *par Terry Eagleton*
420. Socrate, *par Anthony Gottlieb*
421. Platon, *par Bernard Williams*
422. Nietzsche, *par Ronald Hayman*
423. Les Cheveux du baron de Münchhausen
par Paul Watzlawick
424. Husserl et l'Énigme du monde, *par Emmanuel Housset*
425. Sur le caractère national des langues
par Wilhelm von Humboldt
426. La Cour pénale internationale, *par William Bourdon*
427. Justice et Démocratie, *par John Rawls*
428. Perversions, *par Daniel Sibony*
429. La Passion d'être un autre, *par Pierre Legendre*
430. Entre mythe et politique, *par Jean-Pierre Vernant*
431. Entre dire et faire, *par Daniel Sibony*
432. Heidegger. Introduction à une lecture
par Christian Dubois
433. Essai de poétique médiévale, *par Paul Zumthor*
434. Les Romanciers du réel, *par Jacques Dubois*
435. Locke, *par Michael Ayers*
436. Voltaire, *par John Gray*
437. Wittgenstein, *par P.M.S. Hacker*
438. Hegel, *par Raymond Plant*
439. Hume, *par Anthony Quinton*
440. Spinoza, *par Roger Scruton*
441. Le Monde morcelé, *par Cornelius Castoriadis*
442. Le Totalitarisme, *par Enzo Traverso*
443. Le Séminaire Livre II, *par Jacques Lacan*
444. Le Racisme, une haine identitaire, *par Daniel Sibony*
445. Qu'est-ce que la politique ?, *par Hannah Arendt*
447. Foi et Savoir, *par Jacques Derrida*
448. Anthropologie de la communication, *par Yves Winkin*

449. Questions de littérature générale
par Emmanuel Fraisse et Bernard Mouralis
450. Les Théories du pacte social, *par Jean Terrel*
451. Machiavel, *par Quentin Skinner*
452. Si tu m'aimes, ne m'aime pas, *par Mony Elkaïm*
453. C'est pour cela qu'on aime les libellules
par Marc-Alain Ouaknin
454. Le Démon de la théorie, *par Antoine Compagnon*
455. L'Économie contre la société
par Bernard Perret, Guy Roustang
456. Entretiens de Francis Ponge avec Philippe Sollers
par Philippe Sollers - Francis Ponge
457. Théorie de la littérature, *par Tzvetan Todorov*
458. Gens de la Tamise, *par Christine Jordis*
459. Essais sur le Politique, *par Claude Lefort*
460. Événements III, *par Daniel Sibony*
461. Langage et Pouvoir symbolique, *par Pierre Bourdieu*
462. Le Théâtre romantique, *par Florence Naugrette*
463. Introduction à l'anthropologie structurale, *par Robert Deliège*
464. L'Intermédiaire, *par Philippe Sollers*
465. L'Espace vide, *par Peter Brook*
466. Étude sur Descartes, *par Jean-Marie Beyssade*
467. Poétique de l'ironie, *par Pierre Schoentjes*
468. Histoire et Vérité, *par Paul Ricoeur*
469. Une charte pour l'Europe
Introduite et commentée par Guy Braibant
470. La Métaphore baroque, d'Aristote à Tesauro, *par Yves Hersant*
471. Kant, *par Ralph Walker*
472. Sade mon prochain, *par Pierre Klossowski*
473. Freud, *par Octave Mannoni*
474. Seuils, *par Gérard Genette*
475. Système sceptique et autres systèmes, *par David Hume*
476. L'Existence du mal, *par Alain Cugno*
477. Le Bal des célibataires, *par Pierre Bourdieu*
478. L'Héritage refusé, *par Patrick Champagne*
479. L'Enfant porté, *par Aldo Naouri*
480. L'Ange et le Cachalot, *par Simon Leys*
481. L'Aventure des manuscrits de la mer Morte
par Hershel Shanks (dir.)
482. Cultures et Mondialisation
par Philippe d'Iribarne (dir.)
483. La Domination masculine, *par Pierre Bourdieu*
484. Les Catégories, *par Aristote*
485. Pierre Bourdieu et la théorie du monde social
par Louis Pinto
486. Poésie et Renaissance, *par François Rigolot*
487. L'Existence de Dieu, *par Emanuela Scribano*

488. Histoire de la pensée chinoise, *par Anne Cheng*
489. Contre les professeurs, *par Sextus Empiricus*
490. La Construction sociale du corps, *par Christine Detrez*
491. Aristote, le philosophe et les savoirs
par Michel Crubellier et Pierre Pellegrin
492. Écrits sur le théâtre, *par Roland Barthes*
493. La Propension des choses, *par François Jullien*
494. La Mémoire, l'Histoire, l'Oubli, *par Paul Ricœur*
495. Un anthropologue sur Mars, *par Oliver Sacks*
496. Avec Shakespeare, *par Daniel Sibony*
497. Pouvoirs politiques en France, *par Olivier Duhamel*
498. Les Purifications, *par Empédocle*
499. Panorama des thérapies familiales
collectif sous la direction de Mony Elkaïm
500. Juger, *par Hannah Arendt*
501. La Vie commune, *par Tzvetan Todorov*
502. La Peur du vide, *par Olivier Mongin*
503. La Mobilisation infinie, *par Peter Sloterdijk*
504. La Faiblesse de croire, *par Michel de Certeau*
505. Le Rêve, la Transe et la Folie, *par Roger Bastide*
506. Penser la Bible, *par Paul Ricoeur et André LaCocque*
507. Méditations pascaliennes, *par Pierre Bourdieu*
508. La Méthode
5. L' humanité de l' humanité, *par Edgar Morin*
509. Élégie érotique romaine, *par Paul Veyne*
510. Sur l'interaction, *par Paul Watzlawick*
511. Fiction et Diction, *par Gérard Genette*
512. La Fabrique de la langue, *par Lise Gauvin*
513. Il était une fois l'ethnographie, *par Germaine Tillion*
514. Éloge de l'individu, *par Tzvetan Todorov*
515. Violences politiques, *par Philippe Braud*
516. Le Culte du néant, *par Roger-Pol Droit*
517. Pour un catastrophisme éclairé, *par Jean-Pierre Dupuy*
518. Pour entrer dans le XXIe siècle, *par Edgar Morin*
519. Points de suspension, *par Peter Brook*
520. Les Écrivains voyageurs au XXe siècle, *par Gérard Cogez*
521. L'Islam mondialisé, *par Olivier Roy*
522. La Mort opportune, *par Jacques Pohier*
523. Une tragédie française, *par Tzvetan Todorov*
527. L'Oubli de l'Inde, *par Roger-Pol Droit*
528. La Maladie de l'Islam, *par Abdelwahab Meddeb*
529. Le Nu impossible, *par François Jullien*
530. Le Juste 1, *par Paul Ricœur*
531. Le Corps et sa danse, *par Daniel Sibony*
532. Schumann. La Tombée du jour, *par Michel Schneider*
532. Mange ta soupe et… tais-toi !, *par Michel Ghazal*
533. Jésus après Jésus, *par Gérard Mordillat et Jérôme Prieur*
534. Introduction à la pensée complexe, *par Edgar Morin*

535. Peter Brook. Vers un théâtre premier, *par Georges Banu*
536. L'Empire des signes, *par Roland Barthes*
539. En guise de contribution à la grammaire et à l'étymologie du mot « être », *par Martin Heidegger*
540. Devoirs et délices, *par Tzvetan Todorov*
541. Lectures 3, *par Paul Ricœur*
542. La Damnation d'Edgar P. Jacobs *par Benoît Mouchart et François Rivière*
543. Nom de dieu, *par Daniel Sibony*
544. Les Poètes de la modernité. De Baudelaire à Apollinaire, *par Jean-Pierre Bertrand et Pascal Durand*
545. Souffle-Esprit, *par François Cheng*
546. La Terreur et l'Empire, *par Pierre Hassner*
547. Amours plurielles. Doctrines médiévales du rapport amoureux de Bernard de Clairvaux à Bocace *par Ruedi Imbach et Inigo Atucha*
548. Fous comme des sages *par Roger-Pol Droit et Jean-Philippe de Tonnac*
549. Souffrance en France, *par Christophe Dejours*
550. Petit Traité des grandes vertus, *par André Comte-Sponville*
551. Du mal/Du négatif, *par François Jullien*
552. La Force de conviction, *par Jean-Claude Guillebaud*
553. La Pensée de Karl Marx, *par Jean-Yves Calvez*
554. Géopolitique d'Israël *par Frédérique Encel, François Thual*
555. La Méthode 6, *par Edgar Morin*
556. Hypnose mode d'emploi, *par Gérard Miller*
557. L'Humanité perdue, *par Alain Finkielkraut*
558. Une saison chez Lacan, *par Pierre Rey*
559. Les Seigneurs du crime, *par Jean Ziegler*
560. Les Nouveaux Maîtres du monde, *par Jean Ziegler*
561. L'Univers, les Dieux, les Hommes *par Jean-Pierre Vernant*
562. Métaphysique des sexes, *par Sylviane Agacinski*
563. L'Utérus artificiel, *par Henri Atlan*
564. Un enfant chez le psychanalyste, *par Patrick Avrane*
565. La Montée de l'insignifiance, Les Carrefours du labyrinthe IV *par Cornelius Castoriadis*
566. L'Atlantide, *par Pierre Vidal-Naquet*
567. Une vie en plus, *par Joël de Rosnay, Jean-Louis Servan-Schreiber, François de Closets, Dominique Simonnet*
568. Le Goût de l'avenir, *par Jean-Claude Guillebaud*
569. La Misère du monde, *par Pierre Bourdieu*
570. Éthique à l'usage de mon fils, *par Fernando Savater*
571. Lorsque l'enfant paraît t. 1, *par Françoise Dolto*
572. Lorsque l'enfant paraît t. 2, *par Françoise Dolto*
573. Lorsque l'enfant paraît t. 3, *par Françoise Dolto*

Collection Points

SÉRIE HISTOIRE

DERNIERS TITRES PARUS

H138. L'Abîme 1939-1944. La politique étrangère de la France
par Jean-Baptiste Duroselle
H139. La Culture des apparences, *par Daniel Roche*
H140. Amour et Sexualité en Occident
par la revue « L'Histoire »
H141. Le Corps féminin, *par Philippe Perrot*
H142. Les Galériens, *par André Zysberg*
H143. Histoire de l'antisémitisme 1. L'âge de la foi
par Léon Poliakov
H144. Histoire de l'antisémitisme 2. L'âge de la science
par Léon Poliakov
H145. L'Épuration française (1944-1949), *par Peter Novick*
H146. L'Amérique latine au XXe siècle (1889-1929)
par Leslie Manigat
H147. Les Fascismes, *par Pierre Milza*
H148. Histoire sociale de la France au XIXe siècle
par Christophe Charle
H149. L'Allemagne de Hitler, *par la revue « L'Histoire »*
H150. Les Révolutions d'Amérique latine, *par Pierre Vayssière*
H151. Le Capitalisme « sauvage » aux États-Unis (1860-1900)
par Marianne Debouzy
H152. Concordances des temps, *par Jean-Noël Jeanneney*
H153. Diplomatie et Outil militaire
par Jean Doise et Maurice Vaïsse
H154. Histoire des démocraties populaires
1. L'ère de Staline, *par François Fejtö*
H155. Histoire des démocraties populaires
2. Après Staline, *par François Fejtö*
H156. La Vie fragile, *par Arlette Farge*
H157. Histoire de l'Europe, *sous la direction de Jean Carpentier et François Lebrun*
H158. L'État SS, *par Eugen Kogon*
H159. L'Aventure de l'Encyclopédie, *par Robert Darnton*
H160. Histoire générale du XXe siècle
4. Crises et mutations de 1973 à nos jours
par Bernard Droz et Anthony Rowley
H161. Le Creuset français, *par Gérard Noiriel*
H162. Le Socialisme en France et en Europe, XIXe-XXe siècle
par Michel Winock
H163. 14-18 : Mourir pour la patrie, *par la revue « L'Histoire »*
H164. La Guerre de Cent Ans vue par ceux qui l'ont vécue
par Michel Mollat du Jourdin

H165. L'École, l'Église et la République, *par Mona Ozouf*
H166. Histoire de la France rurale
1. La formation des campagnes françaises (des origines à 1340)
sous la direction de Georges Duby et Armand Wallon
H167. Histoire de la France rurale
2. L'âge classique des paysans (de 1340 à 1789)
sous la direction de Georges Duby et Armand Wallon
H168. Histoire de la France rurale
3. Apogée et crise de la civilisation paysanne (de 1789 à 1914)
sous la direction de Georges Duby et Armand Wallon
H169. Histoire de la France rurale
4. La fin de la France paysanne (depuis 1914)
sous la direction de Georges Duby et Armand Wallon
H170. Initiation à l'Orient ancien, *par la revue « L'Histoire »*
H171. La Vie élégante, *par Anne Martin-Fugier*
H172. L'État en France de 1789 à nos jours
par Pierre Rosanvallon
H173. Requiem pour un empire défunt, *par François Fejtö*
H174. Les animaux ont une histoire, *par Robert Delort*
H175. Histoire des peuples arabes, *par Albert Hourani*
H176. Paris, histoire d'une ville, *par Bernard Marchand*
H177. Le Japon au XXe siècle, *par Jacques Gravereau*
H178. L'Algérie des Français, *par la revue « L'Histoire »*
H179. L'URSS de la Révolution à la mort de Staline, 1917-1953
par Hélène Carrère d'Encausse
H180. Histoire médiévale de la Péninsule ibérique
par Adeline Rucquoi
H181. Les Fous de la République, *par Pierre Birnbaum*
H182. Introduction à la préhistoire, *par Gabriel Camps*
H183. L'Homme médiéval
Collectif sous la direction de Jacques Le Goff
H184. La Spiritualité du Moyen Âge occidental (VIIIe-XIIIe siècle)
par André Vauchez
H185. Moines et Religieux au Moyen Âge
par la revue « L'Histoire »
H186. Histoire de l'extrême droite en France
Ouvrage collectif
H187. Le Temps de la guerre froide, *par la revue « L'Histoire »*
H188. La Chine, tome 1 (1949-1971)
par Jean-Luc Domenach et Philippe Richer
H189. La Chine, tome 2 (1971-1994)
par Jean-Luc Domenach et Philippe Richer
H190. Hitler et les Juifs, *par Philippe Burrin*
H192. La Mésopotamie, *par Georges Roux*
H193. Se soigner autrefois, *par François Lebrun*
H194. Familles, *par Jean-Louis Flandrin*

H195. Éducation et Culture dans l'Occident barbare (VIe-VIIIe siècle)
par Pierre Riché
H196. Le Pain et le Cirque, *par Paul Veyne*
H197. La Droite depuis 1789, *par la revue « L'Histoire »*
H198. Histoire des nations et du nationalisme en Europe
par Guy Hermet
H199. Pour une histoire politique, *Collectif*
sous la direction de René Rémond
H200. « Esprit ». Des intellectuels dans la cité (1930-1950)
par Michel Winock
H201. Les Origines franques (Ve-IXe siècle), *par Stéphane Lebecq*
H202. L'Héritage des Charles (de la mort de Charlemagne
aux environs de l'an mil), *par Laurent Theis*
H203. L'Ordre seigneurial (XIe-XIIe siècle)
par Dominique Barthélemy
H204. Temps d'équilibres, Temps de ruptures
par Monique Bourin-Derruau
H205. Temps de crises, Temps d'espoirs, *par Alain Demurger*
H206. La France et l'Occident médiéval
de Charlemagne à Charles VIII
par Robert Delort (à paraître)
H207. Royauté, Renaissance et Réforme (1483-1559)
par Janine Garrisson
H208. Guerre civile et Compromis (1559-1598)
par Janine Garrisson
H209. La Naissance dramatique de l'absolutisme (1598-1661)
par Yves-Marie Bercé
H210. La Puissance et la Guerre (1661-1715)
par François Lebrun
H211. La Monarchie des Lumières (1715-1786)
par André Zysberg
H212. La Grèce préclassique, *par Jean-Claude Poursat*
H213. La Grèce au Ve siècle, *par Edmond Lévy*
H214. Le IVe Siècle grec, *par Pierre Carlier*
H215. Le Monde hellénistique (323-188), *par Pierre Cabanes*
H216. Les Grecs (188-31), *par Claude Vial*
H218. La République romaine, *par Jean-Michel David*
H219. Le Haut-Empire romain en Occident
d'Auguste aux Sévères, *par Patrick Le Roux*
H220. Le Haut-Empire romain.
Les provinces de Méditerranée orientale,
d'Auguste aux Sévères, *par Maurice Sartre*
H221. L'Empire romain en mutation, des Sévères à Constantin
(192-337)
par Jean-Michel Carrié et Aline Rousselle
H225. Douze Leçons sur l'histoire, *par Antoine Prost*
H226. Comment on écrit l'histoire, *par Paul Veyne*
H227. Les Crises du catholicisme en France, *par René Rémond*

H228. Les Arméniens, *par Yves Ternon*
H229. Histoire des colonisations, *par Marc Ferro*
H230. Les Catholiques français sous l'Occupation
par Jacques Duquesne
H231. L'Égypte ancienne, *présentation par Pierre Grandet*
H232. Histoire des Juifs de France, *par Esther Benbassa*
H233. Le Goût de l'archive, *par Arlette Farge*
H234. Économie et Société en Grèce ancienne
par Moses I. Finley
H235. La France de la monarchie absolue 1610-1675
par la revue « L'Histoire »
H236. Ravensbrück, *par Germaine Tillion*
H237. La Fin des démocraties populaires, *par François Fejtö et Ewa Kulesza-Mietkowski*
H238. Les Juifs pendant l'Occupation, *par André Kaspi*
H239. La France à l'heure allemande (1940-1944)
par Philippe Burrin
H240. La Société industrielle en France (1814-1914)
par Jean-Pierre Daviet
H241. La France industrielle, *par la revue « L'Histoire »*
H242. Éducation, Société et Politiques.
Une histoire de l'enseignement en France de 1945 à nos jours
par Antoine Prost
H243. Art et Société au Moyen Âge, *par Georges Duby*
H244. L'Expédition d'Égypte 1798-1801, *par Henry Laurens*
H245. L'Affaire Dreyfus, *Collectif Histoire*
H246. La Société allemande sous le IIIe Reich
par Pierre Ayçoberry
H247. La Ville en France au Moyen Âge
par André Chédeville, Jacques Le Goff et Jacques Rossiaud
H248. Histoire de l'industrie en France
du XVIe siècle à nos jours, *par Denis Woronoff*
H249. La Ville des Temps modernes
sous la direction d'Emmanuel Le Roy Ladurie
H250. Contre-Révolution, Révolution et Nation
par Jean-Clément Martin
H251. Israël. De Moïse aux accords d'Oslo
par la revue « L'Histoire »
H252. Une histoire des médias des origines à nos jours
par Jean-Noël Jeanneney
H253. Les Prêtres de l'ancienne Égypte, *par Serge Sauneron*
H254. Histoire de l'Allemagne, des origines à nos jours
par Joseph Rovan
H255. La Ville de l'âge industriel
sous la direction de Maurice Agulhon
H256. La France politique, XIXe-XXe siècle, *par Michel Winock*
H257. La Tragédie soviétique, *par Martin Malia*
H258. Histoire des pratiques de santé, *par Georges Vigarello*

H259. Les Historiens et le Temps, *par Jean Leduc*
H260. Histoire de la vie privée
1. De l'Empire romain à l'an mil
par Philippe Ariès et Georges Duby
H261. Histoire de la vie privée
2. De l'Europe féodale à la Renaissance
par Philippe Ariès et Georges Duby
H262. Histoire de la vie privée
3. De la Renaissance aux Lumières
par Philippe Ariès et Georges Duby
H263. Histoire de la vie privée
4. De la Révolution à la Grande Guerre
par Philippe Ariès et Georges Duby
H264. Histoire de la vie privée
5. De la Première Guerre mondiale à nos jours
par Philippe Ariès et Georges Duby
H265. Problèmes de la guerre en Grèce ancienne
sous la direction de Jean-Pierre Vernant
H266. Un siècle d'école républicaine
par Jean-Michel Gaillard
H267. L'Homme grec
Collectif sous la direction de Jean-Pierre Vernant
H268. Les Origines culturelles de la Révolution française
par Roger Chartier
H269. Les Palestiniens, *par Xavier Baron*
H270. Histoire du viol, *par Georges Vigarello*
H272. Histoire de la France
L'Espace français, *sous la direction*
de André Burguière et Jacques Revel
H273. Histoire de la France
Héritages, *sous la direction*
de André Burguière et Jacques Revel
H274. Histoire de la France
Choix culturels et Mémoire, *sous la direction*
de André Burguière et Jacques Revel
H275. Histoire de la France
La Longue Durée de l'État, *sous la direction*
de André Burguière et Jacques Revel
H276. Histoire de la France
Les Conflits, *sous la direction*
de André Burguière et Jacques Revel
H277. Le Roman du quotidien, *par Anne-Marie Thiesse*
H278. La France du XIXe siècle, *par Francis Démier*
H279. Le Pays cathare, *sous la direction de Jacques Berlioz*
H280. Fascisme, Nazisme, Autoritarisme, *par Philippe Burrin*
H281. La France des années noires, tome 1
sous la direction de Jean-Pierre Azéma
et François Bédarida

H282. La France des années noires, tome 2
sous la direction de Jean-Pierre Azéma et François Bédarida
H283. Croyances et Cultures dans la France d'Ancien Régime
par François Lebrun
H284. La République des instituteurs
par Jacques Ozouf et Mona Ozouf
H285. Banque et Affaires dans le monde romain
par Jean Andreau
H286. L'Opinion française sous Vichy, *par Pierre Laborie*
H287. La Vie de saint Augustin, *par Peter Brown*
H288. Le XIXe siècle et l'Histoire, *par François Hartog*
H289. Religion et Société en Europe, *par René Rémond*
H290. Christianisme et Société en France au XIXe siècle
par Gérard Cholvy
H291. Les Intellectuels en Europe au XIXe
par Christophe Charle
H292. Naissance et Affirmation d'une culture nationale
par Françoise Mélonio
H293. Histoire de la France religieuse
Collectif sous la direction de Philippe Joutard
H294. La Ville aujourd'hui
sous la direction de Marcel Roncayolo
H295. Les Non-conformistes des années trente
par Jean-Louis Loubet del Bayle
H296. La Création des identités nationales
par Anne-Marie Thiesse
H297. Histoire de la lecture dans le monde occidental
Collectif sous la direction de Guglielmo Cavallo et Roger Chartier
H298. La Société romaine, *Paul Veyne*
H299. Histoire du continent européen
par Jean-Michel Gaillard, Anthony Rowley
H300. Histoire de la Méditerranée
par Jean Carpentier (dir.), François Lebrun
H301. Religion, Modernité et Culture au Royaume-Uni et en France
par Jean Baubérot, Séverine Mathieu
H302. Europe et Islam, *par Franco Cardini*
H303. Histoire du suffrage universel en France. Le Vote et la Vertu. 1848-2000, *par Alain Garrigou*
H304. Histoire juive de la révolution à l'État d'Israël Faits et documents, *par Renée Neher-Bernheim*
H305. L'Homme romain
Collectif sous la direction d'Andrea Giardina
H306. Une histoire du Diable, *par Robert Muchembled*
H307. Histoire des agricultures du monde
par Marcel Mazoyer et Laurence Roudart

H308. Le Nettoyage ethnique.
Documents historiques sur une idéologie serbe
par Mirko D. Grmek, Marc Gjidara et Neven Simac
H309. Guerre sainte, jihad, croisade, *par Jean Flori*
H310. La Renaissance européenne, *par Peter Burke*
H311. L'Homme de la Renaissance
Collectif sous la direction d'Eugenio Garin
H312. Philosophie des sciences historiques,
textes réunis et présentés, *par Marcel Gauchet*
H313. L'Absolutisme en France, *par Fanny Cosandey et Robert Descimon*
H314. Le Monde d'Ulysse, *par Moses I. Finley*
H315. Histoire des juifs sépharades, *par Esther Benbassa et Aron Rodrigue*
H316. La Société et le Sacré dans l'Antiquité tardive
par Peter Brown
H317. Les Cultures politiques en France
sous la direction de Serge Berstein
H318. Géopolitique du XVIe siècle, *par Jean-Michel Sallmann*
H319. Les Relations internationales
2. De la guerre de Trente Ans ans à la guerre de succession d'Espagne, *par Claire Gantet*
H320. Des traités : de Rastadt à la chute de Napoléon
par Jean-Pierre Bois
H323. De Nuremberg à la fin du XXe siècle
(tome 6, Nouvelle histoire des relations internationales/inédit), *par Frank Attar*
H324. Histoire du visuel au XXe siècle
par Laurent Gervereau
H325. La Dérive fasciste. Doriot, Déat, Bergery. 1933-1945
par Philippe Burrin
H326. L'Origine des Aztèques, *par Christian Duverger*
H327. Histoire politique du monde hellénistique
par Edouard Will
H328. Le Saint Empire romain germanique
par Francis Rapp
H329. Sparte, histoire politique et sociale
jusqu'à la conquête romaine, *par Edmond Lévy*
H330. La Guerre censurée, *par Frédéric Rousseau*
H331. À la guerre, *par Paul Fussel*
H332. Les Français des années troubles, *par Pierre Laborie*
H333. Histoire de la papauté, *par Yves-Marie Hilaire*
H334. Pouvoir et Persuasion dans l'Antiquité tardive
par Peter Brown
H336. Penser la Grande Guerre, *par Antoine Prost et Jay Winter*
H337. Paris libre 1871, *par Jacques Rougerie*
H338. Napoléon. De la mythologie à l'histoire
par Nathalie Petiteau

H339. Histoire de l'enfance, tome 1
par Dominique Julia et Egle Becchi
H340. Histoire de l'enfance, tome 2
par Dominique Julia, Egle Becchi
H341. Une histoire de l'édition à l'époque contemporaine
XIXe-XXe siècle, *par Elisabeth Parinet*
H342. Les enjeux de l'histoire culturelle, *par Philippe Poirrier*
H343. Le Monde des révolutions en Amérique
et en Europe à la fin du XVIIIe siècle, *par Jacques Solé*
H345. Histoire culturelle de la France, tome 3,
par Antoine de Baecque et Françoise Mélonio
H346. Histoire culturelle de la France, tome 4,
par Jean-Pierre Rioux et Jean-François Sirinelli
H347. L'État chez lui, l'Église chez elle, *par Jean-Paul Scot*
H348. La Résistance française : une histoire périlleuse
par Laurent Douzou
H349. Histoire culturelle de la France, tome 2,
par Jean-Pierre Rioux & Jean-François Sirinelli
H350. La France et les Juifs de 1789 à nos jours
par Michel Winock
H351. Historiographie de la guerre d'Algérie,
par Raphaëlle Branche
H352. L'Armée de Vichy, *par Robert O. Paxton*
H353. La Guerre froide 1917-1991, *par André Fontaine*
H354. Le Modèle politique français, *par Pierre Rosanvallon*
H355. Les Origines religieuses de la Révolution française
par Dale Van Kley
H356. Une histoire du Chat, *par Laurence Bobis*
H357. À la recherche du Moyen Âge, *par Jacques Le Goff*
H358. Les Quatre Parties du monde, *par Serge Gruzinski*
H359. Histoire des peurs alimentaires
par Madeleine Ferrières
H360. Le Grand Voyage de l'Obélisque, *par Robert Solé*
H361. La Vie à en mourir. Lettres de fusillés 1941-1944
par Guy Krivopissko
H362. Bleu. Histoire d'une couleur, *par Michel Pastoureau*
H363. Mitterrand, une histoire de Français, *par Jean Lacouture*
H364. Le Siècle des intellectuels, *par Michel Winock*
H365. Histoire des paysans français
par Emmanuel Le Roy Ladurie
H366. La Plus Vieille Cuisine du monde, *par Jean Bottéro*
H367. Histoire de la France politique 1. Le Moyen Âge
par Philippe Contamine
H368. Histoire de la France politique 2.
La Monarchie, entre Renaissance et Révolution
par Joël Cornette
H371. Le Fascisme en action, *par Robert O. Paxton*
H372. Louis XIV. Les Stratégies de la gloire, *par Peter Burke*
H373. Ressentiment et Apocalypse, *par Philippe Burrin*